金瓶梅风物志

明中叶的百态生活

黄强 ◎ 著

中国社会科学出版社

图书在版编目（CIP）数据

金瓶梅风物志：明中叶的百态生活/黄强著 . —北京：中国社会科学出版社，2017.9（2018.10 重印）
　ISBN 978 - 7 - 5203 - 0923 - 3

　Ⅰ.①金…　Ⅱ.①黄…　Ⅲ.①《金瓶梅》—小说研究　②社会生活—历史—中国—明代　Ⅳ.①I207.419　②D691.9

中国版本图书馆 CIP 数据核字（2017）第 221599 号

出 版 人	赵剑英
责任编辑	郭晓鸿
特约编辑	席建海
责任校对	张依婧
责任印制	戴　宽

出　　版	中国社会科学出版社
社　　址	北京鼓楼西大街甲 158 号
邮　　编	100720
网　　址	http://www.csspw.cn
发 行 部	010 - 84083685
门 市 部	010 - 84029450
经　　销	新华书店及其他书店

印　　刷	北京明恒达印务有限公司
装　　订	廊坊市广阳区广增装订厂
版　　次	2017 年 9 月第 1 版
印　　次	2018 年 10 月第 2 次印刷

开　　本	710×1000　1/16
印　　张	20
插　　页	2
字　　数	245 千字
定　　价	58.00 元

凡购买中国社会科学出版社图书，如有质量问题请与本社营销中心联系调换
电话：010 - 84083683
版权所有　侵权必究

《金瓶梅》的"另类"研究

（序 一）

  学友黄强先生，不但是一位优秀、敬业的编辑记者，还是一位勤奋且取得丰硕成果的学者。他对《金瓶梅》与晚明文化、佛教哲学、中国服饰史、中国饮食文化都有浓厚的兴趣与执着的研究。已出版或即将出版的著作有《玄奘与南京玄奘寺》《中国内衣史》《中国置业史话》《衣仪百年》《中国服饰画史》《走进佛门》等。他热爱学术研究，耐得住寂寞，受得了清贫，已坚持二十多年，刻苦钻研，硕果累累，其乐无穷。朋友们肯定他的学术成果，称赞他是"业余选手，专业水平"。黄强的研究成果说明，这位"业余"者极严肃、极认真地做学问，而不去炒作，不去戏说，更不以主观想象去"揭秘"。"业余"是黄强的自谦之词。"业余"并不说明研究者在文化素养、学术规范方面与专业学者有什么差距，只意味着其要付出更艰辛的努力，在完成本职工作后要抢时间挤时间，要得到领导、家人与朋友们的理解与支持。《金瓶梅》这座文化高峰，有着无穷的艺术魅力，在吸引和感召着黄强在不平坦的道路上勇敢攀登，不畏艰险，不怕寂寞与高寒。

黄强先生研究《金瓶梅》已有二十多年，发表了几十篇有独特视角、有学术特色的论文。在第五届国际《金瓶梅》学术研讨会期间，我俩同吃同住，朝夕相处，日夜交流。他说自己的《金瓶梅》研究是"另类"研究。其一，《金瓶梅》研究中，对主题思想、人物形象、文本解读占主流，研究成果比较多。而对文化的研究，服饰、饮食的研究相对较少，此属另类研究，自己作为业余研究者，也属于"另类"。其二，相对于思想、艺术、文本研究，《金瓶梅》文化研究显然是一个薄弱的环节，是需要开拓，而且可以开拓的领域。学术研究贵在创新，能从常态事物中看出非常态的问题，需要用新思维、新方法。黄强著《金瓶梅风物志》，正是用新思维、新方法对《金瓶梅》研究取得的成果。

《金瓶梅风物志》，把服饰、饮食、茶文化、房屋购置、花灯等研究与《金瓶梅》研究交叉结合，通过服饰等研究《金瓶梅》年代、历史背景。研究饮食描写在表现主题、刻画人物性格中所起的作用。从饮食养生，联系欣欣子序中"合天"与"逆天"之论，探寻兰陵笑笑生顺应自然合于自然的哲学思想。研究《金瓶梅》对饮茶描写，说明《金瓶梅》是一部明代茶文化宝典。这些研究成果，均具有填补、丰富与延伸意义，具有开拓性、创新性。

期盼学友黄强先生继续用新思维、新方法研究《金瓶梅》，出更多更优异的成果，以推动"金学"在新世纪的发展。

王汝梅　2006年6月19日
于吉林大学中国文化研究所《金瓶梅》研究室

一个新学人　一类新课题

（序　二）

这一段时间看世界杯足球赛，草地足球已经让人夜以继日，目不暇接；更有泥地足球同时在德国举办，参与其间的，也是大有人在，不亦乐乎。央视一套报道泥地足球时称其为另类足球，显然是视草地足球为正宗，殊不知泥地足球正是足球的先声呢！

恰在其间，接到黄强先生的电话，又电传来其大作《金瓶梅风物志》，命余为序。黄强君在信中说："何以将书稿取名《金瓶梅风物志》，基于这样的考虑：其一，在《金瓶梅》研究中，对主题思想、人物艺术、文本研究占主流地位，而对文化的研究，及其支流服饰、饮食研究，属于风物志类或者另类研究；其二，在研究者中，以高校与科研机构的学者为主，作为业余研究者，我也属于另类；其三，我不是从正统的角度评论《金瓶梅》，而是从风物方面，以一种近似另类的角度审视《金瓶梅》，也应该属于另类的研究。"

何其相似乃尔！如果说足球尚无所谓正宗、另类之分，则《金瓶梅》研究，旁及其他小说研究，乃至所有学术研究，更不存在正统、另类的区别。正像水土、空气、人类、动物、植物等共同组成地球大家庭一样，这些大家庭成员，缺了谁，地球都将失去平衡。大千世界，应有尽有，方为本色。人人自有其不尽相同的兴趣，也就具备不尽相同的眼光，从不尽相同的视野里，自然产生不尽相同的观点。只要所表达出来的思想与结论，不失法纪、道德的规范，都不仅得到允许，而且应该提倡。

传统造就经典，创造带来生命，雷池似跨未跨之时，藩篱似拆未拆之地，往往正是创新的开端。所谓另类研究，不妨说是别具只眼。时空变换，少说也会更新换代，甚至引起地覆天翻。

《金瓶梅》研究，向有"瓶上""瓶下""瓶内""瓶外"之说。按照"金学"界约定俗成的理解，《金瓶梅》作者、成书年代、成书方式、版本研究等可谓"瓶外学"，其思想主旨、艺术特色、人物语言研究等可谓"瓶内学""瓶内学""瓶外学"又可统称"瓶下学"或"瓶体学"，而"金瓶文化"研究则被称为"瓶上学"。余在拙著《20世纪金瓶梅研究史长编》中曾说："文化问题是近十年金学园林的一道新的景观，是《金瓶梅》研究传统方法的突破与扩大。"在20世纪最后十年，中国出版的"金学"专著一百二三十部，其中金瓶文化研究专著十五部，约占12%；中国发表有一千三四百篇"金学"论文，其中金瓶文化研究论文二百余篇，约占15%。

回顾20世纪的《金瓶梅》研究，传统的研究课题，即前文所谓"瓶下学"，因为长达百年的开掘，该说的话行将道尽，给人难乎为继的感觉。譬如《金瓶梅》作者研究，如果没有新的文献发现，如果不用新的方法将全部已经用过的史料重新排列组合，确实再说也是白说。但《金瓶梅》文化研究，或者再分出一支《金瓶梅》传播研究，不仅是"金学"的延续，更是"金学"的新生。传统的"金学"，加上以文化与传播为标准的"新金学",使"金学"研究又回到那个古老的命题:说不尽的《金瓶梅》。

黄强先生1992年撰写的第一篇金学论文,题目是《从服饰看〈金瓶梅〉所反映的时代背景》,起手开题即为"金瓶文化"。该文后来又经人大复印报刊资料转载,使人们眼前一亮——一个新学人,一类新课题。黄强君此文之前,一千多篇"金学"论文中,只有王启忠先生《〈金瓶梅〉服饰描写蕴含的物化价值》(载《佳木斯师专学报》1991年第2期)一文,专题研究《金瓶梅》中的服饰。从那之后,黄强君披荆斩棘,一发而不可收拾,终至结集而得本书。

迄今为止,研究《金瓶梅》服饰的专著,只见到一部,即张金兰女士的《〈金瓶梅〉女性服饰文化》(台湾万卷楼图书有限公司2001年3月第一版)。该书虽有"下编:《金瓶梅》女性服饰的内在意涵",只是讲到女性服饰与人物性格与社会风气的关系,并未将服饰与"金学"连在一起。

黄强君的《金瓶梅》服饰研究不然。他从服饰考证《金瓶梅》反映的是明代正德故实,推论西门庆影射的是明武宗,认为《金瓶梅》的成书年代在嘉靖七年(1528)至万历二十三年(1595)之间。打通所谓"瓶内""瓶外""瓶下""瓶上",乃最为可取的"金学"途径。黄强君做出的正是此种努力,虽然他的结论不一定准确。这哪里是什么"另类研究",这分明是"另一只眼看《金瓶梅》",情有独钟,物归其类,得其言哉!

黄强君第一次出席的金学会议,是1997年夏季在山西大同召开的第三届国际《金瓶梅》学术讨论会。其后2000年秋季在山东五莲召开的第四届国际《金瓶梅》学术讨论会,2005年秋季在河南开封召开的第五届国际《金瓶梅》学术讨论会,都可见到他的身影。2005

年9月18日，第五届国际金学会议上午闭幕，下午参观汴京铁塔、龙亭、大相国寺，晚遂与陈诏、王汝梅、赵兴勤、孙秋克、齐慧源、黄强诸位师友小酌于书店街，席间曾以"全真七子"解颐。时值中秋，月明星稀，他乡故知，把酒临风，其乐何如！当时晚餐乃边行边聚，自由组合，余与黄强，也是一种缘分。是为序。

吴　敢

2006年2月10日于彭城预真居

说不尽的《金瓶梅》

（自　序）

在许多人的眼里，《金瓶梅》是本淫书，这似乎已成定论。封建王朝的禁毁书目里，也少不了《金瓶梅》。因此，四百多年来，对《金瓶梅》的压制、打击可以说花样繁多，层出不穷。有的书商遭遇生活厄运，就有流言说是因为刻印《金瓶梅》而招致的报应。《金瓶梅》给人们似乎从来没有留下好的印象，即使对待《金瓶梅》研究者，大众往往也没有好脸色，一听说此公是研究《金瓶梅》的，便报以摇头、耻笑、鄙视。《金瓶梅》的研究者没有其他学术研究者那么幸运，被认为是学问家、值得尊敬的学者。《金瓶梅》就是在这样的处境下，艰难流传。

经过时间洗礼，大浪淘沙，许多趋炎造作的小说灰飞烟灭，《金瓶梅》却依然存在，并且表现出顽强的生命力。研究者翻阅它是因为欲研究必须先了解，批评者翻阅它是因为充满好奇。伟大的现实主义巨著《红楼梦》，历来受到社会的广泛关注，但是它却得益于《金瓶梅》。即使西门庆是一个丑陋的角色，大淫棍、大色魔，但是我们仍然不能否认他是个有血有肉的人物，一个懂得经营的成功商人。潘金莲也被人们视为淫乱荡妇，但是她身上具有的叛逆性，使她具备了典型人物、典型个性的艺术魅力。李瓶儿的悲惨命运，让许多读者为之动容，然而她对待花子虚的薄情、狠毒，又何尝不让读者憎恨呢？帮闲人物应伯爵、谢希大，他们可恶、可怜、可笑，却是《金瓶梅》中必不可少的人物，他们的存在，丰富了《金瓶梅》人物画廊的艺术性。

《金瓶梅》所处的时代是"存天理，去人欲"的明王朝，同样也是社会制度松弛，越礼违制的时代。作者原本是个受过传统思想熏陶和教育的子民，他或许也曾有过建功立业平天下的想法，但是他所看到、听到、感受到的现实，却使他迷茫，逼迫他反思、反抗，对现实社会进行揭露和批判。这种思想和时代的矛盾性，同样表现在《金瓶梅》一书中。

许多学者对《金瓶梅》进行了深入的解剖、分析，得出了不同的结论和观点，但是《金瓶梅》这样一部伟大的著作，岂是一两代学者可以分析透彻，研究完结的？正如有学者说过《金瓶梅》是说不尽的，因此对《金瓶梅》的研究不是太多，而是太少了。尽管说自20世纪八九十年代以来，《金瓶梅》研究进入了繁荣期，出版了许多学术著作，其数量与质量远远超过以前几十年之和，但是对《金瓶梅》的研究仍然存在着许多空白点。这里面有学者未触及的方面，也有受意识形态影响，不敢涉及的方面。

1994年笔者在《论金瓶梅对明武宗的影射》中曾说过："自《金瓶梅》以后，传统写法被打破；自《金瓶梅》以后，皇帝老儿也可批评。"对《金瓶梅》的研究，需要有兰陵笑笑生的勇气，敢于直面人生，敢于正视社会，敢于批评皇权，无所顾忌，无所畏惧。只有这样，《金瓶梅》研究才能别开生面，有生气，有看头儿。

2003年12月3日于江苏电视台城市频道

目　　录

序　章　《金瓶梅》书名解 …………………………… 1

第一章　从历史角度考察《金瓶梅》 ………………… 3

　第一节　西门庆原型考 ……………………………… 3

　第二节　西门庆的帝王相 …………………………… 23

　第三节　《金瓶梅》成书年代考 …………………… 36

　第四节　明武宗与临清 ……………………………… 47

　第五节　《金瓶梅》中的清官 ……………………… 70

　第六节　《金瓶梅》中的临清钞关 ………………… 86

第二章　从服饰描写考证《金瓶梅》 ………………… 94

　第一节　服饰与《金瓶梅》时代背景 ……………… 94

　第二节　《金瓶梅》服饰名物考 …………………… 109

　第三节　《金瓶梅》中的女子内衣 ………………… 121

　第四节　《金瓶梅》妆花服饰考 …………………… 136

第三章　从饮食习俗探究《金瓶梅》……… 153
第一节　《金瓶梅》中的饮食史料 ……… 153
第二节　《金瓶梅》与饮食养生 ………… 165
第三节　《金瓶梅》中的茶文化 ………… 174

第四章　从民俗风情验证《金瓶梅》……… 192
第一节　花灯与《金瓶梅》……………… 192
第二节　双陆、蹴鞠与秋千 ……………… 206
第三节　物欲与裸婚 ……………………… 221

第五章　从经济生活研究《金瓶梅》……… 239
第一节　《金瓶梅》中的住宅房与商用房 ……… 239
第二节　《金瓶梅》的庄田府第置业 …………… 254
第三节　西门庆的生意经与人才观 …………… 269

附录一　明武宗未必最荒淫 …………………… 281
附录二　《金瓶梅》研究中的新思维 ………… 286
主要参考文献 …………………………………… 293
后　记 …………………………………………… 299
《金瓶梅风物志》推荐语 ……………………… 306

序章 《金瓶梅》书名解

人们说一部《红楼梦》是说不尽的，《金瓶梅》又何尝不如此。四百年风风雨雨，《金瓶梅》不仅引出了许多话题，也留下了许多不解之谜。

关于其书何以名曰"金瓶梅"，就曾有多种解释。普遍的观点认为，书名代表着书中三个女主角，取潘金莲、李瓶儿、庞春梅三人名中各一个字，似乎这是作者的随意组合。但是，《金瓶梅》实在不是一部才子佳人小说，三个女主角并不能概括它的全部内涵。这是一部愤世嫉俗并极具批判性、揭露性的伟大著作，所以"金瓶梅"书名包含相当深刻的意义。

张竹坡率先提出"金瓶梅寓意说"，他认为：瓶者，"盖云贪欲嗜恶，百骸枯尽，瓶只罄矣"，又说："瓶里梅花，春光无几，则瓶罄骨髓暗枯，瓶梅又喻衰朽在即。"张说确实自成一言，有所发明。

从字面上讲，"金瓶梅"可以解为"插在金瓶中的梅花"。金在五行中属西，属秋，属煞；瓶指细颈的花瓶，使人联想起富有生殖能力的花托；梅指梅花，严冬或初春盛开，准时但也有延迟的时候。①金从字面上说代表潘金莲，也代表西门庆，两人天生一对冤家，是荒淫、纵欲的化身。秋天的萧瑟，寓意骄奢淫逸生活的不能持久，正如《金瓶梅·序》中所云："盖金莲以奸死，瓶儿以孽死，春梅以淫死，较诸妇女更惨耳。借西门庆以描画世之大净，应伯爵以描画世之小丑，诸淫妇以描画世之丑婆、净婆，令人读之汗下。""盖为世戒。"金瓶中的梅花，是衰落的象征，书的结局便呼应了书名的含义。

书名还有隐语的作用。"瓶"比"花盆"更具女性感，"瓶"字意味着一切长颈容器，从酒瓶到花瓶乃至曲颈瓶，也是女性生殖器的隐喻。②书中第27回《潘金莲醉闹葡萄架》是最好的注脚，这是书中最具代表性的一章。西门庆把"沉李"投入潘氏私处，戏曰为"投肉壶"，又称为"金弹打银鹅"。投壶的游戏原指长箭投入细颈瓶中，传统的投壶游戏已经带有交合的含义，而此处则强调了性与交合的作用，其用心良苦。而且暗示醉生梦死、纵情放荡的危害，这是衰亡与崩溃的先兆。

《金瓶梅》的书名与它的内容是吻合的，传递着它的全部内涵。沉浸酒色自取毁灭，骄奢淫逸使生命走向死亡，衰亡的家族，荒淫的人们，都逃脱不了失败的命运。《金瓶梅》表现出封建社会晚期最荒唐堕落的社会景象。

---

① ［法］雷威安：《金瓶梅法文本导言》，载徐朔方编选校阅《金瓶梅西方论文集》，上海古籍出版社1987年版，第267—280页。
② ［美］柯丽德：《金瓶梅的双关语和隐语——评第二十七回》，载徐朔方编选校阅《金瓶梅西方论文集》，上海古籍出版社1987年版，第221—246页。

第一章 从历史角度考察《金瓶梅》

第一节 西门庆原型考

《金瓶梅》是一部伟大的小说,它以细致而深刻的笔触深入晚明社会,描绘出丰富的市井生活,塑造一个个生动的人物,并且用批判的眼光审视当时的社会,揭露其丑恶的一面,以及在此种社会状况下的丑陋人生。它对封建礼教表现出强烈的不满,对现实社会进行赤裸裸的揭露,其矛头直指封建皇权。同时,它也展示出 16 世纪中叶的风俗世情。

作者以一个小城镇,一个发迹的商人及他的家庭,拉开了中国封建社会黑暗的序幕,让读者看清这是怎样一个暗无天日的社会。书中核心人物西门庆,可以被看作昏君、贪官与不法奸商的集合体。学者普遍认为《金瓶梅》不仅仅是一部通俗小说,它更是一部具有深刻内涵的历史画卷。通过比较与分析，笔者认为西门庆这个人物是有所指的，即是对明武宗朱厚照的影射。

一 唯我独尊西门庆

西门庆是"清河县数一数二的财主，有名卖生药、放官吏债西门大官人。知县、知府都和他往来。近日又与东京杨提督结亲，都是四门亲家，谁人敢惹他"（第7回）。他开中药铺、当铺、缎子铺、细绒铺，总资本九万两银子，另加家产、家什、古玩等财产不下一二十万两银子，家产不可谓不厚；他又勾结权贵，包庇官司，鱼肉百姓，为虎作伥，上可通天，下可触地，权势不可谓小；他醉心色欲，奸骗妇女，耽于男风，不可谓不淫不恶。总之，他是一个典型的无恶不作的官僚、恶霸兼巨商。西门庆仰仗权势，无法无天，凭他一张便条，税关官员要对他的货物降低税额，三停税银只收两停。他的一句话，可以替人消灾，更改生死簿。黄四小舅子打死人，苗青杀主，全仰仗西门庆大官人逢凶化吉。他曾说："咱只消尽这家私广为善事，就使强奸了嫦娥，和奸了织女，拐了许飞琼，盗了西王母的女儿，也不减我泼天富贵。"（第57回。着重号系引者所加，下同）闻其言，观其行，人们感到，西门庆绝对不是一个普普通通的财主兼官僚，作者塑造这一形象是有所指的。学者们在研究中已经指出，西门庆在书中，写得像个皇帝。[①]

[①] 1983年5月，美国印第安纳大学召开《金瓶梅》学术研讨会，有人提出了西门庆写得像个皇帝的观点。参见刘辉《也谈金瓶梅的成书和"隐喻"——与魏子云先生商榷》，吉林大学中国文化研究所编《金瓶梅的艺术世界》，吉林大学出版社1991年版，第111—121页。

第一章　从历史角度考察《金瓶梅》

图1-1-1　豪门领袖西门庆像（张光宇绘）——孟超在《金瓶梅人物》中把西门庆定性为豪门领袖，他说："一部《金瓶梅》所写的大大小小的人物，在各种情事底下反映出的卑鄙无耻，荒淫悖乱，一切都是为了衬托西门庆而设的，西门庆是《金瓶梅》中的主干，没有西门庆不能集一切罪恶之大成，没有西门庆看不到《金瓶梅》全貌。"

没错，西门庆挥金如土，唯我独尊，颐指气使，的的确确是个"皇帝"。中国历史，尤其是正史，一向以皇帝为主轴，《金瓶梅》以西门庆为主轴，描摹他及其家庭，以此折射社会，这是作者的用意所在。

书中许多情节是围绕西门庆唯我独尊展开的。西门庆出场时不过是个财主，第34回升为金吾卫左所副千户、山东等处提刑所理刑，从品秩上讲也只是个五品官员。古代等级制度森严，低品级官员要拜见高品级官员，绝对不会由尊就卑，但是西门庆却是例外。天子门生、新科状元蔡蕴（当朝太师、鲁国公、左丞相、崇政殿大学士兼吏部尚书蔡京的义子），巡抚御史宋乔年（蔡京长子蔡攸妻兄）等显赫官员经过清河，均要拜会西门庆，还要送礼；工部安主事（宰相安惇之弟)、管砖厂的黄主事,"为钦差督运皇木",路经清河,也要专门拜访西门庆,称"道经此处,敢不奉谒"(第51回),何等恭谦,何等惶恐。朱太尉当钦差巡视东昌地方,山东境内官员闻风而拜,"人马过东平府,进清河县,县官黑压压跪于道旁迎接",连巡抚、御史都要躬迎,气势显赫、威风凛凛。尽管如此,可也要在西门庆家接风洗尘,"随路传报,直到西门庆家中门首"(第65回)。大小官员更是必须唯西门庆马首是瞻。说西门庆是个五品小官,这与他身份极不相称。诚如王启忠先生所说:"这种状况在礼仪威严、尊卑有序的中国封建社会是不正常的,几乎是不应有的。一位堂堂正正的殿前大人,无论如何也不可能到一个小小副千户家'落座'。"①确实,等级有别,这正说明西门庆身份的特殊性。

图1-1-2 明代文一品官员补服展示——六部长官称尚书,尚书协助皇帝处理朝廷事务,因此六部尚书权势很重,官阶正二品,仍在"三公"(太师、太傅、太保)之下。明代太师、太傅、太保,少师、少傅、少保被称为"三孤"或"三师""三少",明清时"三师"为正一品,"三少"为从一品,属于荣衔,无职事,亦无员额。

---

① 王启忠:《金瓶梅价值论》,上海文艺出版社1991年版,第8页。

对西门庆的家屋宅院的描写也可以看到皇室后宫的影子。第 27 回，"潘金莲大闹葡萄架"就是注脚。西门庆与潘金莲肆无忌惮地在花园中宣淫，演出一幅春宫图。这与皇帝行幸，从不回避亲近太监、宫女，习以为常，无所顾忌是异曲同工。

太医是皇室御用大夫，一般官宦人家不可能请太医诊病。而西门庆家则隔三岔五邀请太医去府上诊断。第 54 回，任医官为李瓶儿问诊，竟"浑身恭敬，满口寒温"，唯唯诺诺的样子，哪里是为官眷看病，分明就是为皇后、嫔妃把脉，唯恐稍有差池，自己的脑袋搬家。

图 1-1-3 清宫蓝釉开光瓷钵——宫中有专门的医疗机构太医院，给皇室成员看病的医生称为太医，《金瓶梅》中给西门府家人看病的几乎都被称为太医，由此笔者推论西门庆身份的特殊。这个瓷钵也非普通物件，而是宫中御药房用来研药的用具，虽然不是明代的，却是清代宫廷御用物品。

宫中嫔妃一向是母以子贵，李瓶儿为西门庆生下官哥，地位顿时由卑为尊，西门庆宠爱有加，自然冷落了其他妻妾（嫔妃），一向以肉体媚术得宠的潘金莲愤愤不平，一语道破天机："自从养了这种子，恰似他生了太子一般。"吴月娘、孟玉楼等西门庆众妻妾佳人元宵观灯，衣着锦绣，光彩照人，引得游客驻足观看，有观众发问："贵戚皇孙艳妾来此看灯，不然，如何内家装束？"（第15回）问得好。古代服饰有严格的等级差别，什么人什么场合穿什么服饰是不可僭越的。[①] 命妇各依丈夫的官秩而定服饰。众妻妾是皇亲国戚皇装扮，她们的主子西门庆不是顺理成章地成了"皇帝"吗？

又有应伯爵在西门庆家招待小优李铭吃鱼有道："你们哪里晓得，江南此鱼，一年只过一遭儿，吃到牙缝儿里，剔出来都是香的。好容易！公道说，就是朝廷还没吃哩。不是哥这里，谁家有？"（第52回）古代天下最好的物品，一向是要进贡给皇帝的，所谓贡品，鲥鱼有"天下第一鲜"之美誉，一年不过一遭，地处北方的西门庆家先于朝廷品尝，而且就是这样的稀罕物品，西门庆也并不稀奇，竟用于赏赐给小厮，何等派头？除了皇帝外，谁人有此气派？

西门庆像个皇帝，这已确定无疑。那么，这个皇帝所指是谁？笔者认为这个皇帝便是历史上以荒唐荒淫著称的明武宗朱厚照。

二 全方位审视明武宗

通过明史典籍和《金瓶梅》中的文字勘照，可以证明上述观点。

1505年9月19日，朱厚照登上皇位，成为明代的第十个皇帝，年号正德，史称正德皇帝。庙号武宗。

[①] 黄强：《从服饰看金瓶梅反映的时代背景》，《江苏教育学院学报》1993年第2期，转刊于《复印报刊资料：中国古代近代文学研究》1993年第11期。

第一章 从历史角度考察《金瓶梅》

图 1-1-4 明武宗画像——明武宗朱厚照是个绝顶聪明的皇帝,可惜他的聪明才智不是用在治理国家,安邦定国,而是用于声色犬马方面,是明代一个贪玩、荒唐、荒淫的皇帝。

(一) 荒唐的明武宗

武宗虽贵为天子,却不拘礼节,喜与臣下混在一起,饮酒作乐,视"君君臣臣"伦常如儿戏。宫中虽有佳丽三千,却偏偏喜欢换上平民服装在民间寻花问柳。1519年1月13日,明武宗离开榆林,到太原访问晋王,将他1518年10月在偏头关遇到的一个歌女接来与他同居,人称"刘娘娘"("娘娘"通常只用于皇后妃子)。①

---

① [美]牟复礼、[英]崔瑞德编:《剑桥中国明代史》,张书生等译,中国社会科学出版社1992年版,第469页。

· 9 ·

图1-1-5 大同秦长城遗址——1519年1月13日,明武宗离开榆林,到太原访问晋王,将1518年10月在长城偏头关遇到的一个歌女接来与他同居,人称"刘娘娘"。说是歌女,有考证说是妓女,风流皇帝爱上了人尽可夫的风尘女,而且被尊为娘娘,对封建礼教、礼制实在是极大的讽刺。

1517年鞑靼侵边,明武宗率兵迎击,化名总督威武大将军朱寿。又命礼部加封朱寿为太师,派遣朱寿前往京师和山东巡查,遭到大臣反对。一个皇帝放弃万人之尊,执意要做一个带兵打仗的总督官,让大臣不能理解。在明武宗的眼里,皇帝虽贵为天子,有臣民顶礼膜拜,但是深居内宫,毕竟寂寞无聊,哪及总兵官缨枪夹道威风。疆场厮杀,征尘裹袍,得胜还朝,万人敬仰,岂不更刺激?明武宗一向不安分守己,他认为礼法是人制定出来的,为皇帝、为皇权服务的,皇帝拥有至高无上的权力,可以为所欲为。

1514年正月乾清宫失火,武宗见到竟戏谑地说:"好一棚大煌火。"① 烧掉一个宫殿算什么?博君一笑实难得。

---

① 杨剑宇:《中国历代帝王录》,上海文化出版社1989年版,第889页。

第一章 从历史角度考察《金瓶梅》

图1-1-6 故宫乾清宫——乾清宫是明清皇帝居住的地方,当年明武宗称为"好一棚大煌火"的所在。

西门庆何尝不荒唐?西门庆狎李娇儿、李桂姐姑侄女;与仆佣老婆惠莲(来旺媳妇)、贲四嫂(贲四媳妇)、惠元(来爵媳妇)通奸;又与义子王三官的母亲林太太勾搭;在义弟花子虚在世时候,就与义弟媳妇李瓶儿有苟且之事。

管什么辈分?管什么纲常?西门大官人一人独尊,只要快活,礼义廉耻,全都被踢到一边。伦常是什么?是社会制定的一种礼制标准,以此约束人们的行为。而当时社会风尚不以违礼逾制为忤,大家都追求奢侈,无视伦理道德,正德帝身体力行,西门庆亦身体力行。西门庆风流成性,他的妻妾潘金莲之流,继承他衣钵的女婿陈经济又岂甘落后?在西门庆家中,长幼失序,尊卑混乱。人伦失序尤其表现在性的乱伦上。潘金莲不甘寂寞,偷养琴童;女婿陈经济与小丈母潘金莲在西门庆生前多次偷欢,死后更是大胆行奸,又将春梅拉入圈内,三人连坐一床公然宣淫。为追求性欲"丧尽廉耻之羞,忘掉人伦之限,不论纲常门第之规"[1],这一切都与西门庆有着密切的关系。

---

[1] 王启忠:《金瓶梅价值论》,上海文艺出版社1991年版,第23页。

(二) 荒淫的明武宗

在历代皇帝中,明武宗的荒淫也是出名的。为了淫乐建有豹房,内藏美女,日夜作乐。《明通鉴》卷四十二记载:"丙戌作豹房,上为群奄蛊惑,乃于西华门别构院御,筑宫殿而造密室,于两厢勾连栉列,命曰豹房。"

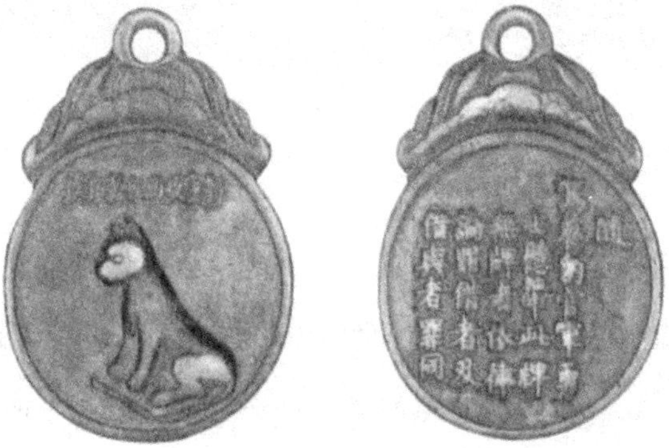

图1-1-7 豹房勇士牌——为了淫乐,明武宗建有豹房。何谓豹房?就是武宗淫乐的别墅,因在门口用铁笼子养了两只豹子,故名。豹房又称腾禧殿,每日豹房里笙箫管乐,恣意声色,武宗就在这里享受他的淫乐生活。

武宗对女人一向巧取豪夺,他看中的女人就非要弄到手。《明通鉴》卷四十七曰:"九月甲戌朔,车驾驻宣府,江彬营镇国府第,悉辇豹房。珍玩女御实其中,上遂忘归。时夜出,见高门大户,即驰入或索其妇女。富民率厚赂彬,以求免。军士樵苏不继,辄毁民房屋,以供爨,市肆萧然,白昼户闭。"为了自己的消遣,武宗可能闯进有钱人家,掠夺妇女以充后宫,① 极其霸道。这导致民怨沸腾,良家妇

---

① [美]牟复礼、[英]崔瑞德编:《剑桥中国明代史》,张书生等译,中国社会科学出版社1992年版,第457页。

女不敢上街，唯恐被武宗掠去。

西门庆与武宗如出一辙，对女人威逼利诱，哄骇诈骗，巧取豪夺。譬如一面许诺宋惠莲钱物，霸占了她；一面又设计陷害她的丈夫来旺，最后数顿栲掊遣还原籍徐州。对李瓶儿，先是骗取钱财，再是遗弃，当李瓶儿嫁给蒋竹山后，醋意大发，指使两个捣子冲砸药铺，逼李瓶儿就范，娶回李瓶儿却又冷落一旁，导致李瓶儿上吊自杀。为了霸占潘金莲，害死武大，贿赂官府，发配武松，手段极为狠毒。据统计，与西门庆发生性关系的女性有卓二姐、李娇儿、吴月娘、孙雪娥、潘金莲、孟玉楼、李桂姐、李瓶儿、春梅、迎春、郑爱月、林太太、王六儿、宋惠莲、贲四嫂、惠元等数十人。他还好男风，其荒淫程度不比武宗逊色。

西门庆家中的妻妾关系，呈现"以乱尊卑"的状态，"西门庆对妻妾的宠爱的天平砝码的支撑力，主要有两点：即利欲的获取和性欲的满足"[①]。潘金莲与王六儿都是以肉体媚术取悦西门庆的。这点与武宗宠爱女人的出发点是一致：女人只要有情趣，不论是否婚嫁，他都喜欢。

（三）好乐的明武宗

明武宗总是个不安分守己的皇帝，极好游乐。武宗立皇后不久，就不与皇后住在一起，反而宁愿和太监随从四处走动，骑马、射箭、角觝和音乐都曾让他高兴一阵，但是不久他就玩腻了，他开始化装离开皇城，在民间寻花问柳。

《明通鉴》卷四十一记载："刘瑾、高凤等造作巧伪淫荡，上心击

[①] 王启忠：《金瓶梅价值论》，上海文艺出版社1991年版，第23页。

毯、走马、放鹰、逐犬,俳优杂剧错陈于前,至导万乘之尊与外人交易,狎昵媟亵无复礼体。日游不足,夜以继日,劳耗精神,亏损志德。"卷四十二记载:"日召教坊乐工入新宅承应。久之,乐工以承应不及,请檄取河南诸府乐户精技者,遣送入京教坊,人至者日以百计,群小见幸者趋承,自便不复入大内矣。"卷四十五记载:"庚子,上始微行,夜至教坊观乐。"

图1-1-8 皇宫乐器之龙鼓——鼓,被称为龙鼓,代表着皇权;龙象征着皇帝,龙专属帝王。宫廷乐队主要参与祭祀、庆典等重大活动,服务于政府,可是明武宗却将乐队之乐,用于他的声色犬马之中。朕乃一国之君、一国之主,可以将天下归为自己,享乐只能算是小菜一碟,武宗这种不顾国家、不管礼仪的做法和放荡不羁的性格,受到正统社会的抨击,因此被视为天下第一荒淫、荒唐的帝王。

西门庆亦与武宗一样:家里妻妾玩腻了,他要去行院嫖宿;妓女玩腻了,又要与官府家眷偷情。他走街逛巷,不断寻找新的刺激,亦念念不忘邀娼妓唱一曲剧目,再与小厮小优赏男风。

第 68 回，西门庆、应伯爵到丽春院郑爱月儿家中玩耍、唱曲，其淫乐之态，由此可见一斑。

> 迎接西门庆下了轿，进入客位内。西门庆分付不消吹打，止住鼓乐。……须臾，四个唱《西厢》妓女，多花枝招展、绣带飘飘出来。与西门庆磕头，一一都问了名姓。……安下乐器，吴银儿也上来，三个粉头一般儿坐在席傍，蹿着火盆，合着声音，启朱唇，露皓齿，词出佳人口，唱了套《中吕·粉蝶儿》"三弄梅花"，端的有裂石流云之响。唱毕，西门庆向伯爵说："你落索她姐儿三个唱，你也下来酬他一杯儿。"……西门庆与吴银儿用十二个骰儿抢红，下边四个妓女拿乐器弹唱。饮过一巡，吴银儿却转过来与温秀才、伯爵抢红，爱月儿却来西门庆席上递酒猜枚。须臾过去，爱月儿近前与西门庆抢红，吴银儿却往下席递李三、黄四酒。
>
> （西门庆与郑爱月去室内行事）当下伯爵拿大钟斟上暖酒，众人陪西门庆吃。四个妓女拿乐器弹唱。……这西门庆也不坐，陪众人执杯立饮，分付四个妓女："你再唱个'一见娇羞'我听。"那韩消愁儿道："俺们会唱。"于是拿起琵琶来，款放娇声，拿腔唱道。

与一群帮闲人物，狎妓喝花酒，唱曲娱乐，酒助淫兴、淫借助劲，放荡无拘，这才是西门庆酒色一体的本色。

（四）喜商的明武宗

《明通鉴》卷四十二记载："初上令内侍仿设廛肆，身衣估人衣与贸易，持簿握筹，喧嚷不相下。更令作市正调和之拥至廊下、家廊下、家者，中官于永巷所张酒肆者也。坐当垆妇其中，上至杂出牵衣，蜂簇而入，醉即宿其处。杨守随前疏所谓亲商贾者之为者，以此至是既作豹房，朝夕处其中，称之曰新宅。"

《明通鉴》卷四十六还记载，武宗"毁二坊民居，造皇店酒肆"。明代国家和皇室不仅掌握和经营大量土地，即皇庄、宫庄之类，同时也掌握大量店铺，即官店、皇店。

官店自明初即已设立，明代的官店和官田一样，可以由皇帝任意赏赐给皇亲贵族，或是将某些官店委托亲信太监掌管，正如《宛署杂记》所记述："各廊店房类属勋戚家中及中常侍。"明代的官店到了武宗时期，大多改为皇店。武宗时设置皇店的范围相当广，《明武宗实录》记录东北包括山海关、广宁、辽阳等处，西边则包括大同、宣府，此外，京师九门外、通州张家湾、卢沟桥、河西务、山东临清一带都有皇店。

皇店的设立始于正德八年（1513），徐学聚《国朝典纪》云："八年四月，诏开设皇店。"皇店的设立出于太监于经的倡议，后经武宗同意实行，正德十五年（1520）十二月乙酉，"太监于经等得幸豹房，诱上以财利创开各处皇店，榷敛商货"；至正德十六年（1521），"每岁额进八万（两），皆为己有，创寺置庄，动数十万，暴殄奢侈，乃前此所未有者"。

皇店大多设在交通要道，夏言《勘报皇庄疏》："起盖房屋，则驾搭桥梁，则擅立关隘"，"今奸佞之徒，假之以侵夺民田，则名其庄曰皇庄；假之以罔求市利，则名其店曰皇店；又其甚者，假以阻壤盐法，则以所贩之盐，名为皇盐"。[①] 当时皇店每年尚以"额进八万"

---

① （明）陈子龙等选辑：《明经世文编》卷202，中华书局1987年版，第2108—2109页。

或"岁征数万两"的巨额剥削,权利扰民。另外,"开皇店,放皇债",用放高利贷的方法"贻害于地方",获取暴利。

西门庆以经商而暴富,他精于买卖,不仅开生药铺,又陆续开了缎子铺、绸缎铺、当铺,"外边江湖又走标船,扬州兴贩盐引,东平府上纳香蜡",生意越做越大,由一个破落户,在短短几年内迅速成为一个拥有万贯家私的巨商。西门庆致富,一是因为他的商业经营术,他用的是长途贩运和设店经营,即行商和坐贾兼而有之的方法,直接从产地采购,中间不经过客贩,获利就更可观。[①] 二是西门庆商店具有皇店性质,巧取豪夺。他开设生药铺,独家经营,也不容他人染指,砸蒋竹山药铺就是一例。贩盐引,低价进货,高价出售。而且,他所购置的货物,一向得到官家的开恩,十税只需交纳一二,逃税漏税,其商品成本大大降低,比一般店家更具竞争力。三是西门庆通过婚姻等手段,从妻妾手中得到了巨额的陪嫁,家产富有。四是西门庆具有特殊权势,专横跋扈,与武宗一样,"放吏债"(第7回),牟取暴利。

(五) 崇佛的明武宗

沈德符《万历野获编》卷二十七云:"武宗极喜佛教,自列西番僧呗唱无异。至托大庆法王,铸印赐诰命。"

《明通鉴》卷四十六记载:"上崇信西僧,常袭其衣服,演法内厂,有绰吉我些儿者,出入豹房,有宠,遂封大德法王。至是遣其徒二人还乌斯藏,请给国师诰命。"卷四十五记载:"今乃于西华门豹房之地,建护国佛寺,延请番僧,日与起处。"卷四十六记载:"己酉命

[①] 卢兴基:《十六世纪一个新兴商人的悲剧故事——金瓶梅主题研究》,载杜维沫、刘辉编《金瓶梅研究集》,齐鲁书社1988年版,第26—54页。

司设监太监刘允往乌斯藏,赍送番贡等物。时左右言:西域胡僧能知三世,上人谓之活佛。上欣然欲一见之,命查永宣间侯显入番故事,遣允乘传往迎。"

武宗崇佛,广置佛寺,招番僧入后宫,淫乱秽恶之事无所不为。因此,在正德朝,佛教盛行,市井巷尾纵谈房闱之事,不以为耻。

佛教在《金瓶梅》中颇多反映。吴晗先生曾指出:"以全书论,仍是以佛教因果轮回天堂地狱的思想做骨干。"① 日本学者志村良治先生也认为:《金瓶梅》故事情节是"根据恶有恶报这种佛教的因果之理来构筑的"②。

佛教思想与意识贯穿全书,第39回、51回、74回、100回的佛教"宣卷"(讲述因果的说唱故事),第57回、88回,进行布施,修筑寺院等情节,无一不反映出佛教的盛行。不过,周钧韬等学者持相反的观点,他们认为《金瓶梅》反映的是道教得势,佛教被贬,并以书中佛教和尚受到贬骂加以佐证。③ 笔者不敢苟同。书中确有烧夫灵和尚听淫声的章节,对和尚有讥讽,但是更有道士金宗名有鸡奸行为,碧霞宫道士石伯才是贪财好色之辈,"专一藏奸蓄诈","赚诱妇女,任意奸淫"的情节,说明道士的作风比和尚更加败坏。再者作者骂佛咒道,只是其个人好恶,并不一定标志佛道的得势或被贬。《金瓶梅》中更多的章节和情节是对道教和道士的无情批驳。

《金瓶梅》中屡有番僧出现。西门庆在永福寺见到一个云游的和尚,"生的豹头凹眼,色若紫肝",乃西域天竺国密松林齐腰峰寒庭寺

---

① 吴晗:《金瓶梅的著作时代及其社会背景》,载北京市历史学会主编《吴晗史学论著选集》第1卷,人民出版社1984年版,第334—370页。
② [日]志村良治:《豪商与淫女——金瓶梅的故事》,载[日]内田道夫编《中国小说世界》,李庆译,上海古籍出版社1992年版,第127页。
③ 周钧韬:《金瓶梅素材来源》,中州古籍出版社1991年版,第61页。

下来的胡僧（第49回）。永福寺的长老，原来是西印度出身的和尚（第57回）。李瓶儿出殡更是青睐西门外宝庆寺的赵喇嘛，请来念番经（第65回）。

胡僧、番僧的一再出现，说明西门庆确实常与这些外国和尚来往，暗合武宗延请番僧之事。武宗设佛教为国教，国佛也即武宗之佛，"西门外宝庆寺"，不是可理解为"西门庆宝寺"吗？难道是偶然巧合？西门庆将胡僧引至家中，盛情款待，求取房中之药，以身试用，与武宗屡将番僧请入后宫，演习房中术，何其相似。

三 太监得势权倾一时

《金瓶梅》反映的年代正是太监得势的明代。武宗正德朝，刘瑾、谷大用得宠，权倾一时，炙手可热。

图1-1-9 明代太监塑像——明太祖对太监干预朝政有禁令，立有戒牌。明前期还能遵循，明中期已名存实亡。

武宗即位不久，刘瑾就全面负责宫廷娱乐，如宫中的舞蹈、角抵、乐队等，使年轻的皇帝对国事不感兴趣，渐渐将国事托付给刘瑾。正德元年（1506）六月，刘瑾被授予检查监督京师守军的职权。[1] 刘瑾权盛之时，内阁大学士都要跪在他的面前办公。在刘瑾眼中，内阁大学士是皇帝的奴仆，也是大太监的奴仆。

　　第31回，西门庆为金吾卫副千户，宦官刘公公、薛公公前来道贺。"忽报刘公公、薛公公来了。慌的西门庆穿上衣，仪门迎接。二位内相坐四人轿，穿过肩蟒，缨枪队，喝道而至。西门庆先让至大厅上，拜见叙礼，接茶。落后周守备、荆都监、夏提刑等众武官，都是锦绣服，藤棍大扇，军牢喝道，僚掾跟随。"西门庆先把盏让座次，"二位老太监齿德俱尊。常言：三岁内宦，居于王公之上，这个自然首座，何消泛讲"。于是，刘内相居左，薛内相居右。

　　缨枪，在明中叶是一种先进的武器，只有重要兵镇才配备，如蓟镇总兵戚继光。万历年间首辅、三朝元老张居正，于1578年回江陵办理父亲张文明丧事，坐了32人的大轿，总兵戚继光调枪手护送，才享用了"缨枪夹道"之待遇。刘公公、薛公公不过是管皇庄、管砖厂木的低级太监，却也如此耀武扬威。这说明：第一，众武官尽管"藤棍大扇，军牢喝道"，大摆威风，却仍不及太监"穿过肩蟒，缨枪队，喝道而至"气派。第二，众武官对太监的态度也十分恭谦，近乎肉麻，"一个管皇庄和造砖的内使，声势便煊赫到如此，在宴会时座次在地方军政长官之上"[2]，小太监尚且如此，大太监的威势可想而知。第三，西门庆一向唯我独尊，天不怕地不怕，见了太监却客气多

---

[1]　[美] 牟复礼、[英] 崔瑞德编：《剑桥中国明代史》，张书生等译，中国社会科学出版社1992年版，第442页。
[2]　吴晗：《金瓶梅的著作时代及其社会背景》，载北京市历史学会主编《吴晗史学论著选集》第1卷，人民出版社1984年版，第334—370页。

了，可见太监权势之大。

宦官是皇帝的内当家，宫中大事小事全仰仗他们，他们可以穿越深宫，日夜陪伴君王，因此，他们对皇帝的影响最大。这导致宦官得势时可以左右皇帝。明武宗是靠太监的帮助登上皇位的，他对太监就尤为依靠。宦官专权，太监招摇过市，在正德朝就不足为奇了。

四　社会不以贪污为耻

明代的贿赂、贪污现象非常普遍。嘉、隆以前，社会尚指斥贪污为不道德；嘉、隆以后，则社会指斥不贪污为无能。明中叶以降，君纲日坏，贪污贿赂屡见不鲜。

《明史·焦芳传》《明史·江彬传》记载：武宗正德朝刘瑾、江彬、焦芳彼此勾结，公然纳贿，权害天下。武宗信任刘瑾，上下交征，竟成贿赂世界。《明史·刘瑾传》记载："瑾故急贿，凡入觐见使者，官皆有厚献，给事中周钥堪事归，以无金自杀。""今天下巡抚入京受敕输瑾贿，延绥巡抚刘宇不至，逮下狱。宣府巡抚陆完后至，几得罪。既赂乃令试职视事。都指挥以下求迁者，瑾第书片纸曰某授某官，兵部即奉行不敢复奏。边将失律，赂入即不问，有反升擢者。"刘瑾收了贿赂，一个批条就代替了兵部的任命书，无钱贿赂者被逼自杀或被逮捕，行贿赂者则可免罪，甚至升官。

贿赂、贪污在《金瓶梅》中司空见惯，比比皆是。

第17回，北敌犯边，抢过雄州地界，兵部王尚书不发人马，贻误军机，累及东京十万禁军提督杨戬，被科道官参劾，拿下南军监禁，合同三法司审问。西门庆亲家陈洪等人亦要发边卫充军。西门庆打点金银珠宝，派人到东京打听消息，走蔡太师门路，以500两银子的代价将他的姓名划掉，逃过一劫。

苗青杀主，托王六儿行贿西门庆。西门庆贪赃枉法，会同夏提刑只将陈三、翁八问斩，真正的元凶苗青却逍遥法外。

黄四小舅子杀人，是通过向西门庆行贿，得以逃避法律制裁。法律是他们交易的筹码，有钱有势就可以左右法律天平的倾斜，为他们肮脏勾当充当保护伞。

宋御史、蔡状元，以及右相李邦彦、太师蔡京，哪个不是纳贿高手，枉法行家。蔡太师寿诞之日，贪官污吏齐集太师府争先恐后将搜刮来的民脂民膏孝敬太师，谁的礼厚，谁就能得到太师的垂爱，青云直上，西门庆就是在这种场合下，成为蔡太师的义子，开始了他更加为所欲为，鱼肉百姓的行为。

1508 年，刘瑾开始对任何触犯他的官员科以大量罚款，"连那些普遍被认为很有节操的人也开始贿赂他，以便避免罚款"[①]。正不压邪，污吏一手遮天，索贿行赂，贪污腐败，已成为正德朝的一种社会风气，侵入了社会的整个肌体。

五 衰亡的王朝，没落的家族

正德十六年（1521），武宗纵欲而死，年仅 30 岁。朱元璋打下的江山，经过明武宗的一番折腾，元气大伤，此后虽然出现了张居正这样的一代名相，使明朝统治维持了一百多年，但毕竟已经日暮穷途了。西门庆也因纵欲而亡，年仅 33 岁。西门庆死了，辉煌的大厦被抽掉了擎天柱，树倒猢狲散，西门庆家族走向了没落。孟玉楼、李瓶儿改嫁，潘金莲被逐，庞春梅外嫁；狮子街丝锦铺关了，缎铺甘伙

---

① ［美］牟复礼、［英］崔瑞德编：《剑桥中国明代史》，张书生等译，中国社会科学出版社 1992 年版，第 444 页。

计、崔本各辞归家；韩道国席卷货物一走了之，来保欺主背恩，只剩下正室吴月娘带着西门庆遗腹子孝哥，小厮玳安，勉强支撑。

明武宗荒淫的一生，没有留下哲嗣，殁后，皇位由兴献王之子朱厚熜（即明世宗嘉靖皇帝）继承。西门庆放荡一世，嫡亲子官哥被猫吓死，遗腹子孝哥托身佛门，剩下的家业只好由小厮玳安代为打理。玳安被吴月娘收为义子，改名西门安，被称为西门小官人。

衰亡的王朝，没落的家族，一大一小，都逃脱不了失败的命运。

《金瓶梅》是一部伟大的写实小说，从一个家庭的兴衰，由小喻大，写出了亡国之鉴的社会世情。《金瓶梅》对现实的不满，对社会的揭露，对皇权的抨击，"表现出'世纪末'的最荒唐的社会景象"[①]。

自《金瓶梅》以后，传统写法被打破。

自《金瓶梅》以后，皇帝老儿也可批评。

第二节　西门庆的帝王相

西门庆像个皇帝，许多专家都有类似的感觉。[②] 西门庆固然是《金瓶梅》中的一个文学形象，但是他同时是生活中的典型，分析、探究他的个性形成、形象集成，客观上可以帮助我们解开《金瓶梅》中的许多难解之谜，诸如作者是谁，成书年代、时代背景等问题。

[①] 郑振铎：《谈金瓶梅词话》，载胡文彬、张庆善选编《论金瓶梅》，文化艺术出版社1984年版，第48—66页。

[②] 1983年4月，美国印第安纳大学召开《金瓶梅》学术研究会，有学者提出西门庆写得像个皇帝的观点。参见刘辉《也谈金瓶梅的成书和"隐喻"——与魏子云先生商榷》，载吉林大学中国文化研究所编《金瓶梅艺术世界》，吉林大学出版社1991年版，第111—121页。

图1-2-1 西门庆像——西门庆像个皇帝，这是学者公认的感觉，至于西门庆究竟影射的是谁，仁者见仁，智者见智，比较有代表性的是笔者率先提出的西门庆是对明武宗朱厚照的影射，这种观点已经得到一些学者的呼应。

西门庆的猖狂与不可一世，是有目共睹的。他曾经说过："咱只消尽这家私广为善事，就使强奸了嫦娥，和奸了织女，拐了许飞琼，盗了西王母的女儿，也不减我泼天富贵。"（第57回）唯我独尊，老子天下第一，嚣张与跋扈溢于言表，西门庆何以如此目中无人，笔者以为与他身份的特殊有关。

书中有许多叙述，留下了西门庆身份特殊的蛛丝马迹。我们不妨作一探究，以管窥西门庆的帝王身世。

一 《金瓶梅》多次出现"惜薪司"

笔者曾留意《金瓶梅》中多次出现"惜薪司"这个名称。

第20回，李瓶儿老公公花太监"先在惜薪司掌厂，御前班直，后升广南镇守"。

第23回，西门庆与宋惠莲偷情，西门庆要去后院，宋惠莲想在五娘房内，有对白："后边惜薪司挡住路儿，柴众。"

对于"惜薪司"的解释，许多学者都认定是指柴房，这是只知其一，不知其二。不可否认，"惜薪司"确是柴房，但是必须指出的是，这个柴房不是普通百姓家的柴房，而是皇宫的柴房。

惜薪司是皇宫的内宫机构之一，明代内府建设立"二十四衙门"，即十二监、四司、八局，惜薪司系四司之一。《明宫史·惜薪司》记载，惜薪司设"掌印太监一员，总理数十员"，"专管宫中所用炭柴，及而十四衙门、山陵等处内臣柴炭"。"外有北厂、南厂、西厂、东厂、新西厂、新南厂等处，各有掌厂、佥书、监工，贮收柴炭，以听关支。"第 20 回，玉箫戏言李瓶儿"挨的好柴"，一方面隐指男根，调侃李瓶儿与花太监关系暧昧；笔者以为另一方面旨在说明李瓶儿，乃至西门家与内宫的千丝万缕的联系。

古代社会等级制度极为森严，不可僭越。宫中的名物自有宫中的规矩。皇家的称谓绝对不会由平民老百姓任意称呼。我们知道《金瓶梅》的作者是一个用心良苦，具有强烈批判现实社会意识的人物，他精心构建了《金瓶梅》这部杰作，却不留真实姓名，而将他的思想及所要传递的信息渗透字里行间。可以这么说，"惜薪司"是不能与老百姓家的柴房混为一谈的，因此，笔者有理由认为"惜薪司"的频繁出现，绝非作者的信笔涂鸦，而是有着深刻的用意。

图 1-2-2 紫禁城太和殿——太和殿，俗称金銮殿，是皇宫中面积最大、规格最高的宫殿。每年元旦、冬至、万寿三大节日的庆贺以及登基、上朝等，都会在太和殿举行仪式。

二　西门庆冠冕有所指

封建等级制度至明代已经系统化、程式化，渗透社会生活中的诸多方面。官场往来中，更是严格遵循，不越雷池一步。官制的原则规定，低品级官员须拜见高品级官员，绝对不会由尊就卑。① 书中逾礼违制的地方，一方面反映了明中叶社会思想的波动、民风民俗的流变，呈现社会转型期的特征；另一方面体现了作者的精心构思，把主题及信息贯穿于动荡变化的社会格局之中，揭示人物，表现主题，批判现实。

新科状元蔡蕴、巡抚御史宋乔年等显赫官吏经过清河，必定拜会西门庆；督运皇木的钦差、宫中管事的太监也要拜谒西门庆；甚至权倾当朝的黄太尉巡视临清，亦必下榻西门府。山东境内的大小官员几乎是"唯西门庆马首是瞻"②。由此可见西门庆的权势与社会影响极大。第 36 回有一段文字颇能说明本文所要揭示的西门庆身份的特殊性问题。

新科状元蔡蕴与先朝宰相安惇之弟、新科进士安忱途经清河，拜会西门庆。

> 蔡状元那日封了一端绢帕、一部书、一双云履；安进士亦是书帕二事、四袋芽茶、四柄杭扇。各具官袍乌纱，先投拜帖进去。西门庆冠冕迎接至厅上，叙礼交拜。家童献毕贽礼，然后分宾主而坐。先是蔡状元举手欠身说道："京师翟云峰甚是称道贤

---

① 黄强：《论金瓶梅对明武宗的影射》，《江苏教育学院学报》1995 年第 3 期，转刊于《复印报刊资料：中国古代近代文学研究》1995 年第 12 期。

② 同上。

公，阀阅名家，清河巨族，久仰德望，未能识荆。今得晋拜堂下，为幸多矣"……蔡状元道："学生蔡蕴，本贯滁州之匡庐人。贱号一泉。侥幸状元，官拜秘书正字，给假省亲，得蒙皇上俞允。"……安进士道："学生乃浙江钱塘县人氏。贱号凤山。见除工部观政，亦给假还乡续亲。"

笔者认为"西门庆冠冕"的引文不打自招点破了西门庆的特殊身份。因为冕是一个很特别的名物。冕在上古时期还是帝王、诸侯及卿大夫所戴的礼帽。段玉裁《说文解字注》："冕，大夫以上冠也。"《字汇·门部》："古者诸侯、大夫皆有冕，但以旒之多寡别耳。"冕的形制是冠顶部盖有一木板，板两端垂有数串玉珠，以垂挂玉珠（称为"旒"）的多少区别帝王、诸侯、大夫。① 唐宋以降，冠冕的使用者范围缩小，成为帝王的专用礼帽。唐朝刘禹锡《古调》有曰："轩后初冠冕，前旒为蔽明"，特指王冠，因此，皇帝继位也称登基加冕。

图1-2-3 明代冠冕——山东邹县出土明鲁王朱檀墓出土冕，高18厘米。

有明一代是封建社会专制淫威肆虐的时期，表现出保守性、收敛性的特征。② 其官制及官服制度完完全全被纳入了等级系统之中。笔

---

① 黄强：《汉代的冠》，《寻根》1996年第5期，转刊于《新华文摘》1997年第2期。
② 这是相对于隋唐宋元的带竞争性的对外扩张而言。参见［美］黄仁宇《赫逊河畔谈中国历史》，生活·读书·新知三联书店1995年版，第220页。

者曾经说过,《金瓶梅》的作者生活在封建制度极为严格的时代,对这种礼制常识的认识是刻骨铭心的,绝对不会含糊到任意僭越伦常、礼制的。① 明白了这一点,那么,冠冕是一种特指的意图就不言而喻了。

图1-2-4 北京十三陵定陵出土皇帝龙袍——龙袍与冕都是皇帝专用的,龙袍的穿戴也分场合,一般在重大场合如上朝、祭天、祭祖时才穿。

图1-2-5 定陵出土珍宝腰带——定陵出土了大量衣冠、丝织品,许多文物是孤品。民间服饰存世量大,相对容易得到,皇室服饰制作精良,本身就是珍品,数量少,出土的更少,因此,我们今天研究明代宫廷服饰,定陵出土的文物提供了非常重要的服饰实物。

---

① 黄强:《从服饰看金瓶梅反映的时代背景》,《江苏教育学院学报》1993年第2期,转刊于《复印报刊资料:中国古代近代文学研究》1993年第11期。

我们还必须看到蔡蕴身份也是很特别的，书中有交代，他是当朝太师蔡京的假子，蔡太师是当朝一品，权势倾天，有其父必有其子，试问，蔡太师的义子能向谁低头？何况蔡蕴又是新科状元，天子门生。在封建社会，状元的身份非同小可，莘莘学子寒窗苦读数载，经过乡试、会试、殿试，过五关斩六将，一路辛苦，参加殿试金榜题名，得中进士，方成正果。殿试分为三甲，一甲取三名，第一名状元，依次榜眼、探花，得中状元极尽荣华，虽武将收复失地疆土，凯旋还朝也不可比及。状元虽然最初授官较低，但升迁极易，很快就晋级为高官，位极人臣。[①] 以蔡蕴的双重身份，他只会趾高气扬，绝不会唯唯诺诺，低三下四。但是他拜会西门庆，则表现出这种懦弱的心态。从引文中我们不难看出，蔡状元对西门庆的恭谦，已近乎惶恐，一而再，再而三，谦称自己是学生，"'学生归心匆匆，行舟在岸，就要回去。既见尊颜，由不遽舍，奈何奈何？'……蔡状元道：'既是雅情，学生领命'"（第36回）。

图1-2-6 江南贡院考棚——南京的江南贡院是明清时期最重要、最著名的乡试场所。当时南有江南贡院，北有北京顺天贡院。江南多才子，科举多进士，整个江南的举子都要来到南京江南贡院一试身手。

[①] 黄强：《状元及其授官》，《南京史志》1988年第5期。

在封建社会，举子通常称会试的主考官和管阅卷的人为师长。会试主考官称总裁，又称座主或座师；管阅卷的称房官，俗称房师。到了殿试由皇帝亲自主持，皇帝是主考人，评阅试卷的人只称为读卷官，因此，天下进士全是皇帝的学生，即所谓天子门生，而状元更是皇帝的新宠。蔡蕴向西门庆行礼，不会只是向一个新兴的商人、有钱的暴发户表示一下恭敬礼让，因为中国古代社会从来就是官大于民，更不要说排在士、农、工、商四民之末的商人。披着商人外衣的西门庆，不是普通的商人，正如明武宗化为总兵官朱寿，只是个假托的名字，向朱寿礼拜就是向皇帝行礼。蔡蕴虽是显官之子，又是新科状元，但在龙颜面前，这些身份、权势又算得了什么？蔡蕴的恭敬，与他的言行，正好与皇帝、状元、进士的关系丝丝入扣。这难道只是一种巧合？显然不是。

三　家室宅院影射皇室内宫

从对西门庆的家室宅院的描写中，也可以看到皇室内宫的影子。

关于皇宫内院，第27回有过交代，"皇宫内院，水殿风亭，曲水为池，流泉作沼；有大块小块玉，正对倒透犀；碧玉栏边种着那异果奇葩，水晶盆内堆着那玛瑙珊瑚"。我们再回头看看西门庆家的内院花园，可以很真切地感受到两者的相似之处。

> 正面丈五高，周围二十板；当先一座门楼，四下几多台榭。假山真水，翠竹苍松。高而不尖谓之台，巍而不峻谓之榭。论四时赏玩，各有去处：春赏燕游堂，桧柏争艳；夏赏临溪馆，荷莲斗彩；秋赏叠翠楼，黄菊迎霜；冬赏藏春阁，白梅积雪。刚见那娇花笼浅径，嫩柳拂雕栏；弄风杨柳纵蛾眉，带雨海棠陪嫩脸。

燕游堂前，金灯花似开不开；藏春阁后，白银杏半放不放；平野桥东，几朵粉梅开卸；卧云亭上，数株紫荆未吐。湖山侧，才绽金钱；宝槛边，初生石笋。翩翩紫燕穿帘幕，呖呖黄莺度翠阴。也有那月窗雪洞，也有那水阁风亭。木香棚与荼蘼架相连，千叶桃与三春柳作对。也有那紫丁香、玉马樱、金雀藤、黄刺薇、香茉莉、瑞仙花。卷棚前后，松墙竹径，曲水方池，映阶蕉棕，向日葵榴。游鱼藻内惊人，粉蝶花间对舞。正是：芍药展开菩萨面，荔枝擎出鬼王头。（第19回）

图1-2-7 蔡状元参观西门府花园（《金瓶梅》第36回插图）——俗话说一入侯门深似海，进入皇宫更是深似海。皇宫花园的浩大，岂是官宦人家的花园可比？此地无银三百两，花园的浩大胜蓬莱，成为西门庆特殊身份的一个注脚。

从描写中不难看出西门家花园规模的宏大,"花木庭台一望无限","四时有不卸之花,八节有长春之景"确实不是夸张之词。夏日里西门庆家池花馆,花木深秀,一望无际。(第36回)西门庆散发披襟,在花园中翡翠轩卷棚内,与孟玉楼、潘金莲饮酒、避暑、寻欢、作乐,"冰盆内沉李浮瓜,凉亭上偎红倚翠",甚是逍遥。西门家的花园呈现与民间花园的天壤之别,其布置的精巧,风格的奢华,流露出帝王纸醉金迷的奢靡气息,以至于连蔡状元竟会有"心中大喜,极为称慕,夸道:诚乃胜蓬瀛也"的感慨。

前文已经说过,蔡状元并非普通官宦人家子弟,其义父蔡太师是纳贿高手,枉法行家,生活奢侈,想来蔡家花园也非一般官宦人家可比,对花园的评判,蔡状元绝非"等闲之辈",换言之,见多识广,但是他见到西门庆家的花园情不自禁地流露出羡慕之意,可见这个花园确非一般花园。何处花园能"一望无际"?又有何处花园敢比蓬瀛?答案只有一个:皇家花园。

四 宫中物品何其多

在西门庆的周围不时出现内宫人物与宫中物品,多方面折射出西门庆的帝王身份。

第47回,西门庆与王六儿勾搭成奸之后,他去王家,让小厮送去内臣送他的竹叶青酒。一般说来,宫内物品除非特赐,普通官宦人家甚至高官,轻易无法得到。特赐是一种礼待,是一种至尊的荣耀。

西门庆手中赏玩的宫中物品不在少数。第13回记载,西门庆为了讨好潘金莲,送她一对寿字簪儿,"潘金莲接在手内观看,却是两根番纹低板、石青填地、金玲珑寿字簪儿。乃御前所制造,宫里出来的,甚是奇巧",哄得潘金莲满心欢喜。这种宫内出来的寿字簪子,西门庆手中有许多对。第50回送王六儿的，还是一对金寿字簪儿，李瓶儿老公公花太监持有二十四式春意图等宫内物品，书中有所交代，系从宫中带出来的。那么西门庆缘何有宫中物品？书中未有明说，联系西门庆拿宫中之物如同自家东西一般方便，其来源不是有了注脚吗？

西门庆与宫中太监接触也是极为频繁的。

第31回，西门庆升任金吾卫副千户，管砖厂的刘太监差人送礼祝贺；管皇庄薛太监也送了一坛内酒、一牵羊、两匹金段、一盘寿桃、一盘寿面、四样佳肴。次日两位公公"坐四人轿，穿过肩蟒，缨枪队，喝道而至"，上西门府庆贺。

第34回，西门庆为砖厂刘太监兄弟刘百户免了一场诉讼，刘公公为还人情，送西门庆一坛自造荷花酒、两包糟鲥鱼、两匹妆花织金段子。

图1-2-8 临清砖（黄强摄）——历史记载，临清建有砖厂，专供皇宫，掌管砖厂的系宫内太监。临清砖厂在《金瓶梅》中颇多反映。

第56回，周太监请西门庆吃酒，未去。

第70回，内府匠作何太监系端妃马娘娘的近侍，因侄儿何永寿升授金吾卫左所副千户，约见西门庆，请其关照侄儿。

如此等等，已经足以说明西门庆与皇宫，与太监走得很近。什么人才能与太监如此亲近？

图 1-2-9 清代同治铁牌——明太祖朱元璋竖立禁止太监干预的铁牌，已经看不到了，我们现在看到的是清代同治年间竖立的禁止太监干预朝政的铁牌。顺治十二年（1655）六月二十二日，顺治帝下谕旨禁令太监"专擅威权，干预朝政，开厂缉事，枉杀无辜，出镇典兵，流毒边境"，并令工部铸铁牌立于十三衙门，以后又将此铁牌立于内务府所属院、司公署。

太监是封建社会特定环境下的产物，他们的职能就是为皇帝、为皇室服务，他们是帝王的家奴。明初朱元璋认识到太监乱政的危害，禁止官吏与太监往来，以扼制宦官势力的滋长。《明史·宦官传》记载："于内廷尝镌铁牌置宫门，曰：内臣不得干预政事，预者斩。敕诸司不得与文移往来。有老阉供事久，一日从容语及政事，帝大怒，即日斥还乡。"尽管明代是太监最多的王朝，但明初对太监活动范围及势力扩张的限制也最多。[①] 太监的足迹只限于内宫或朝中执事，以

---

① 卫建林：《明代宦官政治》，山西人民出版社1991年版，第12页。

及随皇帝巡视侍奉左右。明成祖朱棣以后,随着太监势力的滋长,太监活动范围也逐渐扩大。总体上说,除个别负采购事务的必须与外界联系外,绝大多数太监是不能,也不可能与皇宫以外的世界有什么瓜葛的,"一入皇宫深似海"。同样,普通官员也不可能与太监这个阶层有什么交往。从这个限制来考虑,能与皇室、宦官有往来的必定是一个有着特殊身份的人物,诸如皇室成员、皇帝老师或皇帝本人,而从书中的一些描写,并联系历史史实、典章制度,笔者有理由推断西门庆就是这样一个罩着帝王光环的特殊人物。

五　赏花灯放烟火由宫廷下延民间

上元节赏花灯、燃放烟火,是明代社会生活中的一项重要项目,由宫廷下延民间,皇帝也亲临午门观赏,与民同乐,并作御诗,命儒臣奉和。[①]

第15回有这样的描述:"见那灯市中人烟凑集,十分热闹。当街搭数十座灯架,四下围列些诸门买卖。玩灯男女,花红柳绿,车马轰雷,鳌山耸汉。"西门庆及其家族成员都热衷玩赏花灯。第15回,吴月娘、孟玉楼等西门庆众妻妾家人元宵节观灯,衣着锦绣,光彩照人,引得游客驻足观看。一位看客说道:"已定是那公侯府位里出来的宅眷。"另一个一语中的:"贵戚皇孙家艳妾来此看灯,不然,如何内家装束?"所谓此地无银三百两,"如何内家装束?"因为本来就是内家嫔妃。

明中叶,服饰制度时而发生紊乱的情况,由官宦阶层下延民间,越礼忤制的服饰装束遍及社会,但完全叛逆,或违背皇权的并不多

---

① 黄强:《花灯与金瓶梅》,《保定师专学报》2001年第1期。

见，其原因是皇权仍然是至高无上的，人们还笼罩在朱氏政权的统摄之下。因此，衣服饰虽有僭越，却还不敢擅用皇室服饰。

西门庆喜赏花灯，与明武宗朱厚照颇为相似。西门庆观烟火的声势、气派与一般官宦大不相同，自有"平安儿同群众排军，执棍拦挡再三"（第43回），俨然为皇帝护驾。联系上文举例，西门庆妻妾又是皇亲国戚一般装扮，她们的主子西门庆是"天下第一号"人物，岂不昭然若揭？

有了上述的举例和论述，西门庆像个皇帝，这已确定无疑。

第三节 《金瓶梅》成书年代考

《金瓶梅》的作者兰陵笑笑生到底是谁？四百年来一直是个谜。《金瓶梅》又成书于何时？也一直困扰着金学界。探究它的写作年代对于揭开作者之谜，研究其反映的历史及其思想，无异于一把开启封闭之门的钥匙。

经过比较分析，笔者认为《金瓶梅》成书于隆庆朝（1567—1572）前后，最早不过嘉靖七年（1528），迟则嘉靖末年，至迟不过万历二十四年（1596），详见下文。

一 有关成书年代考证的概述

对《金瓶梅》成书于何时，许多学者都做过研究，其主要观点大致有以下几点。

吴晗认为成书年代大约在万历十年至三十年（1582—1602），退一步说，最早也不能早于隆庆二年（1568），最晚也不能晚于万历三十四年（1606）。①

郑振铎认为最早不能在万历三十年（1602）以前流行于世。②

魏子云认为《金瓶梅》全稿最早出现于万历四十三年（1615），持有人是沈德符，"可以确定《金瓶梅》成书，当在万历末年，绝对不能在万历中期，这点应是可以确定的"③。

周钧韬认为成书在隆庆朝前后，上限不过嘉靖四十年（1561），下限不过万历十一年（1583）。④

徐朔方认为成书在嘉靖二十六年（1547）至万历元年（1573）。并在《汤显祖和金瓶梅》一文中说："《金瓶梅》写定最早不超过嘉靖二十六年。"⑤

梅节依据新河凿成、南河南徙，断定词话本的成书必在嘉靖以后，其上限不能早于万历五年（1577）八月，进一步明确在万历十年（1582）。⑥

---

① 吴晗：《金瓶梅的著作时代及其社会背景》，载胡文彬、张庆善选编《论金瓶梅》，文化艺术出版社1984年版，第11—47页。
② 郑振铎：《谈〈金瓶梅词话〉》，载胡文彬、张庆善选编《论金瓶梅》，文化艺术出版社1984年版，第48—66页。
③ 魏子云在其著作《金瓶梅的问世与演变》提出此观点，笔者未见由台湾时报出版公司1981年出版的此书。胡文彬编《金瓶梅的世界》从魏子云著作中选入两篇文章《从金瓶梅的问世演变推论作者是谁》《金瓶梅的传抄、付梓与流行》。参见胡文彬编《金瓶梅的世界》，北方文艺出版社1987年版，第75—98页。
④ 周钧韬：《金瓶梅素材来源》，中州古籍出版社1991年版，第1、51页；周钧韬：《金瓶梅成书问题之我见》，载吉林大学中国文化研究所编《金瓶梅艺术世界》，吉林大学出版社1991年版，第99—110页。
⑤ 徐朔方：《论金瓶梅的成书及其他》，齐鲁书社1988年版，转引自周钧韬编《金瓶梅资料续编（1919—1949）》，北京大学出版社1991年版，第16页。
⑥ 梅节：《金瓶梅成书的上限》，载中国金瓶梅学会编《金瓶梅研究》第1辑，江苏古籍出版社1990年版，第84—92页。

图1-3-1 日本大安本《金瓶梅词话》第一卷扉页——1963年日本大安株式会社以栖息堂藏本为主，采用慈眼堂藏本496个单面页出版。94回采用中土本两个单面页，因此大安本仍然是个百衲本。梅节先生认为大安本虽然文字清晰度不如中土本，但是保持了原刻素洁的面目，因此梅节校订的《新刻金瓶梅词话》即以大安本为底本。

黄霖提出成书于万历二十年（1592）前后的观点。①

孙逊从第二回西门庆请王婆做媒，第三回西门庆与潘金莲问年龄等方面考究，认为种种迹象表明"《金瓶梅》成书在嘉靖中期是可能的"②。

卜键详考李开先之生平与宦迹游踪，兼及谱系嫡庶之辨析，得出《金瓶梅》成书于嘉靖后期的结论。③

此外，日本学者对此问题也有研究。鸟居久靖《金瓶梅编年稿》认为成书在万历三十七年（1609）。后藤基已认为《金瓶梅》大约完

---

① 黄霖：《金瓶梅漫话》，学林出版社1986年版，第168—172页。
② 孙逊：《从两处更改看金瓶梅的成书时间》，载中国金瓶梅学会编《金瓶梅研究》第1辑，江苏古籍出版社1990年，第93—97页。
③ 卜键：《金瓶梅作者李开先考》，甘肃人民出版社1988年版。

成于 16 世纪后半叶，作者为嘉靖、隆庆、万历年间人氏。①

上述观点均有一定的道理，但是彼此差异较大，对上述作者的考证与观点，其他学者提出了反驳。例如吴晗先生认定成书时间为万历中期，依赖于朝廷向太仆寺支取马价银等事例，他认为《金瓶梅词话》"包含万历十年以后的史实，则其著作的最早时期必在万历十年以后"②。而周钧韬则认为支取马价银并非万历朝独有，在嘉靖时也大量支取，"不过不如万历时频繁而已"，吴晗的考证混淆了史实。③

从上述的考证可以看出，各家都想得出一个准确的时间概念，但是智者千虑必有一失，往往力求准确，却不能精确。作为学术考证，笔者认为应当求同存异，尽可能地由大至小，划出一定的认同范围，好比哥德巴赫想，先 3+1，再 2+1，再求 1+1，逐渐缩小包围圈，则底谜日渐显露。

二　成书年代的上限

笔者认为《金瓶梅》成书年代的上限不过嘉靖七年（1528），尽管比普遍认为的成书年代要早些，但是有史实根据，且是准确的，笔者的依据主要认定是关于忠靖冠的记录。

《金瓶梅》的服饰描写很丰富，服饰留下了时代的痕迹，在许多章节写了西门庆穿戴忠靖冠、忠靖巾的情节。

> 西门庆戴忠靖冠，丝绒鹤氅，白绫袄子。（第 46 回）

---

① ［日］后藤基巳：《金瓶梅的时代背景》，载胡文彬编《金瓶梅的世界》，北方文艺出版社 1987 年版，第 44—51 页。

② 吴晗：《金瓶梅的著作时代及其社会背景》，载胡文彬、张庆善选编《论金瓶梅》，文化艺术出版社 1984 年版，第 11—47 页。

③ 周钧韬编：《金瓶梅资料续编（1919—1949）》，北京大学出版社 1991 年版，第 16 页。

西门庆梳洗完毕，戴上忠靖冠，穿着外盖衣服，一个在书房里坐。（第55回）

西门庆头戴忠靖冠，身穿柳绿纬罗直身，粉头靴儿。（第56回）

头戴忠靖冠，身穿青水纬罗直身，粉头皂靴。（第61回）

午间戴着白忠靖巾，便同应伯爵，骑马往谢希大家吃生日酒。……西门庆身材凛凛，语话非俗，一表人才，轩昂出众；头戴白缎忠靖冠，貂鼠暖耳，身穿紫羊绒鹤氅，脚下粉底皂靴。……西门庆头戴忠靖冠，便衣出来迎接。（第69回）

戴着毡忠靖巾，貂鼠暖耳，绿绒补子鹤褶，粉底皂靴。（第77回）

忠靖冠是一种硬质的巾帽，帽上有梁，帽的两侧与后面缀有一片边呈起伏波形的装饰墙片，帽后有两支向上的帽翅。忠靖冠是嘉靖七年才出现的冠帽，《明史·舆服志三》记载："七年，既定燕居法服之制。阁臣张璁因言：'品官燕服之服未有明制，诡异之徒，竞为奇服，以乱典章，乞更法古元端，别为简易之制，昭布天下，使贵贱有等。'"嘉靖皇帝遂复制《忠靖冠服图》颁礼部，礼部以图说形式颁布天下，如敕奉行。忠靖冠取意"进思尽忠，退思补过"。按规定，忠靖冠"在京许七品以上官，及八品以上翰林院、国子监、行人司在外许多方面官及各府堂官，州县正堂、儒学教官服之。武官止都督以上，其余不许滥服。按忠靖冠，仿古元冠，冠匡如制，三梁各压以金线，边以金缘之。四品以下去金缘，以浅色丝线。忠静服仿古元端，服色用深青以纻丝纱罗为之。三品以上云，四品以下素，缘以蓝青，前后饰本等花样，补子深衣用玉色，素带如古大夫之带制，青衣绿缘边并里，素履，青绿绦结，白袜"。此处深衣指衬衣、内衣，不是秦汉时期的深衣概念。

图1-3-2 明嘉靖皇帝画像——明世宗朱厚熜（1507—1566），明代第十一代皇帝，宪宗之孙，兴献王朱祐杬之子，武宗正德十六年（1521）四月即位，次年改年号为嘉靖。世宗总揽内外大政，皇权高度集中。迷信方士，尊尚道教。二十一年（1542）移居西苑，日求长生，不问朝政。致使首辅严嵩专国二十年，吞没军饷，吏治败坏，边事废弛，倭寇频扰东南沿海。死后庙号世宗，葬永陵。

图1-3-3 忠靖冠实物——忠靖冠是明嘉靖七年（1529）出现的冠帽，取"进思尽忠，退思补过"之意。

忠靖冠的问世是为士大夫服务的。"此卿大夫之章，非士人之服也。"① 西门庆在未做官前，就没有穿戴忠靖冠，等到花钱买了金吾卫千户之职后，他就戴上忠靖冠了。《明史·舆服志》规定："四品以下去金缘以浅色丝线。"西门庆的职官是个五品职务。万历二年（1574）禁举人、监生、生儒僭用忠靖冠。

按历史规律，作者成书只会写前朝已有的，而绝对不会出现作者成书时未见的后朝事件与史实的。因此，根据书中忠靖冠只在嘉靖七年（1529）才出现的史实，我们可以说成书最早不过嘉靖七年是可以作为定论的。

忠靖冠制度规定在补服内要衬以玉色衬衣，《金瓶梅》第31回中玉色的衬衣的记录，是合于时制的。西门庆吩咐玉箫"要那件玄色氅金补子，系布圆领、玉色衬衣穿"。按《明史·舆服志》规定：明初所定官员公服、常服，必须衬白纱中单。嘉靖年间所定忠靖冠制度，规定在补服内要衬以玉色衬衣。

三 成书年代的下限

《金瓶梅》第51回，西门庆吃了胡僧药后与潘金莲同房，"不想傍边蹲着一个白狮子猫儿，看见动旦，不知当做甚物件儿，扑向前用爪儿来挝。这西门庆在上，又将手中拿的洒金老鸦扇儿，只顾引斗它耍子。被妇人夺过扇子，把猫尽力打了一扇把子，打出帐子外去了"。

研德先生在《金瓶小景》中指出这完全是仇十洲一幅春画的说明。② 笔者有同感，确实在仇十洲的春宫画中有类似的画面。

---

① （明）王圻、王思义编集：《三才图会》，上海古籍出版社1992年版，第1503页。
② 研德：《金瓶小景》，载周钧韬编《金瓶梅资料续编（1919—1949）》，北京大学出版社1991年版，第164页。

第一章　从历史角度考察《金瓶梅》

明中叶以降，社会不以纵谈房帏秘事为耻，春宫画流布社会，由宫廷下延民间，并得文人推波助澜。① 民间悬挂春宫以避火灾，民间妇女更借此技谋生，天津杨柳青一带是出艳丽名妓的地方，此地也有绘画传统，当地已嫁妇女或待字闺中的女性，都精于此道，而且作为"女红能力"的标准。每年春节前，当地把这些春画当作年画的一种进行销售，这就是有名的"女儿红"。②

春画极盛于明代，在《金瓶梅》中颇多反映，许多情节描写类似春画。

第4回"赴巫山潘氏幽欢"，"那妇人云鬟半軃，酥胸微露，粉面上露出红白来，一径把壶来斟酒，劝那妇人酒。一回推害热，脱了身上绿纱褶子"。

第13回"迎春女隙底私窥"，讲西门庆与李瓶儿勾搭成奸，两人上床交欢，"原来大人家有两层窗寮，外面为窗，里面为寮。妇人打发丫鬟出去，关上里边两扇窗寮，房中掌着灯烛，外边通看不见。这迎春丫鬟，今年十七岁，颇知事体，见他两个今夜偷期，悄悄向窗下，用头上簪子挺签破窗寮上纸，往里窥觑，听看了个不亦乐乎"。

第29回"潘金莲兰汤邀午战"，"妇人赤露玉体，止着红绡抹胸儿，盖着红纱衾，枕着鸳鸯枕，在凉席上，睡思正浓"。

从引文中不难看出其描写有着春宫的风格，其区别仅仅是形式的不同，一个是文章，一个是绘画。此外，书中也记录了春画的事例。第13回，李瓶儿送西门庆其老公公花太监从宫中带出的"二十四式春意图"。

---

① 黄强：《说春画》，《文史杂志》2000年第2期。
② 东郭先生：《闲话金瓶梅》，北岳文艺出版社1990年版，第18页。

内府衢花绫表,牙签锦带妆成。大青大绿细描金,镶嵌斗方干净。女赛巫山神女,男如宋玉郎君。双双帐内惯交锋。解名二十四,春意动关情。

西门庆得到此物后,即拿来给潘金莲看,与潘金莲按照此图卷效于飞之乐。西门庆死后,潘氏与女婿陈经济通奸,也模仿此春宫图卷行事。

《金瓶梅》的作者兰陵笑笑生是生活在不断产生出《金主亮荒淫》《如意君传》《绣榻野史》等"秽书"的时代,[①] 春画盛行也在此时,显然,笑笑生在创作《金瓶梅》时是受到了春画的影响,因此该书每叙床笫之事,或多或少能够看到春画中相应或相近的情节。

说到春画,有必要交代研德谈及的春画的作者仇英。

图1-3-4 仇英《吹箫引凤图》——仇英的绘画内容,已淡化了宣扬伦理道德的观念,而热衷于世情人物、人情世态的内容,具有比较强的娱乐性和观赏性。

---

① 郑振铎:《谈〈金瓶梅词话〉》,载胡文彬、张庆善选编《论金瓶梅》,文化艺术出版社1984年版,第48—66页。

仇十洲（1494—1561），名英，是明代著名画家，写春高手。他出身寒微，初为漆工，兼彩绘栋宇，后改为绘画。嘉靖二十六年（1547），仇英在著名鉴赏家项元汴家作画，得以目睹项家藏宋元名家画千余幅，加上他的潜心观摩，勤于练习，画艺大进，遂跻身吴门四家之列。仇英精于仕女画，擅长春宫图，形成了仇派仕女画风。他擅长绘宫廷场面，画中常见占有广阔厅堂和露台，以及精细雕刻的建筑背景所衬托的朝臣和宫女，在一幅明代春宫卷的卷首中指明他画了一套"十荣"，即十种不同的性交姿势，但是这些画并没有流传下来，①其春画代表作有《燕寝怡情》等。

图1-3-5 明代春宫画《兜售角先生》——类似的场景、情节在"三言""二拍"等明代小说中常常可以读到。《金瓶梅》也反映了宫中流行春宫画等物品，花太监就曾从宫中带出"二十四式春意图"，交给李瓶儿保管，李瓶儿嫁入西门府之后，就落到了西门庆手中。

对仇英的生卒年有两种说法：一说生于孝宗弘治七年（1494），卒于嘉靖四十年（1561），或嘉靖三十年（1551）；另一说生于宪宗

---

① 刘达临：《中国古代性文化》，宁夏人民出版社1993年版，第827—828页。

成化十八年（1482），卒于嘉靖三十八年（1559）。① 可见，其卒于嘉靖年间是肯定的。嘉靖帝在位45年，死于1566年，距仇英去世尚有十多年的光景。

仇英画作成熟在嘉靖二十六年（1547），其所作春画流布社会当在嘉靖二十六年之前，从《金瓶梅》的描写看，受春画影响是显而容易见的，不仅有春宫情节，更主要体现了当时这一社会风尚，从这个角度讲，仇英春宫在前，《金瓶梅》创作在后，据此推断，《金瓶梅》成书应在嘉靖末年。

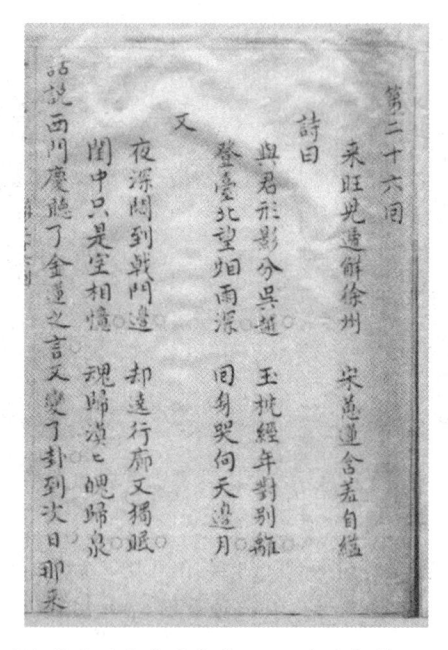

图1-3-6 吴晓铃藏洁本崇祯本底26回首页书影——吴晓玲藏有一部大字精抄的《钞刻绣像批评金瓶梅》，无眉批类注，删去秽语。

---

① 单国强：《仇英》，载中国大百科全书出版社编辑部编《中国大百科全书·美术Ⅱ》，中国大百科全书出版社1990年版，第661页。

佐证嘉靖末年成书的依根据尚有屠本畯的记录,最早记载《金瓶梅》作者的是屠本峻,他在万历三十五年(1607)的《山林经济籍》中写道:"相传嘉靖间,有人为陆都督炳诬奏,朝廷籍其家,其人沉寂,托之《金瓶梅》。"① 此外,屠义还记载万历三十七年(1609)袁中郎兄弟已有了《金瓶梅》全稿。

《金瓶梅》最早的抄本是董其昌万历二十四年(1596)见到的,根据袁中郎写于万历二十四年的《致董思白书》提及的事情可以知道,1596年董其昌从北京某处得到《金瓶梅》开头部分,不足全书的1/3,换言之,万历二十四年即有《金瓶梅》的抄本流行。

有关记录表明,1597年袁中郎与董其昌讨论《金瓶梅》,万历四十五年(1617),《金瓶梅》第一次付印。②

从上述引文中不难看出,《金瓶梅》的抄本流行于万历二十三年(1595),那么,可以推论《金瓶梅》成书的下限在嘉靖末年,最迟不过万历二十三年。

第四节　明武宗与临清

临清在中国城市发展史上有着辉煌的一页,在明清时期,临清仍然是历史重镇,文化名城,是运河沿岸重要的城市,经济、文化都很

---

① 侯忠义、王汝梅编:《金瓶梅资料汇编》,北京大学出版社1985年版,第223页。
② 徐朔方《金瓶梅成书新探》:"《金瓶梅》现存最早的版本刻于万历四十五年(1617),全名《金瓶梅词话》。"徐朔方《汤显祖和金瓶梅》:"《金瓶梅》现存最早版本刻于万历四十五年(1617),即汤显祖去世的第二年。"参见《徐朔方集》第1卷,浙江古籍出版社1993年版,第625、740页。

发达，临清丰富了运河文化，一部言情巨著《金瓶梅》就是蘸着运河文化的墨汁，描述了临清，反映了临清，见证了临清的繁华。

一 临清在历史上的地位

自明永乐年间京杭大运河全线贯通后，运河成为明王朝南北交通和商业运输的重要通道。临清位于大运河中段，独特的地理位置，使它成为明代的繁华城市。南来北往，车水马龙，交通便利，商业繁荣。

图1-4-1 临清古运河场景（摘自《临清县志》）——古代临清因为运河的贯穿，非常繁华，其人口达到一百多万，这样的规模放在如今也是个大城市。

明代临清的关税征收在全国占有重要的地位，以万历年间为例，临清钞关的税收相当于杭州、扬州钞关税收的六七倍，因此临清当时有"天下第一码头"之誉，人口近百万。[1] 百万人口，即使现在来看也相当可观，何况是在几百年前的明代。而杭州、扬州商业尽管繁荣，其税收仅为临清的1/6、1/7，可以想象临清的经济规模和其在全国城市中的地位。明代的临清是一个重要的工商城市。

---

[1] 马征：《金瓶梅与临清运河文化》，载临清金瓶梅学会编《临清与金瓶梅》，山东省聊城地区新闻出版局1992年版，第159—177页。

图1-4-2 临清运河二闸(黄强摄)——2006年5月,京杭运河被国务院公布为第六批全国重点文物保护单位,临清段上的戴闸、二闸是京杭运河上现存元、明两代最为完整的水闸。明永乐十五年(1417),临清由于鳌头矶以北的元代会通河故道与卫河落差较大,不适行船,废除其入卫河及其上的三座水闸,重新开挖了鳌头矶以南的入卫河道,新建了头闸、二闸。现在头闸已不复存在,只有二闸保存完好。

图1-4-3 临清问津桥遗址(黄强摄)——明代正德至万历年间(1506—1619),为了方便原会通河北支两岸的交通,遂把临清头闸(叶城临清闸)与中闸(也称会通闸)改建为桥,分别命名为问津桥和会通桥。

因为水运交通的便利,临清成为"通两京之咽喉"的要地。元代南粮北调以海运为主,明朝因为会通河淤塞,漕粮运输成为当务之急。京杭运河又是漕运的命脉,于是明永乐九年(1411)疏浚会通河，京杭运河遂成为南粮北调的唯一通道。① 到了明中叶，临清繁华达到鼎盛。康熙年间《临清州志》卷四收录王与《临清州治记》记载："薄海内外，舟航之所毕由，达官要人之所递临，而兵民杂集，商贾萃止，骈樯列肆而云蒸雾涌，其地遂为南北要冲，巍然一重镇矣。"

图1-4-4 临清钞关（黄强摄）——明代临清钞关在全国税收中占据重要位置，位列全国八大钞关之首。鼎盛时期的万历年间，其税收收入比杭州、扬州总量还多六七倍。

临清的繁华在《金瓶梅》有很多反映。第92回，"这临清闸上，是个热闹繁华大码头去处，商贾往来，船只聚会之所，车辆辐辏之地，有三十二条花柳巷，七十二座管弦楼"。因为交通便利，商业繁

---

① 杜明德：《金瓶梅与临清饮食》，载赵建民、李志刚主编《金瓶梅酒食文化研究》，山东文化音像出版社1998年版，第164—170页。

荣，许多商贾来到临清做生意。西门庆死后，树倒猢狲散，陈经济被吴月娘赶出西门家，为了生计，陈经济向自己的娘亲"要出三五百两银子来添上，共凑了五百两银子，信着他往临清贩布去"。临清的花花世界，让生性淫荡的陈经济流连忘返，灯红酒绿的花街柳巷，成了陈经济的温柔乡。结果布没贩成，却勾搭上了操皮肉生意的娼妓冯金宝。气得老娘张氏"呜呼哀哉，断气身亡"。

临清的繁华，表现在多方面，一是妓院众多，二是酒楼林立。妓院勾栏中最著名的莫过丽春院，西门庆梳弄郑爱月就是在丽春院进行的，西门庆与帮闲人物的许多事情也是在丽春院发生的，在这里还发生了冲砸的事件。西门庆通过文嫂勾搭上林太太，也是在妓院里接上关系的。妓院等同于一个小世界，所谓妓院场地小，可知乾坤事。

酒楼中规模最大的是谢家大酒楼。因为谢家大酒楼是旺铺，几家争斗，后来借助周守备的力量，陈经济又将酒楼夺了回来，与谢胖子合伙。重新投资1000两银子进行装修。"重新把酒楼装修，油漆彩画，阑干灼耀，栋宇光新，桌案鲜明，酒肴齐整。一日开张，鼓乐喧天，笙箫杂奏，招集往来客商，四方游妓。……大酒楼上周围都是推窗亮隔，绿油阑干。四望云山叠叠，上下天水相连。正东看，隐隐青螺堆岱岳，茫茫苍雾锁皇都；正北观，层层甲第起朱楼；正南望，浩浩长淮如素练。楼上下有百十座阁儿，处处舞裙歌妓，层层急管繁弦。说不尽肴如山积，酒若流波。"这个谢家大酒楼位于运河边上，登楼就餐可以凭栏眺望，运河与临清的风光、景致尽入眼底。"在楼窗后瞧看，正临着河边，泊着两只剥船。船上载着许多箱笼桌凳家活，四五个人尽搬入楼下空屋里来。"（第98回）

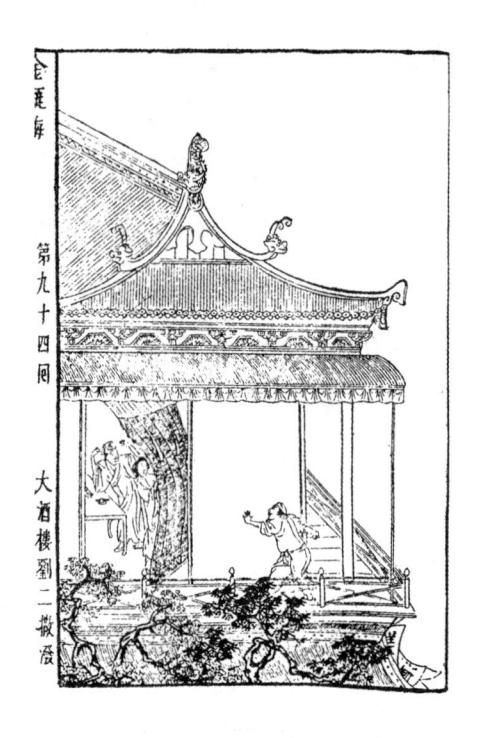

图1-4-5 《金瓶梅》谢家酒楼（第94回插图）——在《金瓶梅》中，谢家酒楼是临清码头上最著名的酒楼，不仅建筑气派，规模也最大，招徕南来北往的客人，陈经济也曾经营着谢家酒楼，生意兴隆。按照如今的时髦话讲，这谢家酒楼就是当年临清的标志性建筑，城市地标，当地的著名企业，利税大户。

这些描写，高度概括了临清在运河航道中的独特地理位置，以及城市的繁荣景象。运河经济区联系五省、五大水系，形成了一个庞大的经济特区。

杜明德先生称："从运河文化不断丰富和不断发展的意义上说：《金瓶梅》则是运河文化的佼佼者。"[①]陈东有先生也说过："一部《金瓶梅》是作者蘸着大运河水写出来的。"由漕运所引出的仓站、闸站和

[①] 杜明德、张殿增：《运河文化与金瓶梅》，载王平、李志刚主编《金瓶梅文化研究》第2辑，中国文联出版社1999年版，第276—288页。

漕粮支运、托运的交接处，无疑是人口集中之地，"酒楼饭馆，旅舍客栈，商铺货店，码头驿站，配套的经济行业随之而兴，于是过去荒丘野地此时成了繁荣小镇；过去小村僻庄，此时成为重镇都会"①。

二　明武宗巡视临清的史实

因为临清是运河两岸重要的城市，地处咽喉要地，临清的工商业发达，凡是走运河水路的会在临清停留，走岸上陆路的也会来到临清住宿。旅游者路经临清寻找文化遗存，访古探幽；生意人更是要到临清找寻商机，发家致富。临清的富裕，临清的繁荣，受到社会的关注。

图1-4-6　临清晏公庙遗址（黄强摄）——《金瓶梅》第93回写到晏公庙，离临清城不远，在临清码头上，陈经济曾在晏公庙做道士。1964年修整卫河河堤时，晏公庙的大门被拆除，如今晏公庙遗址只有一株枝叶繁茂的古槐树还在。

---

① 陈东有：《再论运河经济文化与金瓶梅》，载临清金瓶梅学会编《临清与金瓶梅》，山东省聊城地区新闻出版局1992年版，第224—237页。

图1-4-7 临清考棚黉门（黄强摄）——考棚的所在地就是明代工部营缮分司的办公地点，临清砖厂就属于营缮分司的管辖范围。临清砖在明清时期是故宫和十三陵的主要建筑材料，砖厂的管理由工部官员负责，《金瓶梅》中说及砖厂的刘太监、薛太监，并非砖厂主管，而是宫主派到砖厂负责监督、督办的。

以荒淫、荒唐著称的明武宗朱厚照，短暂的一生寻花问柳，放荡无拘，经常外出巡游，就曾巡视临清，在临清留下了历史记载与风流故事。

对于明武宗的风流放纵，外出巡游，当时的许多官员是反对的，多次跪谏，但是明武宗依然我行我素，置若罔闻。明人谈迁《国榷》卷五十一记载得颇为详尽：正德十四年（1519）正月丙申朔，"上在太原，群臣遥贺"。正德十四年"壬子，上至宣府，自宣府至西陲，往返数千里。上欲辇乘马，佩弓矢，冲风雪，历险阻。寺人病惫，上不以为劳也"。二月乙丑朔，"上留宣府"。三月癸丑，"时南巡意决，廷臣忧甚。……今日之事，痛哭泣血，有不忍为陛下言者。江右有亲藩之变，大臣怀冯道之心"。明武宗南巡决心很大，群臣劝阻没有作用，明武宗一意孤行。也有大臣进谏远离江彬等小人，明武宗也不予理会。明武宗的心思都在玩乐上，江山社稷不及美人重要，他要寻欢作乐，醉生梦死。

正德十四年（1519）九月，"戊戌，上至临清，守臣进宴，上简之而不怒，右佥都御史王珝称觞缓。上目之，总兵神周怵以上意叵测。明日，复宴"。"癸丑，上自临清单舸疾趋而北，从官不知也，数人追及之。初，幸妓刘良女赠簪为约，驰芦沟失之。召刘不至。遂晨夜抵张家湾，偕而南，值湖广参议林文缆舟，入夺其妾。"贵为天子的明武宗身边有嫔妃不找，偏要招揽民间歌伎玩耍，吃惯了山珍海味，便觉得平淡，忽然换道小菜反而觉得美味。明武宗忘记了他的皇帝身份，竟然还闯入官员的舟船中，抢夺他人小妾，与流氓无赖有何不同？他把社会等级、制度秩序抛到了脑后，全然不顾，忘乎所以。

十月，"辛未，上复至临清"。玩了没多久，"壬午，上发临清"。

图1-4-8 大运河临清段（黄强摄）——运河是古代极为重要的交通要道，明武宗巡幸临清走的是水路。对于大规模的出行，水路是最好的选择，水上行动平稳，船大布置得如同宫殿，皇帝可以边走边玩，不耽误他的寻欢作乐，醉生梦死。

十一月，明武宗过济宁，"丁巳，羁朱宁于临清，收其家属。上南征，已留宁居守，宁惧远上见嫉，私求扈从。上时出正阳门，始得命。朱彬以争宠，至临清，进间，止宁创皇店"。

正德十五年（1520）九月明武宗到东昌，"戊寅，万寿节，上至临清"。正德十四、十五年，明武宗数次来临清享乐，不顾国家大计，不管群臣反对，我行我素。

这是谈迁《国榷》中记录的史料，我们再来看看其他明史关于明武宗巡幸临清的记载。

《明通鉴·武宗纪》记载："戊戌，车驾至临清，方上之南发也。刘姬疾不从，约以玉簪召。上过卢沟桥，驰马失簪，索之不得。及至临清遣使召姬，姬以无信约，不肯往。于是上复自临清。北行乘单舸，晨夜疾趋至张家湾。""壬午，上发临清。""丁巳，上至淮安府……羁管太监钱宁于临清，密遣人拘其家属。……江彬素与宁争宠，至临清，进间，因止宁董皇店。役彬于途中。"

李洵《正德皇帝大传》记述：正德十四年朱厚照至临清，载女嬖刘良女沿运河舟行南下，从临清出发南行，行前命拘禁钱宁。但是在官修的《明史·武宗纪》中并没有武宗巡幸临清的记载，不过从以上所引史籍中，我们知道，明武宗南巡至临清为正德十四年（农历己卯九月二十七）。两次到临清，从南京返京城时又在临清驻跸。

正德十四年（1519 年）9 月 7 日，明武宗到达临清，在临清寻欢作乐，一待就是一个半月。这期间武宗兴致甚高，在州官衙门摆宴，让山东大小官员很是惶恐。10 月 22 日从临清出发南行。为什么在临清停留一个半月，固然有临清经济繁荣、交通便利的原因，但主要是此处远离京师，身边都是自己的亲信，武宗贪淫好色的本性得到放纵。武宗原本就是花花太岁，寻欢作乐是他的喜好，也是他南巡的主要目的之一。

只要是女人，有兴致的女人，都是武宗猎取的对象，多多益善。

明武宗所到之处，民怨沸腾，《国榷》"正德十四年十二月"条称："民间女争嫁匿，或以贿免。"

明武宗登基未逾两年，就搬出紫禁城，不受宫廷清规约束，新建了豹房，与美女、宦官寻欢作乐。白天忙于练兵，"夜间则在豹房和各式各样的人物玩乐。对朝廷上文臣和宦官的冲突，他采取听之任之的态度"。1517年鞑靼小王子巴图孟克犯边时，明武宗不仅御驾亲征，还擅自出关，除了亲信随从外，"不让任何文官出关。前后四个月，北京的臣僚几乎和皇帝完全失去联络。送信的专使送去极多的奏本，但只带回极少的御批"[1]。

明武宗还化名朱寿，自封威武大将军、太师、镇国公。1518年秋，明武宗要求大臣草拟圣旨，命令威武大将军朱寿到北方边区巡视。此举遭到臣僚的反对。此后就不断有臣僚抗议、谏劝，然而明武宗不予理睬。1519年，他再次准备以威武大将军的名义到南方各地巡视时，受到了大臣们的激烈反对，全体监察官员联名诤谏劝阻，甚至跪在午门外要求答复，集体向皇帝示威。明武宗大怒，廷杖了146名抗议的官员，当场打死或事后伤发而死者11人。大学士全部引咎辞职。这样与皇帝针锋相对的抗议、谏劝，历史上还比较罕见。

明武宗号称中国历史上最荒唐、荒淫的皇帝，他的荒淫事实是建豹房，内藏美女，日夜作乐；四处巡幸，在民间寻花问柳，见到中意的女人，强取豪夺，占为己有，以致百姓人心惶惶。明武宗荒淫确有其事，然而，历史上以荒淫昏庸著称的皇帝，比比皆是。也就是说明武宗未必是历史上最荒淫的一个。他之所以被推为荒淫之最，其祸端源于他的荒唐。笔者以为"武宗的逾礼违制超越了他个人行为的极

---

[1] ［美］黄仁宇：《万历十五年》，中华书局1982年版，第97页。

限，其不为正统社会所容纳是一种必然，对武宗的否定，乃是出于维护封建社会体制的需要，给武宗戴上历代最荒淫的皇帝的帽子也就在预料之中了"①。

明武宗在位之时，念念不忘的就是四处巡视，吃喝玩乐，拈花惹草，放荡行骸。

临清是他巡视的地点之一，也是沉醉温柔乡之所在。尽管这些史官的记录，并不详细，甚至还遮遮掩掩，然而毕竟留下了明武宗南巡的印痕，在临清的香艳之事，也让我们发现了《金瓶梅》影射明武宗的蛛丝马迹。

三 临清出土了王东洲墓志铭

关于《金瓶梅》是对明武宗的影射，笔者在多篇文章中进行了详细的考证，而临清出土的王东洲墓志铭更是证明此观点的一个有力的实物证据。在对于《金瓶梅》的考证中，除了一些典籍文献的记录外，实物证据极为罕见，因此王东洲墓志铭无疑是一份弥足珍贵的资料。那么我们就来看看王东洲这个人物，以及他的墓志铭与明武宗、《金瓶梅》的关联。

1973年4月13日，在山东省临清县南郊八岔路公社万庄大队八小队，发现三座古代明代券顶墓，出土一批文物。根据调查，其中一个墓地是明代王东洲的。王东洲墓前有一方墓志铭，可以窥见《金瓶梅》成书年代等诸多问题。

---

① 黄强：《明武宗未必最荒淫》，《国文天地》第15卷第1期（1999年6月号）。

图1-4-9 王东洲墓志铭（叶桂生提供）——以往对《金瓶梅》的考证，缺乏足够的历史史料，尤其是地下文物的佐证。王东洲墓志铭是考证《金瓶梅》时代背景极为重要的史料，墓志铭还提供了明武宗巡行临清的史实。在正史《明史》中并没有武宗巡幸临清的记录，墓志铭是个有力的证据。碑文出土多年一直未能公布，1998年叶桂生先生给了笔者一张拓片，一直到2008年9月笔者才将此拓片公布。

王东洲墓志铭全文：

夫王公之族，其先福山县人，曾大父讳孝礼于洪武初年徙居于馆陶县东五十里许常氏庄，居之。大父生俊，俊生子五，长曰诚、次曰录、曰恭、曰让、曰彪也。相传为善士，俱有美德。让公字仲谦，至弘治五年复西迁十里，择林盘寨之原筑按居。盖取其地之肥美，遂致殷富，大倍于焉。公配汪氏，先卒。继许氏，亦卒。继配邰氏，有贤德，家务攸归，事有条理。生二子，长曰滢，即公也，字公登。东洲，其别号焉。次曰汉，字允清，早卒。东洲公幼时以俊髦着名邑黉，怀才抱德，虽和以处从，亦不苟同于俗。但运蹇于时而儒业未就，退居林野，教稼穑，艺果木、花卉，郁然成林而可观。公暇则优游其间而适厥情也。隐数年，俄蒙朝廷开例，许民间输粟拜爵，东洲从父命，遂纳银为按察从事。拜官归省延既，有友劝其出仕者，公曰："古人一日养，不以三公易。父母在而可远离乎！"乃冠带事养，朝夕在侧。出告友面。其诚孝之誉，人无间言，及父母疾，汤药亲尝，衣不解带，数月不入私室。人以为难。仲谦公享年八十，以寿官终。东洲居丧，寝苦枕块，哀毁愈礼，祭尽诚。遂卜厥寨南二里许而安厝之。此其新兆也。邰妣后翁五年而卒。东洲循礼合葬，而时复思忆焉。其孝义可谓大矣。

昔武宗南幸，藩司檄其迎驾，公忻然赴事，凤夜匪懈，不避艰险（着重号系引者所加），此其余力也。平居时，忽有大名县儒生李待时者眼疾，携妻子而至，告以之疾甚，弗克行。公恻悯之，遂款于家。给以室食，迎医调理，居数月而疾瘳。生涕泣拜辞，窘无所之。公复留旬日，荐于邑大姓汪君子英家为西宾，乃得其所焉。公昔为儿时，诸父五人分居，因财欲讼于官，公方龀齠，即知其事，遂挽父之衣号泣，随曰："恩重于财，讼必乖情，请勿词。"诸父感其言，相泣于中庭，乃已其讼。呜呼！公德难以数称，其忠仁爱有如此。

夫公始配庞氏，同邑庞公中女，四德咸备，先卒。继配徐氏，临清徐公长女，亦有淑德。继庞而殁，俱寄葬。公有三子，长化民，国子生，娶临清唐君女，徐出；育民，娶威县方君次女；次利民，堂邑张贡士次女。女三，长适邑人刘乙利，次适司掾张廷相,次适理问子儒士刘应可。孙二,长梦讳,次梦徵,孙女二,其一曰桂枝者与二孙者皆化民生,其曰兰英者,乃育民生也。

东洲享年五十有八,获疾而终。公生于成化乙巳十月初五日(黄案,即公元1485年11月11日)。卒于嘉靖壬寅二月初七日。择岁之甲辰二月十五日(黄案,即1544年3月15日)之吉并庞、徐二柩合葬于仲谦公墓之东侧首。墓铭曰:有闷其宫,公其□只,有蔚其林,公其嬉只。亿万斯年,厥维终只,于戏吾公,亦安只。

  临清州乡贡进士第　方元焕　撰文

  馆陶县乡贡进士第　米世功　行状

  堂邑县道学隐士　张岳东山　书

大明嘉靖贰拾叁年春五月朔日之吉,孝男国子监生王化民,同弟王育民、王利民同立。

根据临清博物馆叶桂生先生的考证,临清乡绅王东洲墓下葬时间,在明嘉靖二十三年春五月朔日初一,即1544年5月21日。墓志铭的撰写者方元焕,是明嘉靖四十年撰修《临清州志》的主编。正德十四年(1519)年明武宗南巡时,王东洲34岁,与方元焕、米世功都参与了"迎驾"活动,见证了明武宗游历临清的情况。[①]

作为一个乡绅,能够见证皇帝游历临清,必然是他一生的荣耀。他的墓志铭对他盖棺定论,自然会将他一生最重大、最能体现他水平、荣誉的事情记录在案。因此,墓志铭反映的内容就是非常可信的史料。"昔武宗南幸,藩司檄其迎驾,公忻然赴事,夙夜匪懈,不避

[①] 叶桂生:《金瓶梅年代考——金瓶梅研究之一》,撰于1995年1月,未刊稿。

艰险。"记录了王东洲在武宗巡幸临清时，所付出的努力，鞍前马后，昼夜不敢松弛，目的就是满足武宗对女色的追逐。为皇帝服务何来艰险？因为武宗扰民，百姓以此为苦，不愿将女人献给皇帝，作为一方乡绅，需要做百姓工作，取得配合，而这种配合又是相当艰难，难怪才会有"不避艰险"之说。墓志铭记录了王东洲为皇帝寻欢付出的努力，在皇权至上的封建社会能为皇帝服务自然是了不起的行为，即使是拉皮条，也是一种荣誉。因此，墓志铭就是反映武宗巡幸临清寻欢作乐的一件很有价值的出土文物。

四 王东洲墓志铭与《金瓶梅》中的时代痕迹

前文通过史籍的记录，探究了明武宗朱厚照南巡临清的史实。我们现在所要进行探究的是，王东洲墓志铭的记录、《金瓶梅》的描写与明武宗南巡临清的比较。换言之，《金瓶梅》是否影射了明武宗南巡临清？王东洲墓志铭是否是这种影射的注脚？

墓志铭中记录了明武宗南巡抵达临清，官吏跪迎，地方乡绅为皇帝服务的情况，与史籍中关于明武宗驾临临清的史实是吻合的，类似的事实，在《金瓶梅》中也有反映。

《金瓶梅》65回，写钦差殿前黄太尉巡视山东，"有地方统制、守御、都监、团练、各卫掌印武官，皆戎服甲胄，各领所部人马围随，仪仗摆数里之远"。受到的欢迎礼待是非常隆重的。

第70回朱太尉来临清，声势显赫，笔者以为实际是暗指明武宗，当初明武宗化名总兵官、太尉朱寿到处巡游。我们再来看一看《金瓶梅》中对巡游是怎样反映的。

那时正值朱太尉新加太保，徽宗天子又差遣往南坛视牲未回，各家馈送贺礼，伺候参见，官吏人等黑压压在门首，等的铁桶相似。何千户同西门庆下了马，在左近一相识家坐的，差人打听老爷道子响，就来通报。一等等到午后时分，忽见一人飞马而来，传报道："老爷视牲回来，进南薰门了，分付闲杂人打开。"不一时，骑报回来，传："老爷过天汉桥了。"头一厨役跟随茶盒攒盒到了。半日才远远牌儿马到了，众官都头戴勇字锁铁盔，身穿搂漆紫花甲，青纻丝团花窄袖衲袄，红绡裹肚，绿麂皮挑线海兽战裙，脚下四缝着腿黑靴，弓弯雀画，箭插雕翎，金袋肩上横担销金字蓝旗。端的人如猛虎，马赛飞龙。须臾一对蓝旗过来，夹着一对青衣节级上，一个个长长大大，挡挡搜搜，头戴黑青巾，身穿皂直裰，脚上干黄皮底靴，腰间悬系虎头牌，骑在马上，端的威风凛凛，相貌堂堂。须臾，三队牌儿马过毕，只闻一片喝声传来，那传道者都是金吾卫士，直场排军，身长七尺，腰阔三停，人人青巾桶帽，个个腿缠黑靴，左手执着藤棍，右手泼步撩衣，长声道子一声喝道而来，下路端的吓魄消魂，陡然市衢澄静。头道过毕，又是二道摔手。摔手过后，两边雁翎排列二十名青衣辑捕，皆身腰长大，都是宽腰大肚之辈，金眼黄须之徒，个个贪残类虎，人人那有慈悲。十对青衣后面，轿是八抬八簇肩舆明轿。轿上坐着朱太尉，头戴乌纱，身穿猩红斗牛绒袍，腰横四指荆山白玉玲珑带，脚靸皂靴，腰悬太保牙牌，黄金鱼钥，头戴貂蝉，脚登虎皮踏台，那轿底离地约有三尺高。前面一边一个相抱角带身穿青纻丝家人跟着。轿后又是一班儿六面牌儿马、六面令字旗紧紧围护，以听号令。后约有数十人，都骑着宝鞍骏马，玉勒金鞭，都是官家亲随、掌案、书办、书吏人等，都出于纨袴骄养，自知好色贪财，那晓王章国法。登时一队队都到宅门首，一字儿摆下，喝的人静回避，无一人声嗽。那来见的官吏人等，黑压压一群，跪在街前。良久，太尉轿到跟前，左右喝声："起来伺候！"那众人一齐应诺，诚然声震云霄。

只听东边咚咚鼓来响动，原来本尉八员太尉堂官，见朱太尉新加光禄大夫、太保，又荫一子为千户，都各备大礼在此，治具酒筵，来此庆贺。……须臾轿在门首，尚书张邦昌与侍郎蔡攸，都是红吉服孔雀补子，一个犀带，一个金带，进去拜毕，待茶毕，送出来。又是吏部尚书王祖道与左侍郎韩侣、右侍郎尹京，也来拜朱太尉，都待茶送了。又是皇亲喜国公、枢密使郑居中、驸马掌宗人府王晋卿，都是紫花玉带来拜，惟郑居中坐轿，这两个都骑马。送出去，方是本衙堂上六员太尉到了，呵殿宣仪，行仗罗列。……都穿大红，头戴貂蝉，惟孙荣是太子太保，玉带；余者都是金带，下马进去。

之所以不厌其烦地引用书中的描写，是因为如果不大段引用，就不能体现朱太尉巡临临清的声势。从表面上看，这是一个钦差的活动，其实，反映了皇帝的南巡。一是声势显赫，气派很大，车马礼仪规格很高；二是许多官吏都来拜见。包括朝中大臣尚书、侍郎，以及太子太保，还有皇亲国戚，有爵位的喜国公，甚至掌管皇帝内宫的宗人府的官员也来了。钦差固然官位显赫，但是一般情况下，也就是礼仪上的礼拜，尤其是对于一些拥有显赫爵位的官员来说，不会如此隆重和等级严格。这就暗示出这个"朱太尉"身份的特殊性。

《国榷》卷五十一记载：正德十四年十一月"乙巳，至淮安清江浦，幸监仓太监张阳第。时巡幸，所捕鱼鸟分赐左右，虽一脔一毛必金帛谢，上渔清江浦累日。南京、河南、山东文武官员咸集，俱戎装徒行，不辨贵贱"。这段记载，与《金瓶梅》中黄太尉、朱太尉来到东昌府何其相似来尔？

此外，有许多机构的设置与历史也有相同之处。临清砖厂就是一例。因为有运河贯通南北，运输非常便利，明中叶，京城皇家砖厂移至临清。《金瓶梅》一书中有关临清有皇家砖厂，可以说举不胜举。几个与西门庆交往过密的公公，都是管砖厂的太监。

图1-4-10　临清正德砖（黄强摄）——临清有砖厂，专供皇室。《金瓶梅》中也有砖厂的记录，与临清的情况吻合。

第31回，"次日，西门庆在大厅上锦屏罗列，绮席铺陈，预先发柬请官客饮酒，因前日在皇庄见管砖厂刘公公，故与薛内相都送了礼来。……说话中间，忽报刘公公、薛公公来了，慌的西门庆穿上衣，仪门迎接。二位内相坐四人轿，穿过肩蟒，缨枪队，喝道而至……于是罗圈唱了个喏，打了恭，刘内相居左，薛内相居右，每人膝下放一条手巾，两个小厮在傍打扇，就坐下了"。第二天，贺西门庆生子，薛内相又来拜会西门庆，祝贺，西门庆陪他吃茶，听戏。

第34回，刘公公兄弟拿皇木盖房，被抓获，刘太监送了一百两银子，请求西门庆放他一马，送了一坛木樨荷花酒，一口猪，两包重四十斤的糟鲥鱼，两匹装换织金缎子。

图1-4-11 明代寿桃妆花纱——妆花工艺属于云锦的一种，是专供皇室的丝织物。能够穿戴妆花工艺服饰的人，有着特殊的身份。

在服饰描写方面，也能看出小说对明武宗的影射。《金瓶梅》第40回，西门庆在家中为妻妾裁剪新衣。"开了箱柜，打开出南边织造的夹板罗缎尺头来，使小厮叫将赵裁来，每人做件妆花通袖袍儿，一套遍地锦衣服，一套妆花衣服。唯月娘是两套大红通袖袍儿，四套妆花衣服。"给月娘做的衣服还有大红遍地锦五彩妆花通袖袄、兽朝麒麟补子缎袍、五彩金遍边葫芦样鸾凤穿花罗袍、翠蓝宽拖遍地金裙、大红金枝绿叶百花拖泥裙、沉香色妆花补子遍地锦罗袄，给李娇儿、孟玉楼、潘金莲、李瓶儿四人送的衣服，都有大红五彩通袖妆花锦鸡缎袍、妆花罗缎衣服。

首先说说这妆花，妆花是云锦的一种织法，云锦产于南京，因为灿烂如天上云彩，而且一个熟练工人一天只能织出几寸云锦，因此有寸锦寸金之说，非常珍贵。明清时期云锦主要进贡皇室。织金也是一种纺织方法，在织物中夹进真金，过去也只有皇室的织物才用织金的方法。南边织造应该是指位于江南的江宁织造,江宁织造是朝廷设在江南负责管理、制造,向皇室进贡纺织品的机构。可见,西门庆妻妾服饰享受的是皇室的待遇,妆花织造,织金工艺。服饰的等级制度尽管在明中叶有过松弛,但就整个明代来说,总体上依然是相当严格的,有因僭越服饰而治罪的。一般来说,低品级僭越高品级服饰比较普遍,然而谁也不敢向皇权叫板,僭越皇室服饰。披金挂银可以,僭越织金工艺服饰不可。西门庆与他的家族却敢于穿织金服饰,表明其身份的特殊,这是不言而喻的。[1]

我们还可以从明武宗强夺民女,以供淫乐,与西门庆勾搭美色、霸占他人妻妾,看出他们好似一对难兄难弟。《武宗外纪》记载:"十二月,至扬州,前此……选民居壮丽者,改为提督府,且矫上意,索处女寡妇,民间汹汹,有女家掠寡男配偶,一夕殆尽,乘夜夺门出逃。"为了索取女人供其淫乐,明武宗不惜频繁骚扰民宅,欺男霸女,什么寡妇、歌伎,照单全收。连歌伎也敢纳入皇宫,充当娘娘,够荒唐的。

正史反映的皇帝大多是严肃可敬的形象,对皇帝不利的事迹往往采取曲笔或隐讳的手法,不可能像皇宫的记事录那样,记录皇帝某月某天临幸了那个女人。至于皇帝在民间寻花问柳,在敬事房记事录中也不会体现。正如前文所述,王东洲墓志铭虽没详细说明武宗皇帝在临清期间如何找乐子,毕竟说明了为武宗寻找妇女的艰难性,点明了武宗风流快活的生活状况。

西门庆又何尝不具备明武宗荒淫好色的秉性?西门庆奸占潘金

---

[1] 妆花是云锦中的一种特殊的服饰织造方法,明清时期,云锦是皇室专用的高档纺织面料。参见黄强《金瓶梅妆花服饰考》,载黄霖、杜明德主编《金瓶梅与临清——第六届国际金瓶梅学术讨论会论文集》,齐鲁书社2008年版,第379—389页。

莲，害死武大郎，又陷害武松，使其被充军发配。勾搭李瓶儿，气死花子虚，席卷财产。霸占宋惠莲，为了长期奸淫宋惠莲，不惜设计陷害家丁来旺。通奸林太太，霸占李娇儿，稍有不如意就冲砸丽春院。所作所为，无不显示出他的流氓本性与官商的权势。

有财力则底气十足，有势力则腰杆子硬朗。有官商结合的势力与资本，西门庆才能挥金如土，欺行霸市，卖官买官，操纵官司。

五 《金瓶梅》呼应明武宗巡行临清史实

笔者坚持认为《金瓶梅》是对明武宗朱厚照的影射，在系列论文中已经阐述。①

这里还要强调指出的是明武宗是一个以荒淫、荒唐著称的皇帝，他喜欢与臣子混在一起，曾化名朱寿，总兵官。从《金瓶梅》的这段描写中，我们可以看出总兵官朱寿的影子。你看西门庆与帮闲人物混在一起，花天酒地，醉生梦死。他与桂姐行房，应伯爵可以进来调戏；甚至西门庆还经常与这群狐朋狗友一块狎妓，"共享"女色，毫不避讳，与明武宗就是一对孪生子。

此外，叶桂生先生在他有关的《金瓶梅》系列论文中，认为"南薰门"即"南巡之门"，折射出皇帝的声势。②

在《金瓶梅》一书中，有若干西门庆戴冠冕的情节。按说冠冕是

---

① 有关《金瓶梅》是对明武宗的影射，反映的是正德朝社会背景的观点，笔者撰写有多篇文章，主要有《从服饰看金瓶梅反映的时代背景》《论金瓶梅对明武宗的影射》《服饰与金瓶梅的时代背景》《花灯与金瓶梅》《西门庆的帝王相》《从王东洲墓志铭看金瓶梅反映的正德朝史实》等，并出版专著《另一只眼看金瓶梅》。此外，也有学者持"正德说"，《金瓶梅》是对明武宗影射的观点，如临清博物馆叶桂生先生写了《金瓶梅年代考——金瓶梅研究之一》《金瓶梅作者"兰陵笑笑生"考——金瓶梅研究之二》等论文；河北师范大学霍现俊教授出版了《金瓶梅发微》《金瓶梅新解》《金瓶梅人名解诂》等著作；绍兴水利局盛鸿郎先生出版了《萧鸣凤与金瓶梅》一书。

② 叶桂生：《金瓶梅年代考——金瓶梅研究之一》，撰于1995年1月，未刊稿。

皇帝的专用帽子，其他人是不能戴的。①但是西门庆却多次冠戴，笔者认为这是一种隐讳的写法，反映出西门庆的帝王身份。

临清是明武宗与民间女子寻欢作乐的风流场，王东洲的墓志铭是这一活动的文物实证，王东洲是当年武宗骚扰民女、放纵情欲的见证人与服务者，因为他"不避艰难"的努力，才让武宗感受到与皇宫不一样的快乐。想想，为什么武宗要在临清待上一个半月，是什么让他如此迷恋临清。山清水秀？武宗没这个雅兴。风物人情？武宗也没有这个品位。能够让武宗动情的只有女色，与皇宫贵族女人不同口味的女人。临清交通便利，南来北往，守住这个要道，既有地方官员的恭迎礼待，又有地方乡绅殷勤服务，不受朝廷官员的劝谏，想怎么干就怎么干，想怎么玩就怎么玩，岂不快哉？武宗可以不理朝政，却情愿在临清停留近一个半月。

美人来相伴，醉卧风流乡，牡丹花下死，做鬼也风流。无论是明武宗，还是西门庆，都是为追逐女色不惜代价、不择手段的花花太岁。在西门庆身上有明武宗的影子，在明武宗的身上也包含西门庆的秉性。

一部《金瓶梅》就是对明武宗的影射传记，一部《金瓶梅》就是明武宗的猎艳史。

临清是《金瓶梅》故事的发生地，临清是明武宗纵情风流的温柔乡，临清大地上留下了明武宗巡行的痕迹，临清也保留了与明武宗和《金瓶梅》有关的文化遗存。说到《金瓶梅》，肯定要提及临清，说到临清的历史，也会让人们想到伟大的市井小说《金瓶梅》，由朱太尉巡游临清想象明武宗巡行临清的浩大场面，揣摩《金瓶梅》中曾经

---

① 黄强：《汉代的冠》，《寻根》1996年第5期；转刊于《新华文摘》1997年第2期。

发生过的扣人心弦的故事以及风流的传说。真是说不尽的《金瓶梅》,说不尽的临清。

第五节 《金瓶梅》中的清官

说起清官,许多读者都有耳闻,或许能报出几个名字,例如包拯、海瑞等,有的读者甚至能够谈出包公断案的故事,津津乐道。的确,包拯、海瑞都是历史上赫赫有名的大清官,一向受到人们的尊重和推崇,可以说是高山仰止。但是对于这些清官的事迹,绝大多数的读者还是从《包公案》《狄公案》等历史演义和明清小说中了解的。其实,那些近乎神话的事迹多是后人演绎出来的故事,基本上属于文学的范畴,或者说是理想化的清官生活和清官形象,是作者臆想出来的。现实中的清官远非小说中描述那样,仕途一帆风顺,生活波澜起伏,经历有惊无险。清官有清名,名声显赫,有着神话的光环,但是清官毕竟生活在现实社会里,他要食人间烟火,有人的七情六欲,因此能否成为清官,换言之,是否遵循清官的标准,为社会、世人所认可,往往并不由清官个人意志来决定,他受到社会道德的制约,以及官场势力的左右。

明代奇书《金瓶梅》反映了明中叶社会生活,书中也写到了清官,而且塑造了多个清官的形象,但是作者塑造的这几个清官形象,与老百姓心目中的清官却有很大的区别,然而正是这种反差,折射出了明中叶社会生活的真实风貌。

一 清官的概念

首先我们要弄清楚什么是清官,也就是说清官的标准是什么。清官的标准,因人而异,因社会阶层和价值取向而异。"统治者对于清官的标准首先强调的是忠,是廉洁;而民众于清官则首先看中的是为民请命,公正无私。被清代康熙帝誉为操守为天下清官第一的张伯行,当时民间传扬不广,后世的知名度也不高。反而是那些未得最高统治者过分称誉的官吏,由于民间的认可而逐渐被神化,成为市民青天梦中的箭垛式人物。"[①]

但是"笼统地说,清官就是忠于职守、政绩显著、廉洁奉公、严于执法而被世人所称道的官吏"[②]。有了这个内涵,不论官位高低,无论是权倾朝野的重臣,还是七品芝麻官,都可能是清官。三国的诸葛亮、唐朝的魏征、

图1-5-1 朱太尉引奏朝议(《金瓶梅》第71回插图)——朝廷之上,官员一个个衣冠楚楚,道貌岸然,在整个社会国家机器都已腐败的时候,社会不以贪污为可耻。行贿受贿也就司空见惯了。腐败官员个个都成了善于演戏的两面人,公堂之上,正人君子,清正廉洁;公堂之下,枉法高手,纳贿行家。

[①] 赵伯陶:《市井文化与市民心态》,湖北教育出版社1996年版,第302页。
[②] 皮剑龙、姬素兰:《中国古代的廉政与清官》,中共中央党校出版社1991年版,第12页。

宋代的包拯、明代的海瑞、清代的于成龙等，他们的言谈举止，对社会的影响，已经超越了自己的品行、政绩，上升为清官代表，受到百姓的推崇，乃至成为公案小说中歌颂的人物。

图1-5-2 包拯像——包拯（999—1062），字希仁，庐州合肥人。北宋仁宗朝进士，曾任州、县官，后来做到天章阁待制、龙图阁直学士、开封知府、御史中丞、枢密副使。性格刚直不阿，明察善断，敢于摧折权贵，为民申冤，千百年来一直为人们称颂不衰，民间称为"包青天""阎罗包老"，编写了许多文艺作品颂扬他。

清官的先决条件是俭朴廉洁。唐朝诗人李白有诗："去时无一物，东壁挂胡床。"首先从物质方面对清官进行了约束。

除了物质因素外，成为清官还有道德、思想方面的限定。忠于职守，严格执法，执法铁面无私，不徇私情。像包公那样铁面无情，无论是王子还是庶民，都能在法律面前平等对待。包公断阴、阳两界案件，龙头、虎头、狗头三把铡刀，上斩王子王孙，下斩平头百姓，这些为老百姓津津乐道的传说与故事，实际上寄托了老百姓对清官的一种奢望，渴望能够实现法律面前的人人平等。

从现实的角度讲,产生清官的历史背景往往是社会的黑暗。封建社会里,老百姓生活在社会的底层,深受帝王、各级官僚、地方乡绅、形形色色地痞流氓的欺压。

就整个明代社会而言,清官难得。由于明代中叶官俸微薄,俸禄不足以养家,官吏要通过弄钱来养家糊口,于是社会风气渐渐以不贪污为耻,本该受到批评的贪污行为受到社会的追捧,凡做官的就几乎没有不贪的,不爱银子的。明代后期的说书人这样评价现实中的官吏,《初刻拍案惊奇》卷十一"恶船家计赚假尸银 狠仆人误投真命状"有云:

> 古来清官察吏,不止一人,晓得人命关天,又且世情不测,尽有极难信的事,偏是真的;极易信的事,偏是假的。所以就是情真罪当的,还要细细体访几番,方能勾狱无冤鬼。如今为官做吏的人,贪爱的是钱财,奉承的是富贵,把那"正直公平"四字,撇却东洋大海。明知这事无可宽容,也将来轻轻放过;明知这事有些尴尬,也将来草草问成。竟不想杀人可恕,情理难容。那亲动手的奸徒,若不明正其罪,被害冤魂何时瞑目?至于扳诬冤枉的,却又六问三推,千般锻炼。严刑之下,就是凌迟碎剐的罪,急忙里只得轻易招成,搅得他家破人亡。害他一人,便是害他一家了。只做自己的官,毫不管别人的苦。

在这样的社会背景下,在官场的大染缸中,又有几许官员能洁身自好,保持廉洁,出淤泥而不染?更不要说体察民情,为生民请命,为百姓安危肝脑涂地。能够细细体察百姓之苦,做到少扰民,少判糊涂案已经不错了。

二 《金瓶梅》中无清官

在明清小说中，清官是得到很大表现的一个主题。因为小说的描述、戏曲的演绎，包公、狄公等清官家喻户晓，深入人心，公案小说也因此成为明清小说中的一个分支流派，正是因为社会的黑暗，官场的腐败，市井百姓看不到希望，他们才渴望有超能力的官吏，冲破官官相护的枷锁，拨开云雾见太阳，还他们公正、公平、公理、公心，因此在清官的身上寄托了市井百姓的无限希冀和美好愿望。

作为一部批判现实主义的世情小说《金瓶梅》，反映百姓疾苦、社会动荡、官场黑暗自然是它重点表现的一个层面。贪官与清官本是一对冤家，有贿赂公行的赃官，就有洁身自好的清官；有廉洁奉公的清官，必然有贪赃枉法的贪官。《金瓶梅》塑造了陈文昭、杨时、阴鸷、曾双序等四个清官形象，把他们放在明中叶广阔的社会背景下，让他们在这个弥漫腐败气息的人生大舞台表演，以揭示社会的黑暗，官场的腐败。

第 10 回武松为兄武大报仇，打死县中包揽公事的皂隶李外传，由于知县等受了西门庆的贿赂，他被押解送到东平府，详允发落。"这东平府府尹姓陈，双名文昭，乃河南人氏，极是个清廉的官"，"平生正直，禀性贤明。……正直清廉民父母，贤良方正好青天"。经过审讯，认定武松为兄报仇，误伤李外传，是个"义烈汉子"，与平时杀人不同。正因为这样，陈府尹"一面打开他长枷，换了一面轻罪枷，枷了下在牢里。一干人等都发回本县听候。一面行文书着落清河县，添提豪恶西门庆，并嫂潘氏、王婆、小厮郓哥，仵作何九，一同从公根勘明白，奏请施行"。西门庆得知此信息，慌了手脚，因为"陈文昭是个清廉官，不敢来打点他。只得走去央求亲家陈宅心腹，并使家人来旺,星夜往东京,下书杨提督"。"这陈文昭原系大理寺寺正,升东平府府尹,又系蔡太师门生,又见杨提督乃是朝廷面前说得话的官,以此人情两尽了,只把武松免死,问了个脊杖四十,刺配二千里充军。"尽管书中承认陈文昭是清官,但是在师生情和官官相护的官场潜规则面前,极为清廉的陈文昭并没有坚持原则,而是顺水推舟,卖了个人情,做了一笔买卖。

第14回,西门庆与李瓶儿勾搭成奸,帮花子虚争家产,疏通关节,西门庆"转求内阁蔡太师柬帖,下与开封府杨府尹。这府尹名唤杨时,别号龟山,乃陕西弘农县人氏,由癸未进士升大理寺卿,今推开封府尹,极是个清廉的官;况蔡太师是他旧时座主,杨戬又是当道时臣,如何不做分上"。因为杨时是蔡太师门生,西门庆的关系疏通起了作用,权力的砝码倾向了花子虚一边,让花子虚在与兄弟的财产官司中占尽了便宜,得到了实惠。

西门庆对女人具有强烈的占有欲,女人对他而言是多多益善。第26回,仆人来旺的媳妇宋惠莲和他勾搭上后,来旺知道后,很是气愤,酒后扬言要杀了西门庆,冒犯了西门庆,西门庆设计诬陷来旺偷盗,拿了官。"两位提刑官,上下都被西门庆买通了,以此掣肘难行。又况来旺儿监中无钱,受其凌逼。"监狱上下,都受了西门庆赃物,只要重不要轻。"内中有一当案的孔目阴先生,名唤阴骘,乃山西孝义县人,极是个仁慈正直人士。因是提刑官吏,上下受了西门庆贿赂,要陷害此人,图谋他妻子,故入他奴婢图财,持刀谋杀家长的重罪。……多亏阴先生悯念他负屈衔冤,是个没底人,反替他分付监中狱卒,凡事松宽看顾他。"

第47回苗青杀主,书童安童为屈死的主人告状,先告到"巡河周守备府内,守备见没有赃证,不接状子。又告到提刑院,夏提刑见是强盗却杀人命等事,把状批了"。把凶犯陈三、翁八抓获。又差遣官人抓住苗青。苗青杀主按照律法,本该判个凌迟罪名,但是由于苗青通了王六儿的关节,得到了西门庆的帮助,"火到猪头烂,钱到公事办",将陈三、翁八问成强盗杀人,斩罪。报案人书童也被"保领在外听候"。安童不服,投到开封府黄通判衙内,具诉,黄通判着他往巡按山东察院投下。这山东巡按御史"姓曾,双名孝序,乃都御史曾布之子,新中乙未科进士,极是个清廉正气的官"。看完安童的具状,曾御史批阅,"从公查明,验相尸首,连卷详报"。同时发公文,"将批词连状装在封套内,钤了关防,差人赍送东平府。府尹胡师文见了上司批下来,慌得手脚无措,即调委阳谷县县丞狄斯彬。本贯河南舞阳人氏。为人刚而且方,不要钱;问事糊涂,人都号他做狄混"。

  曾御史立即向朝廷奏本,弹劾提刑所掌刑金吾卫正千户夏延龄、理刑副千户西门庆贪赃枉法的罪行,西门庆"理刑副千户西门庆:本系市井棍徒,夤缘升职,滥冒武功,菽麦不知,一丁不识。纵妻妾嬉游街巷,而帷薄为之不清;携乐妇而酣饮市楼,官箴为之有玷。至于包养韩氏之妇,恣其欢淫,而行检不修;受苗青夜赂之金,曲为掩饰,而赃迹显著"。对西门庆、夏提刑的种种罪名,一一列举,弹劾要求"此二臣者,皆贪鄙不职,久乖清议,一刻不可居人者也"。尽管西门庆见到参劾,"大惊失色","唬的面面相觑,默默无言"。然而西门庆毕竟是经过风雨,见过世面的,朝中有蔡太师这样的靠山,背靠大树好乘凉,并没有慌张,他熟谙官场,知道"兵来将挡,水来土掩",一物降一物的辩证法。"事到其间,道在人为",于是"少不得打点礼物,早差人上东京,请他的义父蔡太师出面协调"。蔡太师果然道行深厚,不仅压了曾御史的奏本,而且奏请天子,说曾御史"大肆倡言,阻扰国事",着官吏考察曾御史,黜为陕西庆州知州。(第49回)

按照社会，尤其是老百姓的标准，来审视《金瓶梅》中的这四个清官，大家会有很大的失望，因为他们没有其他小说中清官的廉洁、无私、无畏、勇气、智慧。不仅形象不丰满，其品行也不敢恭维。曾御史算得上有些骨气，敢于冲撞权贵，但是胳膊拧不过大腿，被贬职；阴骘充其量有些正义感，有些师爷的手段；杨时，浪得虚名，他的秉公办理，不过是按照权力的大小，关系的亲疏，判个糊涂案；陈文昭以清官为筹码，做笔买卖而已。按照其他公案小说中清官的行为准则来衡量这四个清官，没有一个够格。糊涂审案，顾虑重重，权钱交易，这样的清官，不要也罢。

三 人、情、法的斗争

严格来说，《金瓶梅》书中无清官，换言之，没有一个符合封建社会标准的清官，但是为什么作者还一再强调他们是清官？黄仁宇先生曾提出大历史观，大意是说考究一个人的历史成败，一个历史事件的得失，要放宽历史眼界，放在几百年后再进行审视。[1] 就《金瓶梅》中说及的几个清官，如果将他们放在《金瓶梅》表现的时代，与整个社会的黑暗进行比较，与那些贪赃枉法的贪官相比，他们算得上是清官，这个清是与举世浑浊我独清比较而言的"清"，可以说是明中叶黑暗社会中显露的一丝微光。为什么这么说？你看书中上至位极

---

[1] 林载爵在《大历史不会萎缩·编者说明》中对黄仁宇的大历史观有过阐述，所谓"大历史观"就是考究历史不斤斤计较人物短时片面的贤愚得失，也不是只抓住一言一事，借题发挥，而是勾画当日社会的整体面貌。也就是从小事件看大道理；从长远的社会、经济结构观察历史的脉动；从中西的比较提示中国历史的特殊问题。黄仁宇在《中国大历史·中文版自序》中也强调：历史具有前后连贯性，不能以个人恩怨当作历史转折点。对于大历史观的观点，黄仁宇在《万历十五年》《中国大历史》等著作中均有实践。详见［美］黄仁宇《中国大历史》，生活·读书·新知三联书店1997年版；［美］黄仁宇《大历史不会萎缩》，生活·读书·新知三联书店2004年版。

人臣的太师，封疆大吏的巡抚，中至掌握一方大权的知府，老百姓的父母官知县，下至衙门的师爷、牢头，哪个不是腐败的实践者、受益者？而颇具讽刺意味的是，所谓的清官没有一个能够抵御抵挡金钱的诱惑，权力的压力，从而成为人情、师生情等世俗势力的俘虏。

《金瓶梅》中的清官有两种背景：要么徒有虚名，打着清官的招牌，与社会同流合污；要么想自清时，与贪欲抗争，却又身不由己，被社会黑暗势力吞噬。

明代早期，官员以贪污为耻，朱元璋制定的《明大诰》《大明律》对贪官惩罚也极为严格，一定程度上对贪官有打击作用。但是明代官俸微薄，"大量赏赐土地的受惠者多是王公贵戚，而对一般官员来说，薄俸则是传统俸禄制度的主流"①。官员如果按照官俸的标准，无法维持生活。而且明中后期官员数量比明初增加了十数倍，在"僧多粥少"的情况下，对官员俸禄的减少、积欠非常严重，这就导致许多官吏铤而走险。世风日下，道德沦丧，到了明代中叶，政治日趋腐朽，宦官专擅愈演愈烈，官员以不贪污为耻。在这个大环境中，大背景下，官官相护，贪污成风。明世宗时期严嵩被抄家时，得银200万两以上，在当时相当于国家一年的总收入。② 正德年间的太监刘瑾事败后，抄家时，家产颇丰。赵翼《二十二史札记》卷三十五曰："大玉带八十束，黄金二百五十万两，银五千余万两，他珍宝无算。计瑾窃柄不过六七年，而所积已如此。其后钱宁籍殁时，黄金十余万两，而白金三千箱，玉带二千五百束，亦几及瑾之半。"

---

① 《明史·食货志六》：明代洪武时，官俸全给米，间以钱、钞兼给。后来，"折色之制"，或以钞折米，或以布折钞钞，或以银折布。这种俸钞折色之制本身，已经显出俸禄支给的混乱。黄惠贤、陈锋主编：《中国俸禄制度史》，武汉大学出版社1996年版，第388页。

② 隋淑芬：《张居正评传》，广西教育出版社1995年版，第4页。

在明代尤其是明中叶首辅专权、宦官弄权之时，连一些颇有操行的官员也开始贿赂。我们知道的明代著名将领戚继光，也曾采取投靠名相张居正，向他进贡等行为，才有了他的地位。① 在张居正权力炙手可热时，为了献媚张太师，兵部尚书谭纶将房中术传授给首辅，总兵戚继光用重金购买"千金姬"的美女作为礼品奉进。② 张居正成为内阁首辅，巴结的官员更多，不仅向在京城为官的张居正送礼，还将贿赂送到他的江陵老家。张居正的父亲文明"是一个放荡不羁的人，居正当国以后，当然增加文明的威风。万历初年御史李颐前往广西，路过江陵，看见文明气焰太大了，和他顶撞一下，居正便取消他的御史。居正不是不晓得文明的放恣"。鱼肉乡里，为霸一方，还有张居正的弟弟，他的儿子张敬修，以及张家族人子弟。③ 谭纶、戚继光均为明代品德、操行、政绩（军功）排得上号的人物，他们尚且不能免俗，也要采取一些非常手段，其他人就更不要说了。以这样的社会环境和背景，来衡量《金瓶梅》中几个清官，就不难看出问题所在。

《金瓶梅》第30回说："看官听说：那时徽宗，天下失政，奸臣当道，谗佞盈朝。高、杨、童、蔡四个奸党，在朝中卖官鬻爵，贿赂公行，悬秤升官，指方补价。贪缘钻刺者，骤升美任；贤能廉直者，经岁不除。以致风俗颓败，赃官污吏，遍满天下，役烦赋重，民穷盗起，天下骚然。不因奸佞居台辅，合是中原血染人。"这段话概括了朝纲紊乱，君荒臣纵，官场腐败的社会现实。

而《金瓶梅》故事的展开其实就是这种社会生活的折射，官场的

---

① 戚继光对张居正的重用，感恩戴德，在张居正以首席大学士身份进行江陵之行时，专门派了一个连的鸟铳手（也就是《金瓶梅》中说的缨枪队）作为护卫。参见［美］黄仁宇《万历十五年》，中华书局1982年版，第187页。

② ［美］黄仁宇：《万历十五年》，中华书局1982年版，第193页。

③ 朱东润：《张居正传》，海南出版社1993年版，第217页。

黑暗和官员的腐败，通过当朝权贵蔡太师借办生日等事情表现得淋漓尽致。"二十来杠礼物，揭开了凉箱盖，呈上一个礼目：大红蟒袍一套，官绿龙袍一套，汉锦二十匹，蜀锦二十匹，火浣布二十匹，西洋布二十匹，其余花素尺头共四十匹，狮蛮玉带一围，金镶奇南香带一围，玉杯、犀杯各十对，赤金攒花爵杯八只，明珠十颗；又梯己黄金二百两。"（第55回）这样的祝寿，分明是蔡太师受贿的罪行表。这么多的礼物仅仅是西门庆一个人进贡的，蔡太师有许多门生，结交了众多的大小官吏，而欲结识、攀上蔡太师这棵权力大树的势利者就更多了，那么蔡太师借寿辰究竟收受多少礼物，就可想而知了。

不仅蔡太师公然受贿，上行下效，西门庆等一干人物哪一个不曾接受过钱财，受过贿赂？大官如此，小官亦然，夏提刑、蔡太师府上管家、宫中的太监，又有几许人不将收受贿赂当成创收的财路，敛财的手段？即使为了国家征收税银而设的临清钞关的税官们也借职务之便，大肆收取钱物，放任国家税银的流失。流失的是国家的税银，得到的却是进入自己腰包的财物。

"权之所在，利亦随之"，在官本位的封建社会里，以权谋私成为生活中的"金科玉律"，有官就有权，有权就有利，有利就有钱，有钱就有一切。当官发财，发财当官，循环往复。有钱人削尖脑袋投身官场，投机钻营，当官的巧取豪夺，鲸吞社会财富。

利益的获得，同样依赖利益集团形成的盘根错节的关系网，中国古代社会是非常讲究师生、门第关系的。中国古代的官吏制度，往往依托于同门、同窗、同乡等关系，编织了一张谁也逃脱、摆脱不了的关系网。清廉官陈文昭，他是蔡京门生；在人情、法的两难选择中，连陈文昭这样的清廉之官，尚且屈服于人情，不能不说是清官的可悲。清官不清，反而同流合污，助纣为虐，这是颇具讽刺意味的笔法,这不仅说明官官相护的关系网是无所不在的,同时也说明社会恶势力的强大,社会的腐败已经深入国家权力机器之中。

四 清官难当是社会悲剧

黑暗势力的强大,使得腐败的病毒不断渗入国家机器,《金瓶梅》中的西门庆是这个腐败集团的代表人物,他狂妄地向社会宣战,不可一世。西门庆叫嚣:"咱只消尽这家私广为善事,就使强奸了嫦娥,和奸了织女,拐了许飞琼,盗了西王母的女儿,也不减我泼天富贵。"(第57回)西门庆的狂妄是有其社会背景和根源的。明代的大官僚,许多都是大贪官,诸如严嵩、刘瑾之流,哪一个不是枉法高手,纳贿行家。

图1-5-3 海瑞忠介公像——海瑞(1514—1587),字汝贤,自号刚峰。琼山(今海南)人。嘉靖二十八年(1549)举人,初任福建南平县教谕,曾任户部主事、应天巡抚、右都御史等职。为官清廉,执法无私,敢于打击豪强权势,热心为百姓办事。明代以来,民间流传他的文艺作品甚多,有小说《海忠介公居官公案》《海公大红袍》《海公小红袍》,戏剧《五彩舆》《德政坊》《海瑞罢官》,曲艺《余夔龙》《白梅亭》等,不下数百种。

大贪官严嵩贪赃枉法,其家人亲戚也狗仗人势,借机搜刮民脂民膏。有一次，江西巡抚想要惩办强买人家田地的严嵩远亲，远亲向严嵩求援，严嵩打了个招呼，就搞定了。① 即使比较清明，有政绩的官员，象万历年间的首辅徐阶，在任时对明王朝的恢复生机是有贡献的，但是他同样是个横霸一方的官僚，他家乡的土地几乎都是徐家的。明代著名清官海瑞任职江南时，就处理过徐阶家人的官司。

按照历史的标准，清官应遵循社会道德规范。海瑞就认为居官之道，为政清廉是最基本的要求。② 琼海古代以珠贝的生产闻名全国，许多官吏到此一任，并不是为民服务，而是想捞上一把，"满载而归，衣锦还乡"。当时做官的多是"谋家利己"，借着权位来"荣吾家"。对于贪官污吏的横行乡里，鱼肉百姓，以及这群贪官污吏的贪婪品行。海瑞痛斥"有吏于此……甚者蓄货积实，如饿豺狼。上率下法，贪济贪而民日居割剥吞噬中矣。且地去京师万里，按辂不及，毁誉易淆，甚哉！……贪者酷者焉能有无者比比，巧弥缝，蒙私庇，无利于民，有悦与上"（《海瑞集》）。海瑞认为，官风与士风的败坏是互为表里的。明初曾有枉法贪赃八十贯外绞刑的律令，后来改为杂犯准徒许赎，所以贪风难以禁止。尽管海瑞强调清官应志行高洁，立德为先，但是海瑞也意识到要使人完全不受金钱利诱，也是很不容易的。不仅市井小人重利轻义，见利忘义，甚至读书人也好此道，而且有过之无不及，于是乎，海瑞感慨道："攘攘利往，天下皆然也，而谁与易之？"（《海瑞集》）

真正的清官难当，海瑞的清廉是出了名的，他自己不贪，不蓄家产，为了进言，他敢于抬着棺材上朝，因为他有名望，皇帝也要利用他的名望，没有拿他怎样，但是海瑞一生的处境是很凄惨的。海瑞官

---

① 谈大正、刘绍春编著：《杀尽贪官》，上海文化出版社1991年版，第7页。
② 李锦全：《海瑞评传》，南京大学出版社1994年版，第134页。

至二品，死时仅有白银20两，不够殓葬之资。① 死后，对海瑞的毁誉仍然不断，这就是作为清官的海瑞为保持他清官名誉付出的代价。《金瓶梅》中的清官没有海瑞的勇气、名望、背景，他们有什么资本、力量抗衡官场势力？他们的仕途、命运完全受制于权贵，在强权面前，他们只有屈服，别无选择。

清官，不仅要忍受社会世态炎凉的精神层面的寂寞，还要承受粗茶淡饭、生活简朴的物质生活的煎熬。面对繁杂的社会，贿赂盛行的官场，有几个官员能耐得住高处不胜寒的寂寞？这样的清官，又有谁，心甘情愿地去做？现实的困窘，与来世的清名，对于充满名利、功利的市侩社会来说，是没有市场的。选择清官，就是自绝荣华富贵，自绝功名利禄。

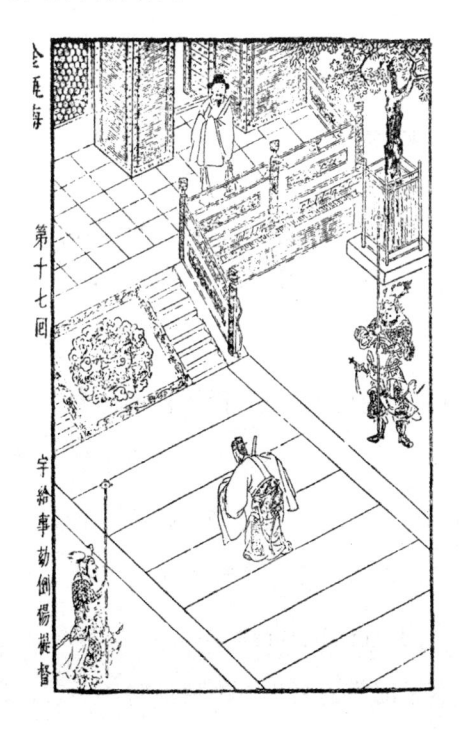

图1-5-4 宇给事弹劾杨提督（《金瓶梅》第17回插图）——《金瓶梅》中无清官，官场的弹劾往往是权力派系的利益之争，权力争斗。即使有些官员有清正廉明之心，往往也抵挡不过同乡、同门、同窗、同榜等关系网的束缚。

---

① 李锦全：《海瑞评传》，南京大学出版社1994年版，第75页。

清官是封建社会的维护者，他们进谏的目的，是肃清社会的腐败，政治的浑浊，他们坚持维护封建秩序，力求缓和社会矛盾，维护社会稳定，严格遵循法纪，力除奸佞。但是面对社会肌体的全面腐烂，社会风气颓败，道德底线崩溃，清官心有余而力不足，有心杀贼无力回天，更不能力挽狂澜，救民于水火之中。他们也只有在夹缝中生存，即不讨好贪婪的同僚，也不得宠于至高无上的皇帝，他们是官场的鸡肋，食之无味，弃之可惜。往往还会成为政治斗争的牺牲品。

作为法律象征和清明标杆的清官，在16世纪物欲横流的世风中，愈加显得苍白、无力，无论是现实中的清官（海瑞是特例），还是《金瓶梅》中清官，他们只能让步于权势，屈服于淫威，甚至同流合污，助纣为虐，为虎作伥。

五　《金瓶梅》清官难当的反思

清官难得，清官难当。从历史的经验中，我们不难看出清官的命运，往往并不由其本身所左右。清官是老百姓冀望的偶像，他们寄托了很大，甚至毕生的希望。在明清小说中，不断出现清官形象，其实正是社会黑暗，老百姓需要精神寄托的结果。像小说中的举子十年寒窗苦读，一朝得中状元，外放八府巡按，一路惩罚贪官，解救受苦的人群，何等威风？抛开神话的光环，这不过是老百姓的一种冀望，历史上并无这种事。人们对清官的渴求，实际上反映了百姓希望司法的公正，能体现王子犯法与庶民同罪的公平审判。

清官固然有清名，但是有了清官的名头，往往就身不由己。清官必须是廉洁的表率，清官的好名声，是老百姓口碑相传的褒奖，他们必须守住清贫，耐得寂寞。

一方面清官守住清官好名声,为官不贪,为吏正直,要吃得辛苦,过得清贫;另一方面贪官搜刮民脂民膏,鱼肉百姓,却能平步青云,步步高升。这样的反差,让处于世风日下、道德沦丧的社会染缸中的人们都受到影响,腐败的病毒具有极强的渗透性、感染性。人一旦受到"传染",就会被打倒。正如《金瓶梅》中所说的,"天下失政,奸臣当道"。明代前期,官员以贪污为耻,而到了明代中期,官员们则以不贪污为耻。有人曾经说过,要想社会安定,风气正派,必须官员不贪,但是明中叶,也就是《金瓶梅》表现的时代,已经贪污成风,这不能不说是社会道德失衡的恶果,这是多么可悲的社会现象。

《金瓶梅》中无清官,大千世界,乾坤朗朗,容得下数以万计的贪官,却不欢迎清廉正直的清官。马征女士在评论清官陈文昭形象时就说,陈文昭办的案子不折不扣的是徇情枉法,这哪里是个清官?但是联系到情节的发展,就渐熟作者笑笑生的春秋笔法,颇具意蕴深长,概括地说清官陈文昭"不是变味,而是更接近生活的真实"。[①]清与浊,正与邪,清官与贪官的斗争,是两个阵营的交锋,但是在这场交锋中,占上风的往往不一定是清官,相比之下,贪官的关系网更加庞大,力量更加强大,清官往往被整得下场凄凉,家破人亡,甚至还殃及子孙。

无官不贪是封建制度的社会现实,贪赃枉法的行为已经无孔不入地渗透官场的每一个角落。清官不清,清官难当,使得封建社会的历史在腐败中演进,朝代更替频繁,其朝代越到后期愈加腐朽。自唐代以降,社会风尚也开始由开放性向收敛性发展,中原王朝国

---

① 马征:《金瓶梅悬案解读》,四川人民出版社2004年版,第123页。

力逐渐衰弱，明清时期虽是大一统王朝，但中国已渐渐落后于西方。近代中国更是沦落到落后挨打，割地赔款，任列强宰割的地步。国家的耻辱，民族的悲剧，已经成为抹不去的伤痕，永久地烙在历史之中。

《金瓶梅》中无清官，以及清官形象的不光彩，清官的悲剧命运，概括了明中叶社会清官团体的尴尬，这也是当时社会关系复杂，政治制度腐朽的折射。举世皆浊难独清，将《金瓶梅》中清官的不作为、无作为形象及悲剧命运放到中国历史的大背景下考究，其警示性就非常强烈，也给了我们灵魂的震撼。

综上所述，《金瓶梅》中清官的悲剧，并非清官个人的悲剧，而是整个社会的悲剧。他们的悲剧结局，一方面说明在社会压力下，在法律与人情的斗争中，人情、面子、私利最终战胜了法律、道德、正义。另一方面也说明社会恶势力的强大，现实社会的可憎。

第六节 《金瓶梅》中的临清钞关

《金瓶梅》中常常提及钞关，西门庆快速发家，与钞关不无关系。钞关是什么？对于今天的读者来说，已经陌生，但是如果说及交税、税务局，读者就熟悉了。钞关就是税收征稽点，类似今天的税务局（税务所）。

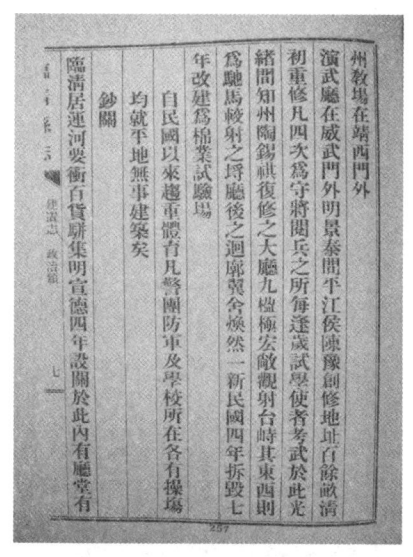

图1-6-1 《临清县志》记录的临清钞关（黄强摄）——乾隆十四年《临清州志》记载："明宣德四年设关，有厅堂、仓库、巡栏舍。仅门外南为舍人房，北为船料房。"

一 明朝八大钞关之首——临清钞关

明代是中国封建社会的一个发展时期，社会生产力较为发达，产生了资本主义萌芽，随着商业城市的兴起，商业经济空前发展。商业发达也依赖于交通的便利，当时陆运、水运都较为迅达、繁荣。为了保证货物的流通，增加国家财政收入，同时也为了推行通钞法，明代政府沿着长江、运河及布政使司所在地建立了三十三个钞关，"向往来货物收税"。因纳税时用钞票，故称"钞关"。

政府征收商业税，据《大明通典》记载："国初止收商税，未尝有船税。至宣德间，始设钞关。"明代的水运极为发达，商人运货多从水路，国家运输粮食，也多从水路，有明一代，漕运兼有军运、民运两类。鉴于水上运输繁忙，运送货物的比例大，政府开始建船税。《明史·食货志》曰：宣德四年（1429）"钞关之设，自此始，其倚势隐匿不报者，物尽没官，仍罪之。于是有漷县、济宁、徐州、淮安、扬州、上新河、浒墅、九江、金沙洲、临清、北新诸钞关。量舟大小修广而差其额，谓之船料。不税其货，惟临清、北新则兼收货税，各差御史及户部主事监收。自南京至通州，经淮安、济宁、徐州、临清，每船百料，纳钞百贯"。宣德十年（1435），升临清钞关为户部榷税分司，以直控都理关税，以御史或郡佐充任专职。临清户部榷税分司在正统、成化年间曾两次罢废不置，景泰、弘治年间又两次恢复。每年户部派遣主事一人来临清，督理船料商税的征收。

图1-6-2 民国时期临清钞关仪门（摘自《临清县志》）——临清钞关设于明宣德四年（1429），是明政府沿运河设置最早的钞关之一，1930年结束了它的历史使命，成为最后一个被关闭的钞关。

临清属于大运河两岸的重要城市，当年交通发达，商业繁荣。根据《临清县志》记载："临清居运河要冲，百货骈集。明宣德四年设关于此，内有厅堂，有仓库，有巡栏舍仪之外南为舍人房，北为船料。房前为正关。有坊二曰裕国，曰通商。南侧为玉音楼，又临河为坊，曰国计民生。坊之北为阅货厅。河内沉铁索达两岸。开关时，撤之。隆庆元年，关主事刘某购北邻民房五十余间，扩充之。清乾隆十年，巡抚喀尔吉善檄知州王俊重修，有碑记。民国十九年废，二十二年鲁北民国军指挥部驻防,其间指挥赵仁泉增建舍宇,形势益复崇焕。"此外,临清钞关还设有分关,"分关之在境内者,曰前关,曰南水关,曰北桥口,曰樊树厂,曰尖冢口,凡五处"①。

临清钞关设于明宣德四年(1429),是明政府沿运河设置最早的钞关之一,光绪二十七年(1901)运河河道阻塞,漕运罢止,临清商业经济一落千丈,临清逐渐由繁华的商业城市成为一个经济萧条的县城,临清钞关也渐渐废止。1930年,临清钞关结束了它的历史使命,成为最后一个被关闭的钞关。

临清有过繁荣,临清钞关更是有过辉煌,景泰、弘治年间的临清钞关每年征收的税金约为4万两。到了万历年间,税金直线上升。年收船料商税83000余两,比京师崇文门钞关还多,居全国八大钞关之首,占全国课税额的1/4。这个8万多两的税金究竟是多少?读者或许没有概念,这里做个比较,万历六年山东省一年的税课折银是8660两,仅为临清钞关所收船料商税的1/10,由此可见临清钞关业绩的突出。临清的繁荣依赖运河的繁忙,同时带来钞关的高征收率,临清钞关能成为八大钞关之首,依托于临清的繁荣。一旦运河漕运萎缩,势必影响临清的繁荣。因此,清代末年随着其他交通运输方式的发展,运河经济萎缩,临清这座曾经辉煌的城市也就逐渐衰落,政体的变革,工商、税务征收体制的变革,也使临清钞关退出了历史舞台。

二 《金瓶梅》中的临清钞关

政府通过收缴税金,增加国库收入。按规定,货物到达目的地,

---

① 徐子尚修,张树梅等撰:《临清县志》,中国地方志丛书(华北地方)第33号,成文出版社印行,1967年根据1934年铅本影印。

必须过关纳税，否则不得搬运货物上岸进城。《金瓶梅》第58回，西门庆伙计韩道国在杭州置了一万两银子的缎绢货物："见今直抵临清钞关，缺少税钞银两，未曾装卸进城。"第77回，崔本自湖州治了两千两银子的绸绢货物，船运抵临清码头时，还是先"雇头口来家取车税银两"。不仅商品须缴纳税钞，送人礼物亦必须过税。第25回，西门庆委贺蔡太师寿，用五百两银子去杭州造生辰纲的尺头，并家中衣服四箱，"搭在官船上来家，只少雇夫过税"。

明朝政府在全国设立三十三个钞关，征收税钞，目的就是堵住偷逃国家税收的漏洞，但是偷税逃税的现象仍然屡禁不绝。《明史·食货志》记载："盖商业兴而关征重，商民所运之货，必有因捐税而增加价值者，而漕卒则夹带私货，无损税之累，其价廉而利厚。"

图1-6-3 临清钞关门头（黄强摄）——在运河沿线，过去有八大钞关，如今只有临清钞关保存下来，2001年被确定为全国文物保护单位。

纳税之弊，《金瓶梅》中颇多反映。第66回，来保自南京载来货物，使了伙计去取车税银两，西门庆这边就差伙计取了一百两银子，又具羊、酒、金缎等礼物送给谢主事。"就此货过税，还望清目一二。"蒙骗过关，偷税漏税。至于税收中征缴之轻重及舞弊的状况，第59回韩伙计回答西门庆说得再明白不过。韩道国道："全是钱老爹这封书，十车货少使了许多税钱。小人把缎箱两箱并一箱，三停只报了两停，都当茶叶、马牙香、柜上税过来了。通共十大车货，只纳了三十两五钱钞银子。老爹接了保单，也没差巡拦下来查点，就把车喝过来了。"在管钞关的钱老爹当然明白，此活不会白干，西门庆的人情让他饱入私囊。"西门庆听言，满心欢喜，因说，'到明白，少不的重重买一份礼谢他'。"如此交易，彼此心照不宣，坑的是国家，肥的是个人。

图1-6-4 临清钞关石碑林（黄强摄）——临清钞关曾经是中国最著名的钞关之一，临清钞关保存的文献也最多。

三 钞关之名名不副实

钞关之设，也为了通钞法。明初国内战争不断，财力不足，政府向民间收铜，百姓不堪其苦，政府不得不改变原来的货币政策，发行纸钞。明洪武八年（1375）发行"大明通行宝钞"，与铜钱并行通用，以钞为主。政府曾大力提倡用钞，但是大明宝钞的发行特点是大出小进和不分界限，不收回旧钞，致使宝钞越发越多泛滥成灾。[1] 纸

---

[1] 上海古籍出版社编：《中国文化史300题》，上海古籍出版社1991年版，第160页。

图 1-6-5 大明宝钞——明洪武初年制定钞法，印制纸钞，名为大明宝钞。发行纸钞的目的是禁用金银、铜钱。但是宝钞发行不能持久，政府先坏了规矩，征收税银时，收金、银、铜钱，给官员发薪，与百姓做生意，却只给纸钞，引起人们的反感，宝钞的声誉一落千丈，大家拒用纸钞，仍然使用金、银、铜钱，纸钞渐渐废止。

币（宝钞）与白银的交换比率逐渐降低，其比值由洪武年间一贯宝钞换一两银子，降低至宣德年间一千贯宝钞换一两银子，落差1000倍。政府征收税金向百姓要银子，支付费用却给百姓宝钞，如此这般一进一出，百姓支出的高，收益的低。包括官员的俸禄，政府也给付宝钞，以至于《明史·食货志》说："文武官俸，不论新旧美恶，悉以七文折算，诸以俸钱市易者，亦悉以七文抑勒予民，民亦骚然。"这样的通钞法遂不能为百姓接受。

钞关原本只收宝钞，无奈也改收银两，以至兼收货税。《明史·食货志》记载："钞关之设，本借以收钞而通钞法也，钞既停则关宜罢矣。"明代通钞法不能持久，但由于经济需要，钞关仍然繁忙，也使得钞关之名变得名不副实了。

四 钞关逃税反映的社会腐败

临清钞关在《金瓶梅》中传递着一个重要的社会信息，不仅说明临清钞关在全国钞关中的重要地位，笔者认为更重要的是折射了社会的腐败。因为有官的身份,因为与钞关主管的勾搭,因为行贿,西门庆的货物经过钞关可以一路放行,十停货物只收一二停,也就是偷税漏税,揩国家之油,肥自己私囊。西门庆之所以在六七年间,由一个普通的商户,暴发成临清首富,财产超过十万两银子,与钞关官吏勾结,偷逃税款是其中的一条秘诀。这一点在本书第五章第三节"西门庆的生意经与人才观"中将详细论及,这里不再赘言。

商与官勾结,官商一体,商人利用官的关系或身份,打着官的旗号,为自己殖货,敛财,增值。单一的商人身份,只能从事买卖生意,往往依靠的是精明的打算,诚心的经营,才能把生意做大,一旦有坑蒙拐骗行为,肯定要遭到投诉,社会谴责,政府处罚,损了夫人又赔兵,得不偿失。但是这个个体的商人,假如有了官场背景,他就渗入官场体系中,有了保护伞。利用官的背景、身份推销产品,即使有违法行为,也可以做到官不究,民难告。官商勾结,官给商披上了合法的外衣,官给了商赚钱的捷径,官给了商合法逃避处罚的渠道。官从提供的保护中获得相应的经济利益,即不当之利。

临清钞关逃避国家税收,并非单一的社会现象,而是《金瓶梅》中社会腐败的一个缩影。腐败在《金瓶梅》反映的时代中已渗入国家政体的各个方面,上至朝中一品太师,中至御史、巡按、知府,下至县衙、钞关,无一不被腐败侵蚀。诉讼受贿,纳税送礼,有钱可以买官,有钱可以操纵生死,有钱可以获得更多的经济回报,为官的都以不贪污为耻,这样的政府,这样的社会,走向衰落是一种必然。

第二章 从服饰描写考证《金瓶梅》

第一节 服饰与《金瓶梅》时代背景

明代奇书《金瓶梅》,明托宋代而实写明代,这是学术界公认的。但是对于它到底反映的是哪个时代的社会生活,众说纷纭,大致无外乎嘉靖朝、隆庆朝、万历朝三说,其中吴晗先生提出的万历朝之说,[①]被大多数学者所认可。

其实,考察《金瓶梅》的年代应该说包含这样的两部分:一是《金瓶梅》反映的是哪个朝代,即时代背景;二是《金瓶梅》的创作

---

① 吴晗的观点见其论文《〈清明上河图〉与〈金瓶梅〉的故事及其衍变》《〈金瓶梅〉的著作时代及其社会背景》,前者刊发于1931年出版的《清华周刊》第36卷第415期,后者最早发表于1934年1月出版的《文学季刊》第1卷第1期。转引自北京市历史学会主编《吴晗史学论著选集》第1卷,人民出版社1984年版,第37—54、334—370页。

年代，即成书年代。本节主要从服饰角度谈《金瓶梅》反映的时代背景。① 笔者认为，《金瓶梅》反映的时代背景，既不是嘉靖朝，也不是万历朝，而是明武宗朱厚照的正德朝。

一 明中叶社会风气尊崇富侈

《金瓶梅》是一部反映明代社会生活的巨著，对于考察明代政治、经济、文化有极高的价值。随着社会的演进，经济文化的发展，明中叶有了商业城市，形成了市民阶层，理学家"存天理，去人欲"的训示被束之高阁。一向被认为是四民之末的商人这时突然显赫起来了，出现了以市井人物为主角的市民文学和思潮，传统的观念被逐渐打破。人们开始追求奢侈生活，《松窗梦语》卷七说："代变风移，人皆志于尊崇富侈，不复知有明禁，群相蹈之。如翡翠珠冠、龙凤服饰，惟皇后、王妃始得为服；命妇礼冠四品以上用金事件，五品以下用抹金银事件；衣大袖衫，五品以下用纻丝绫罗，六品以下用绫罗缎绢，皆有限制。今男子服锦绮，女子饰金珠，是皆僭拟无涯，逾国家之禁者也。"② 山东《博平县志》也有记载："至正德嘉靖间古风渐渺……乡社村保无酒肆，亦无游民。……由嘉靖中叶以抵于今，流风愈趋愈下，惯习骄吝，互尚荒佚，以欢宴放纵为豁达，以珍味艳色为盛礼。其流至于市井贩鬻厮皂走卒，亦多缨帽细鞋，纱裙细袴，酒庐茶肆，异调新声，泊泊浸淫，靡靡勿振。甚至娇声充溢于乡曲，别号下延于乞丐。……逐末游食，相率成风。"③

---

① 黄强：《金瓶梅成书年代考》，载王平、李志刚、张廷兴主编《金瓶梅文化研究》第3辑，华艺出版社2000年版，第96—101页。
② （明）张瀚撰：《松窗梦语》，中华书局1997年版，第140页。
③ 转引自北京市历史学会主编《吴晗史学论著选集》第1卷，人民出版社1984年版，第368页。

明代的皇帝，广事罗致妇女，以为后宫淫乐，史籍记载颇为详尽，正德皇帝则是其中最为出名的。可以说明中叶以来，君荒臣纵，纲纪日坏，明武宗正是这样一个倡导者，明武宗朱厚照1506年继位，至1521年驾崩，在位16年。《明实录·武宗外纪》记载，武宗即位后，"又别构院御，筑宫殿数层，而造密室于两厢，勾连栉列，名曰豹房"，以供淫乐。

二 古代服饰等级森严不可僭越

中国古代的服饰有严格的制度，什么人，什么场合下穿戴何种服装、冠帽，都规定得清清楚楚，不可僭越。官修的史书上几乎都有《舆服志》，以国家法度的条文形式来规定衣冠式别、颜色。"衣者，章也。"封建社会的服饰还具有明贵贱、别等级的重要作用。[①] 到了封建社会的中后期，尤其在明代，这种等级制度更趋完备、复杂。明初朱元璋就制定了一系列的措施，来强化中央集权，强化服饰的等级差别。

图2-1-1 明代麒麟服展示——麒麟补子原为公、侯、伯、驸马、一品武官专用，后来锦衣卫指挥、金事也可用麒麟补子。

---

① 黄强：《中国古代颜色崇尚略说》，《江苏教育学院学报》1991年第2期。

古代社会屡有僭用服饰而失官降职，甚至丢脑袋的。明初功臣长兴侯耿炳文颇得太祖器重，至洪武末年，诸公侯被杀戮殆尽，唯存长兴侯耿炳文与武定侯郭英。《明史·耿炳文传》记载："燕王称帝之明年，刑部尚书郑赐、都御史陈瑛劾炳文衣服器皿有龙凤服饰，玉带用红鞓，僭妄不道。炳文惧，自杀。"

服饰是社会政治、经济、文化的反映，《马克思恩格斯论艺术》一书中论述："只要知道某一民族使用什么金属——金、铜、银或铁——制造自己的武器、用具或装饰品，就可以臆断地确定它的文化水平。"由此引申认为，考察古代服饰，可以衡量出所处时代的"文化水平"。《金瓶梅》中大量关于服饰的记录，体现出时代的印记和审美倾向。

（一）麒麟补子

补子即缀于补服的前胸及后背的一种图像印记。古代官服至明洪武二十四年创制为补服，它是明代官吏的常用服装。常服用补子分别品级，文官绣鸟，武官绣兽，文官一品绣仙鹤，二品绣锦鸡，三品绣孔雀等。命妇依其夫官职而定。

第40回，西门庆为众妾裁制新衣，先裁吴月娘的，"一件大红遍地锦五彩妆花通袖袄，兽朝麒麟补子缎袍儿；一件玄色五彩金遍边葫芦样鸾凤穿花罗袍；一套大红缎子遍地金通袖麒麟补子袄儿，翠蓝宽拖遍地金裙；一套沉香色妆花补子遍地锦罗袄儿，大红金枝绿叶百花拖泥裙"。

图2-1-2 吴月娘漫像（张光宇绘）——漫像中的吴月娘穿的是类似补服的服饰，官员之妻命妇受封也可用补子，其补子各依本官所任官职品级以分等级。

第78回，何千户娘子蓝氏，"生的长挑身材，打扮的如粉妆玉琢，头上珠翠堆满，凤翘双插，身穿大红通袖五彩妆花四兽麒麟袍儿，系着金镶碧玉带，下衬着花锦蓝裙，两边禁步叮咚，麝兰香喷"。

第78回，"荆总制穿着大红麒麟补服，浑金带进来，后面跟着许多僚掾军牢"。

第96回，"春梅看了，到日中才来。戴着满头珠翠，金凤头面钗梳，胡珠环子。身穿大红通袖四兽朝麒麟袍儿，翠蓝十样锦百花裙，玉叮珰禁步，束着金带；脚下大红绣花白绫高底鞋儿；坐着四人大轿，青缎销金轿衣"。

明代补服规定，公、侯、驸马、伯方可服麒麟补子，以吴月娘丈夫西门庆一介商人，春梅丈夫一个守备官，蓝氏丈夫一个千户，按照品秩是够不上穿麒麟服的。作者生活在封建等级制度极为严格的时代，对这种礼制常识的认识是刻骨铭心的，绝对不会糊涂到任意僭越伦常、礼制的，这显然是作者有所指示。俄罗斯汉学家李福清也认为："画有麒麟补子是高等爵位的贵族，或者驸马，还有与他们相配的妻子，才配穿用。可见，孟玉楼与那些爵位的人物没有任何关系，这显然是作者的特殊手法。"①

明代补服制度，到了中后期，唯文官尚能遵守，有不遵循其制度的，锦衣卫至指挥、佥事而上亦有服用麒麟补子者，按景泰四年（1453）令：锦衣卫指挥侍卫者，得衣麒麟服色，嘉靖间仍之。吴月娘等僭用麒麟补子不治罪，且社会引为时尚，由此可以推断这必定是一个服饰制度较为宽松的时代，时间划定为景泰至嘉靖朝之间，更确切在正德朝，详见后文。

(二) 蟒衣之类

古代等级制度严明，对于蟒衣之类的显贵官服规定就更严格，一般官员，乃至高品级的官员也不易得到蟒衣。

谈迁《国榷》卷三十四记载，明宪宗成化元年（1465）十二月，"泰宁等卫右都督刘玉兀南帖木儿，乞边地市牛只农具，许之。求蟒衣不得"。《国榷》卷四十一记载：考宗弘治元年（1488）正月："甲子，礼部以左副都御史边镛禁赐蟒衣。《尔雅》云：'蟒者，大蛇，非龙也。'蟒无角无足，龙则角足具焉。今织蟒俱为龙，遂禁赐并织者。"

---

① [俄] 李福清：《兰陵笑笑生和他的长篇小说〈金瓶梅〉》，载陈周昌选编《汉文古小说论衡》，江苏古籍出版社1992年版，第115—149页。

图2-1-3 明代穿蟒袍的王鏊画像——王鏊（1450—1524），字济夫，号守溪，江苏吴县人，官至户部尚书、文渊阁大学士。蟒服属于显贵之服，王鏊的官职身份与其所穿蟒服是吻合的。

明代服饰制度中有赐服，一种是其官品未达到应服的，如未至一品而佩玉带，正二品而服公、侯的麒麟服，或品级低而赐服高一、二品的，如仙鹤服。另一种是蟒衣、飞鱼、斗牛服。

蟒衣乃贵重服饰，非特赐不许擅服。因为蟒是像龙的纹样，但比龙少一爪而已，所以极为贵重，需要赏赐才可服。而蟒纹中以坐蟒为极，阁臣赐蟒衣始于孝宗弘治十六年（1503），当时赐予大学士刘健、李东阳、谢迁。[①] 飞鱼衣虽亚次于蟒衣，但是也属于贵重之服，因其形似蟒。《明史·舆服志》记载："十六年，群臣朝于驻跸所，兵部尚

[①] 周锡保：《中国古代服饰史》，中国戏剧出版社1986年版，第388页。

第二章 从服饰描写考证《金瓶梅》

书张瓒服蟒，帝怒，谕阁臣夏言曰：'尚书二品，何自服蟒？'言对曰：'瓒所服，乃钦赐飞鱼服，鲜明类蟒耳。'帝曰：'飞鱼何组两角？'其严禁之。于是礼部奏定，文武官不许擅用蟒衣、飞鱼、斗牛，违禁华异服色。"斗牛纹与一般蟒纹相似，唯两角作向下弯曲如牛角状为异。因而斗牛之服也成为贵重服饰，次于飞鱼之服，亦属于赐服一种。

蟒衣、飞鱼、斗牛之服在明代属于显贵之服，轻易不赐，一般人也不可服。《明史·舆服志》："天顺二年（1458）定官民不得用蟒衣、飞鱼、斗牛、大鹏、像生狮子……弘治十三年（1500）奏定，公侯伯文武大臣、守备，违例奏请蟒衣、飞鱼衣服者，科道纠刻治以重罪。"

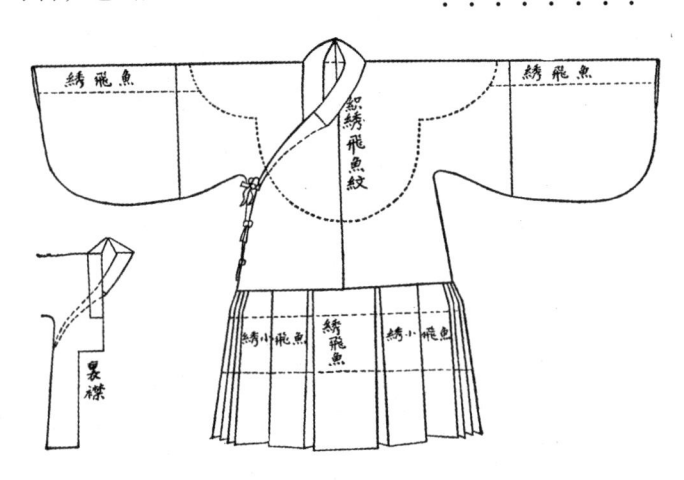

图2-1-4 飞鱼服示意——麒麟服、飞鱼服、斗牛服都归于蟒服一类。飞鱼服以红色纱罗纻丝为之，衣裳分裁后合二为一，以示遵行"深衣制度"。明武宗正德年间，被规定为二品官服。

张瓒堂堂朝中尚书特赐飞鱼，尚遭皇帝训斥，服饰制度的严明性无须赘言。而《金瓶梅》中却屡屡有衣蟒穿飞鱼服的描写，这是违背常理，逾越礼制的。但是也正是在这违反和逾越中露出了时代背景的端倪。

忽报刘公公、薛公公来了。慌的西门庆穿上衣，仪门迎接。二

位内相坐四人轿，穿过肩蟒，缨枪队，喝道而至。（第31回）

只见一个太监，身穿大红蟒衣，头戴三山帽，脚下粉底皂靴。（第70回）

于是都会下各人礼数，何千户是两匹蟒衣、一束玉带，西门庆是一匹大红麒麟金缎、一匹青绒蟒衣、一柄金镶玉绦环。（第70回）

何太监从后边出来，穿着绿绒蟒衣，冠帽皂靴，宝石绦环。……何太监令左右："接了衣服，拿我穿的飞鱼绿绒氅衣来，与大人披上。"西门庆答道："老公公职事之服，学生何以穿得？"何太监道："大人只顾穿，怕怎的，昨日万岁赐了我蟒衣，我也不穿它了，就送大人遮衣服儿罢。"（第71回）

伯爵灯下看见西门庆白绫袄子上，罩着青缎五彩飞鱼蟒衣，张爪舞牙，头角峥嵘，扬须鼓鬣，金碧掩映，蟠在身上，唬了一跳，问："哥这衣服是那里的？"（第73回）

蟒衣得来全不费功夫，西门庆一个商贾竟然也能大模大样地穿飞鱼服，招摇过市。一个是管造砖的，一个是看皇庄的内使，在太监如林的皇宫可以说品级甚低，按照正常情形，皇帝特赐蟒袍是排不上他们的，怎么能穿"过肩蟒"，又怎能威风凛凛？

明初朱元璋规定，太监不得干预朝政，到了明代中期，祖训已被冷落到一边，太监受到最高统治者的赏识，地位提高了，作用与权力也膨胀了。原来"明代低级官青色副扎，秉监太监和高级文官一样服绯色袍服"，这时"有的还可得到特赐蟒袍和飞鱼服、斗牛服荣宠"，到了太监弄权鼎盛时期，更好似可以"在皇城大路上乘马，在宫内乘肩舆，威风权势超过了六部尚书"[①]。

---

① ［美］黄仁宇：《万历十五年》，中华书局1982年版，第20页。

两个低品秩的内相尚且可以穿过肩蟒，缨枪排队，喝道而至，大太监的威风可想而知。社会时尚如此，其他权势人物又岂肯落后？何太监拿着钦赐的飞鱼服随意送给西门庆，权当是一件小礼物，西门庆起初还惶恐不敢接受，"只顾穿，怕怎的"，何太监叮嘱得好，皇上好赐服，何况有的是皇上的赐服，穿穿又何妨？

穿无妨，收藏又有何关系？李瓶儿老公公花太监就藏了四箱柜蟒衣玉带。市场上私织蟒衣，蟒衣充当礼物更是平常。西门庆为送蔡太师寿礼，曾派人专程到杭州织造大红五彩罗段纻丝蟒衣。僭越不治罪，自然助长了私织乱服蟒衣之风。

这一切说明了什么？无疑向我们传递了这样的信息，在明代轻易不可得的蟒服，在《金瓶梅》所反映的年代已经降格，不仅皇帝频繁赐服，轻易可得，而且可以随意馈赠，自由买卖，绝对不会因此获罪。那么，这必定是一个服饰制度较为混乱的年代。

纵观明代历史，明武宗正德年间是明中叶服饰制度最为混乱的年代，在正德年间屡屡出现乱赐、乱穿蟒衣之服的事例。

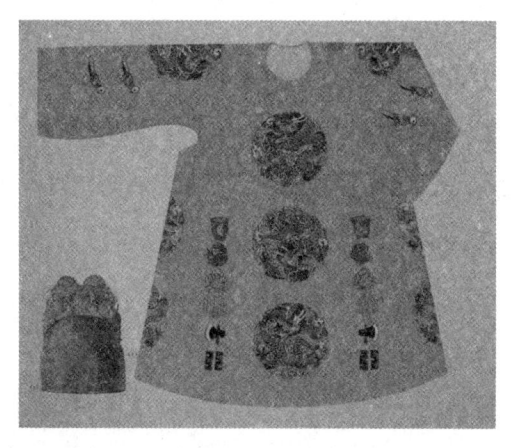

图2-1-5 明代皇帝常服复原——按照不同的场合、内容，皇帝服装也分为朝服（常服）、祭服、衮服、雨服等。

一般观点认为"明代制定士庶服饰,不许混淆,嘉靖以后,这种规定不能维持,上下群趋时髦,巾履无别"[①]。这种观点笔者不敢苟同,明代中叶以降,出现了资本主义萌芽,市民阶层作为一个新兴的阶级走上了历史舞台,传统的观念被打破,社会经济生活无处不体现市民阶级追求奢华,讲究享用,要求个性解放的思想。笔者认为,在16世纪中叶服饰等差已经非常松懈,这种松动始于明武宗在位的年代(1506—1521年),换言之,明代士庶服饰不能维持,是从正德年间开始的,而不是嘉靖年间。

史籍中有充分的材料佐证笔者的推论。

《明史·土司》记载:"正德元年,以世骐从征服有功,赐红织金麒麟服。"

《国榷》卷四十六记载:正德二年十二月壬午,"谕旌宁王宸濠孝行,加岁禄二千石,赐衮龙、飞鱼、文绮各三匹,仍书示宗室"。

《国榷》卷四十七记载:正德四年三月,"丙辰,赐哈密使臣写亦虎仙飞鱼衣一袭"。

《国榷》卷四十八记载:正德五年三月,"己丑,日本国王源义澄,遣宋素卿入贡,素卿赂瑾黄金千两,赐飞鱼服,非制也"。

《明史·土司》记载:正德"十三年,世麒献大楠木四百七十,子明辅亦进大木备营建。建诏世麒升都指挥使,赏蟒衣三袭,仍致仕;明辅授正三品散官,赏飞鱼服三袭,赐敕奖励,仍令镇巡官宴"。

《国榷》卷五十记载:正德十三年六月,"教坊司奉銮臧贤乞间,礼部覆上,不许。得幸于豹房,赏赉巨万,赐飞鱼服。甲第侈僭,缙绅以赂进"。

[①] 北京市历史学会主编:《吴晗史学论著选集》第1卷,人民出版社1984年版,第511页。

正德皇帝热衷于赐服，以前连一些位至三公的官员也难得一件的赐服，到了正德朝则频频钦赐，司空见惯，几乎成为常制。因为麒麟、飞鱼、蟒衣显贵，外国使者来到大明，也要求皇帝赏赐，正常渠道得不到，就行贿，用非常方式获得。

历史上的正德皇帝尤其以荒淫和荒唐出名。

《明武宗外纪》记载：公元1514年农历正月，乾清宫玩灯而失火，正德皇帝正去豹房，回顾火光冲天，竟戏谑地说："好一棚大煌火。"他又喜欢换上平民服装，带着宠臣江彬出外寻花问柳。

正德皇帝虽贵为天子，却不拘小节，与鞑靼小王子作战时，化名为总督军务威武大将军总兵官朱寿。得胜回朝，令吏部加封朱寿为太师，又令礼部派遣朱寿前往京师和山东巡查。群臣见他如此胡闹，太失体统，联名上奏劝谏，武宗恼羞成怒，对群臣或逮捕或仗责。[①]

明武宗又喜欢与臣子混在一起饮酒作乐，视"君君臣臣"的伦常如儿戏。

1517年鞑靼小王子巴图猛克侵边，正德皇帝率兵迎击，取绸缎遍赏百官。原来颁赏给有功大臣的飞鱼、蟒袍等特种朝服，这时也随便分发。

以前特许的赐服，这时可以不拘品秩高低，随意穿戴，表明传统的等级观念已经淡化，"别等级，明贵贱"，延续千年的官服制度受到了猛烈的冲击，一夜间让荒唐的明武宗搅个一团糟。

《金瓶梅》中的蟒衣、飞鱼服，不仅太师、太尉显官可穿，太监也能穿，甚至商贾也照穿不误，乃至允许私自织造，买卖馈赠，这种混乱不正是正德朝的写照吗？

---

① ［美］黄仁宇：《万历十五年》，中华书局1982年版，第99页。

有人或许还会问为什么一定是正德朝，而不是嘉靖朝，理由是按常理制度是越到后期越松弛，嘉靖、万历两朝均在正德之后。诚然制度越趋后期越松弛是一般的规律，而正德朝是一个特例，前面已说明正德时期的情况，这里还要强调的是，明代服饰前期甚严，历代几次申饬。明中叶虽趋向奢侈，但是在正德朝最松，几乎无禁例，到了嘉靖朝重饬禁令，反而较正德朝严格。《明史·舆服志》载："十八年，世宗登极诏云：近来冒滥玉带，蟒龙、飞鱼、斗牛服色，皆庶官杂流并各处将领贪缘奏乞，令俱不许。武职卑官僭用公、侯服色者，亦禁绝之。嘉靖六年复禁中外官，不许滥服五彩妆花织造违禁颜色。"

（三）服饰奢侈之风

《金瓶梅》中人物的服饰是极为华丽的，表明明中叶奢侈浮华之风已深入市民生活，明人顾炎武指出："弘治间，妇女衣衫，仅掩裙腰，富者用罗缎纱绢织金彩，通袖裙用金彩膝襕，髻高寸余。正德间，衣衫渐大，裙褶渐多，衫惟用金彩补子。"[1] 明人顾起元也说："留都妇女衣饰，在三十年前，犹十余年一变。迄年以来，不及二三岁，而首髻之大小高低，衣袂之宽狭修短，花钿之样式，渲染之颜色，鬓发之饰，履綦之工，无不变易。"[2] 正德前后，妇女的服装由朴素而华丽。《金瓶梅》中服饰款式的多样化和对其五颜六色的描绘，正展示了这种时代特征和审美倾向。

比如第14回，西门庆一家妻妾相聚时，"只见潘金莲上穿了沉香色潞绸雁衔芦花样对襟袄儿，白绫竖领，妆花眉子，溜金蜂赶菊纽扣

---

[1] （明）顾炎武著，黄汝成集释：《日知录集释》卷二十八，中州古籍出版社1990年版，第659页。

[2] （明）顾起元：《客座赘语》卷九，中华书局1987年版，第293页。

儿。下着一尺宽海马潮云羊皮金沿边挑线裙子，大红缎子白绫高底鞋，妆花膝裤，青宝石坠子，珠子箍。与孟玉楼一样打扮。唯月娘是大红缎子袄，青素绫披袄，沙绿绸裙，头上戴着鬏髻，貂鼠卧兔儿"。到了第15回西门府家眷赏花灯，"吴月娘穿着大红妆花通袖袄儿，娇绿缎裙，貂鼠皮袄。李娇儿、孟玉楼、潘金莲都是白绫袄儿，蓝缎裙。李娇儿是沉香色遍地金比甲，孟玉楼是绿遍地金比甲，潘金莲是大红遍地比甲，头上珠翠堆盈，凤钗半卸，鬓后挑着许多各色灯笼儿"。

妆花、遍地锦都是云锦中的品种，奢华高贵。西门府不仅正室娘子穿得奢华，连家里的用人穿戴也不朴素。第42回春梅、玉箫、迎春、兰香，"都是云髻珠子璎珞儿，金灯笼坠，遍地锦比甲，大红缎袍，翠蓝织金裙儿。唯春梅宝石坠子，大红遍地锦比甲儿"。第43回，同样是这四个丫头，又换装了，"身上一色都大红妆花缎袄儿，蓝织金裙，绿遍地金比甲儿，在跟前递茶"。妆花是云锦面料，丫头的服饰一套套，都选用云锦品种中的妆花缎、遍地锦，穿着这样高档的服饰，端茶递水，也太奢侈了吧。第24回，宋惠莲的服饰也不比丫鬟的差，"换了一套绿闪红缎子对衿衫儿，白挑线裙子，又用一方红销金汗巾子搭着头，额角上贴着飞金并面花儿，金灯笼坠子，出来跟着众人走百媚儿。月光之下，恍若仙娥，都是白绫袄儿，遍地金比甲，头上珠翠堆满，粉面朱唇"。描述的是一派富华景象，这种极尽豪华奢侈的生活，显然是对封建礼教"存天理，去人欲"赤裸裸的挑战。

类似的奢华在《金瓶梅》中比比皆是，而且不唯西门庆一家，连伙计韩道国的婆娘王六儿也是浓妆艳抹，虽不及西门庆妻妾穿戴富丽堂皇，却也是绸缎满身。

三 明武宗、西门庆：一对难兄难弟

《金瓶梅》中人物的淫乱是非常出名的，西门庆是淫棍、色魔，陈经济则继承了丈人好色贪淫的衣钵，潘金莲、李瓶儿、庞春梅无一不是色欲的牺牲品。这与明武宗纵欲身亡不无相似之处。

明武宗朱厚照的荒淫在历代皇帝中是"赫赫有名"的，为了淫乐建有豹房，内藏美女，日夜作乐。下面让我们看看正德皇帝的丑行。[①]

正德十一年（1516）十一月，明武宗回宣府，即于其地度岁，大肆淫乐。

正德十三年（1518）九月，武宗至大同，巡偏关，所至掠好恣淫乐。

正德十四年（1519）七月，武宗亲征宸濠南下，途中恣为淫乐。

正德皇帝喜欢换上平民服装，在民间寻花问柳。他常在夜间闯入老百姓家中逼令妇女作陪，遇到中意的，还要带回宫中，害得老百姓人心惶惶。

明武宗对女人有特别的嗜好，他认为只要女人有情趣，身份和经历都无关紧要。这与西门庆很像，仿佛一对孪生子。西门庆追逐女人是多多益善，不分对象，不分场合。

正德十六年（1521）三月，武宗因为纵欲过度死于豹房，死时年仅三十岁。再看西门庆也因淫欲而亡，死时三十三岁，这又是一个巧合，抑或是作者有所指。

服饰是时代的产物，社会的反映，由于明中叶人文主义思想启蒙的影响和资本主义萌芽对社会生活的冲击和震荡，表现在服饰上越礼

[①] 杨剑宇：《中国历代帝王录》，上海文化出版社1989年版，第889页。

逾制也成为时代的潮流。《金瓶梅》对服饰的描写，正是这一思想的写照，而所表现的时代背景更符合越礼逾制较为明显的正德朝。

第二节 《金瓶梅》服饰名物考

《金瓶梅》反映的时代背景很符合明武宗的正德朝，[①] 笔者从服饰制度、服饰特征等方面着眼，认为服饰是时代的产物，表现出时代的印记和审美倾向，因此，服饰可以折射出《金瓶梅》的社会、经济、文化风貌的时代特征。

图 2-2-1 戴乌纱帽穿补服的明代官吏——补服与乌纱帽都是明代定型的官吏服饰。

[①] 杨宋：《金瓶梅反映的时代为明代正德朝》，《周末》1993 年 10 月 2 日第 6 版；江枫：《青年学者黄强提出正德朝观点》，《金箔报》1993 年 9 月 5 日第 4 版。

《金瓶梅》是一部举世公认的写实杰作，它对人物、事物的刻画、描摹，审时度势，把握分寸极为准确和恰到好处。西门庆的专横好色贪淫、潘金莲的淫荡、春梅的高傲、王婆的奸猾、应伯爵的厚颜等，①无一不栩栩如生。它对历史、文化的记录，折射出明中叶的经济、文化发展轨迹。纵观全书，笔者认为作者对服饰的记录是严肃的，因为作者生活在服饰制度极为严格的明代，对服饰不可僭越的"礼制常识的认识是刻骨铭心的"②，此书中关于服饰的描写真实、客观地揭示了作者所反映的时代风貌，书中服饰逾礼忤制的地方真是作者的用意所在，目的在于传递时代背景的信息。③我们知道，明清之季，大兴文字狱，文人为避祸，文学作品对现实社会的批判，往往要借助一个虚托的朝代来反映，这就是《金瓶梅》明托宋代而实写明代的缘故。④

　　关于服饰记叙的正确，可以举几个例子作一说明。

　　第49回，蔡御史、宋御史行至东昌府，两位御史"都穿着大红獬豸绣服，乌纱皂履，鹤顶红带"。第76回，"侯巡抚穿大红孔雀，戴貂鼠暖耳，浑金带，坐四人大轿，直至门首下轿。众官迎接进来。宋御史亦换了大红金云白豸员领，犀角带，相让而入"。第72回，工部安郎中"食寺丞的俸，系金厢带，穿白鹇补子"。

　　明代创立了区别文武官员等级的补服制度，以补子分别品级，文官绣鸟，武官绣兽。⑤根据《明史·舆服志》《明会典》之规定，补服都御史绣獬豸，副都御史、给事中、监察御史、按察史、各道补

---

① 孟超对《金瓶梅》中27个人物有专章论述。参见孟超《金瓶梅人物论》，光明日报出版社1985年版。
② 黄强：《从服饰看金瓶梅反映的时代背景》，《江苏教育学院学报》1993年第2期，转刊于《复印报刊资料：中国古代近代文学研究》1993年第11期。
③ 同上。
④ 类似的情况很多，吴敬梓《儒林外史》是明托明代实写清代。
⑤ 黄强：《明清官员的补服》，《天籁》2000年第3期。

服，制同。獬豸，古代传说中的一种神兽，装饰在执法者的冠上，[1]明代则施之于补服。在明代文官补服中，孔雀图案属于三品的补子，白鹇图案属于五品的补子。[2]

图2-2-2 明代獬豸补子——獬豸，传说是一种神兽，可以辨冤屈，因此獬豸被用于风宪官（御史）官服之上。

下面我们就书中有关服饰的描述进行探究，来说明《金瓶梅》反映了正德朝的社会背景。

一 璎珞出现频率高

璎珞在《金瓶梅》中出现的频率是比较高的，颇有耐人寻味之处。

春梅、玉箫、迎春、兰香，都是云髻珠子璎络儿，金灯笼坠，遍地锦比甲（第42回）。

潘金莲要四川绫汗巾，"上销金，间点翠，十样锦，同心结，方

---

[1] 黄强：《汉代的冠》，《寻根》1996年第5期，转刊于《新华文摘》1997年第2期。
[2] 黄强：《中国服饰画史》，百花文艺出版社2007年版，第142页。

胜地儿。一个方胜儿里面一对儿喜相逢,两边栏子儿都是缨络出珠碎八宝儿"(第51回)。

为李瓶儿做孝衣,"做了四座堆金沥粉侍奉的捧盆中盥栉毛女儿,都是珠子缨络儿,银厢坠儿,似真的色绫衣服,一边两座摆下"(第63回)。

西门庆与陈经济执手炉跟随,排军喝路,前后四把销金伞,三对缨络挑搭"(第66回)。

图 2-2-3 天女颈部璎珞——通过示意图,璎珞的结构、造型就很清楚了。璎珞原本是佛像中的装饰物品,渐渐为民间女性效仿,移植到普通人的服饰装饰中。

璎珞,亦作缨络。《说文》:"婴,颈饰也。"《留青日札》卷二十二曰:"胡人连贝饰颈曰婴,女子之饰也。《观世音普门品经》称'无尽意菩萨解颈下众宝珠璎珞,价值百千两金'。"可见,璎珞原为佛像颈间的一种装饰物品。佛教传入中国后,佛像上的珠串璎珞为妇女装饰仿效,渐渐成为妇女挂于颈项的装饰品。郑嵎《津阳门诗序》

· 112 ·

称:"又令宫妓梳九骑仙髻,衣孔雀翠衣,佩七宝璎珞。"璎珞施于颈项的基本形制有两种:一种是在串饰正中挂几组珠串与花鸟形垂饰;另一种上部为金属颈圈,下部为串珠和垂饰。

《金瓶梅》中叙述的璎珞,除施之于妇人颈项外,主要是类似垂挂的珠串头饰。《明史·五行志》记载:"正德元年,妇人多用珠络盖头,谓之缨络。"明武宗正德年间,妇女崇尚璎珞,民间渐成风气。

二 流行高髻式

明代妇女发髻,弘治年间髻式高在寸余之间,至正德间髻式渐作高式。[①] 笔者细究全书,发现书中人物发式多梳成高髻式,正与正德年间妇女嗜好高髻的记载吻合。

图2-2-4 明代戴鬏髻的朱夫人像——命妇的服饰,头戴鬏髻。鬏髻呈三角状。民间女性的鬏髻与命妇的鬏髻相比,命妇高大,民妇矮小。

---

① (明)顾炎武著,(清)黄汝成集释:《日知录集释》,中州古籍出版社1990年版,第659页。

图2-2-5 明代金丝䯼髻——明代的䯼髻造型多半是下圆上尖，类似窝窝头的形状。与长裙、比甲组合，形成上尖下展，宛如金字塔的形状。贵族家庭用纯金的䯼髻，富裕之家用镏金，一般人家用银质的，甚至铜丝、铁丝的。《金瓶梅》第2回，潘金莲初遇西门庆，"头上戴着黑油油头发䯼髻"，估计就是用铁丝或铜丝编成的䯼髻。

第29回，西门庆与潘金莲在浴板上兰汤午战，"妇人恐怕香云拖坠，一手扶着云髻，一手扳着盆沿"。

第42回，"春梅、玉箫、迎春、兰香，都是云髻珠子缨络儿"。发式梳成云状，笼盖头部，这显然是一种高式髻。

再如第53回，潘金莲与陈经济偷欢，两人紧傍红栏杆上，嫌不彻底，原因是潘氏"恐散了头发"。细细推究，只有高髻才会在激烈运动中散坠，潘氏梳高髻，多有不便，更怕发散露出她与陈经济关系暧昧的破绽。高髻的雍容、华丽与正德间衣式尚宽，妆饰求奢的风气是一致的，详见后文。

三 禁用金首饰银镯

明代服饰制度极为严明，各朝都有服饰禁忌的申饬。《明史·舆服志》说：洪武三年"男女衣服不得用金绣……首饰钗镯不许用金玉珠翠，止用银"。成化年间规定妇人不能用浑金服饰及宝石首饰，正德间不许娼妓用金首饰银镯。[①]

[①] 周锡保：《中国古代服饰史》，中国戏剧出版社1986年版，第416页。

第二章 从服饰描写考证《金瓶梅》

图2-2-6 明代金宝石玉簪——按照成化年间的规定，妇人不许穿浑金服饰，以及佩戴宝石首饰。到了明中叶服饰制度松弛，对宝石首饰的禁令也就不再严格。

笔者遍查《金瓶梅》，发现虽有娼妓佩戴"金首饰银镯"之例，并不是很多。例如第68回吴银儿等接待西门庆，为他吹奏弹唱，穿得很光鲜，头上珠翠，鬏髻，翠云钿，耳边只有一件小小的金丁香耳钉，而不是潘金莲那些人物披金挂银。郑爱月儿接待西门庆官人，所谓新妆只是服饰光鲜，"上着烟里火回纹锦对衿袄儿，鹅黄杭绢点翠缕金裙，妆花膝裤，大红凤嘴鞋儿，灯下海獭卧兔儿"。手腕戴的是银镯儿，手指间一枚金戒指，都很低调，大概也是受到禁戴金银首饰的影响吧。妓女中戴金银较多的有李桂姐，见第15回，也只是三两件金累丝钗、金笼坠子。必须指出的是，李桂姐戴金银饰，因她与西门庆有着特殊的关系，即李桂姐是西门庆的干女儿。笔者曾指出西门庆身份的特殊性，具有官商皇商的特点，其作风颇似帝王。[①] 官家的禁令对于普通人有约束，而身份特殊者则可以不予理会。

---

① 黄强：《论金瓶梅对明武宗的影射》，《江苏教育学院学报》1995年第3期，转刊于《复印报刊资料：中国古代近代文学研究》1995年第12期。

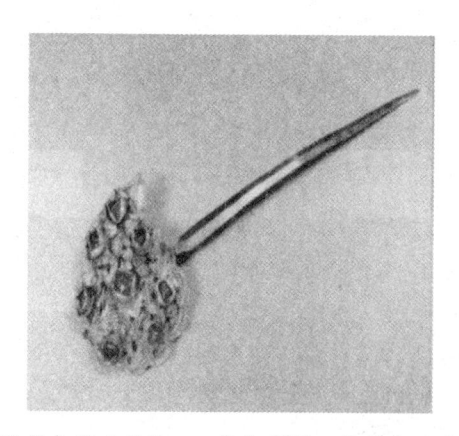

图2-2-7 明代金镶玉首饰——披金挂银，是社会显富心态的表现，《金瓶梅》中就有潘金莲手上戴了4个戒指的描写。与孟玉楼、李瓶儿之富裕相比，潘金莲一无所有，她获得西门庆的欢心，靠的是姿色、手腕，手上戴4个戒指与其说显示出富有，得宠，不如说是底气不足，没有经济支撑的心虚。

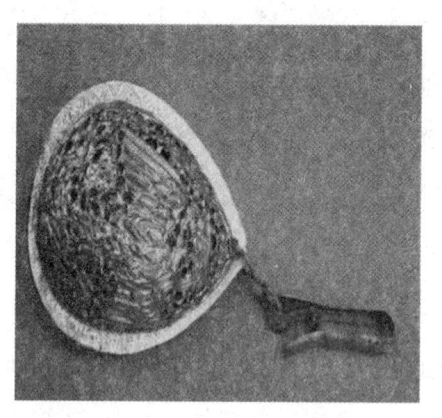

图2-2-8 明代金香囊——用金用银，尤其是用金，除了皇宫外，民间本来是禁止的，织金服装穿不起，戴金戒指、项链、手镯还是可以的。金银代表财富，显示财富，富人想富，平民更想富，用些金银首饰讨个吉利，沾点财运。富裕人家或者皇宫，把金银用在装饰和用具上，比如说金银餐具、金银物件，如灯具、摆件、金香囊、金手炉之类。

成化年间不准用浑金衣服的规定，在正德朝已经开禁，书中对此是有反映的，以至连娼妓都可穿用，第11回西门庆就允诺送李桂姐

"几套织金衣服"。而民间妇女戴金挂银的事例则在书中比比皆是。西门庆娶孟玉楼的聘礼中有"宝钗一对，金戒指六个"（第 7 回）；潘金莲看花灯，手指上戴着"六个金马镫戒指儿"（第 15 回）；西门庆初会王六儿，送了她四个金戒指（第 37 回）；至于李瓶儿和吴月娘则更是"头上珠翠堆盈，鬓畔宝钗半卸，紫瑛金环耳边低挂，珠子挑凤髻上双插"（第 20 回）。甚至春梅和秋菊两个丫鬟，也是"带着银丝鬏髻，露着四鬓，耳边青宝石坠子"（第 11 回）。民间的妇女对金银首饰一向极为欣赏，金银饰品不仅美化，还有保值功能，人们自然热衷佩戴金银首饰。如此对比，正德朝年代的印痕很明显。

四　裈袴裤与合欢襕

裤子的品种与穿戴也保留着时代的痕迹。明人田艺蘅说："裈，幒也，亵衣也。"①《说文》曰："裈，或从衣。"段玉裁注曰："自其浑合近身言曰裈，自其两袘（裤管）孔穴言曰幒。"战国以前，人们的裤子不用裆，仅有两只裤管套在胫上，胫部以上完全袒露。在两股之间连缀一裆，裆不缝合，用带系缚，以便私溺。汉代司马相如关犊鼻裈，晋朝阮咸晒犊鼻裈，"以三尺布为之，形如牛鼻"。至明代"吴中妇人，尚有穿大脚开裆裤者。独浦城妇人皆不穿袴，此尤淫风薄俗。而广西土官妇女亦不着袴，乃着裙五六层，后曳地四五尺，此又蛮夷之习也"②。此外，明代还有一种合欢襕，裙式自后而围向前腰，所以又名"襕裙"。③

---

① （明）田艺蘅撰：《留青日札》，上海古籍出版社 1992 年版，第 421 页。
② 同上。
③ 周锡保：《中国古代服饰史》，中国戏剧出版社 1986 年版，第 416 页。

图2-2-9 明代合欢襕裙（黄强临摹）——襕裙其状若裙，穿时覆于胸，下垂于腰，作用与抹胸类似。

笔者认为《金瓶梅》人物是常着这两种裤、裙的。潘氏与陈经济花园偷欢行事颇为方便，笔者疑潘氏所穿即为此裤、裙。正德朝不以纵谈房帏之事为耻，明武宗正是这样的一个倡导者。西门庆、潘金莲更是连坐一床，公然宣淫，无所顾忌。田艺蘅之"此尤淫风薄俗"，可谓一语中的。上行下效，陈经济更是继承了老丈人西门庆好色淫乱的衣钵，连西门官人的小妾、相好都尽纳其帐。

五 扣身衫子展风情

衫是指衣服宽松，没有袖端，穿着方便的一种服饰。马缟《中华古今注》云："古妇人衣裳相连。始皇元年，诏宫人及近侍宫人皆服衫子，亦曰半衣，盖取便于侍奉。"衫在明代妇女服饰中极为普遍，当时的衫大体比袍短，或到腰下，或至膝下。① 其形式有对襟、交衽两种，其穿着习惯有作内衣的，有束于裙里的，有作外衣穿的。

《金瓶梅》中就有白夏布衫儿、洗白衫子等。潘金莲出场时身着扣身衫子，这是一种剪裁得比较显露身体曲线的衣衫。我国古代妇女服装，自宋以降受程朱理学思想的影响，基本上把身体遮拦得严严实实，忌讳展露身体曲线，甚至在夫妻生活上，也反对亵衣的直露。在社会的思维定式中，"存天理，去人欲"思想牢牢地禁锢着人们的观念。社会思维定式认为"扣身衫儿"突出身体曲线是违背礼教的。于是，穿"扣身衫儿"便与女子轻浮画上了等号。书中就有这样的定性，潘金莲"从九岁卖在王招宣府里，习学弹唱，就会描眉画眼，傅粉施朱，梳一个缠髻儿，着一件扣身衫子，做张做势，乔模乔样"（第1回）。这种简单的评判，实际扼杀了潘金莲，造成了她成为千古悲剧人物的命运。

笔者曾经说过，"综观明代历史，明武宗正德年间是明中叶服饰制度最为混淆的年代……明代士庶服饰不能维持，是从正德年间开始的"②。潘氏不仅可穿着薄纱短衫、抹胸儿亮相登场，更能与西门庆将闺房秘事搬到葡萄架下，演出一幅春宫图。武宗不亦如西门庆一般，招请番僧入宫，演习房中术吗？两人何其相似。

---

① （明）顾炎武著，（清）黄汝成集释：《日知录集释》，中州古籍出版社1990年版，第660页。
② 黄强：《从服饰看金瓶梅反映的时代背景》，《江苏教育学院学报》1993年第2期，转刊于《复印报刊资料：中国古代近代文学研究》1993年第11期。

六　衣式尚宽掩裙腰

明代中叶至晚明妇女服饰随时代、社会风气而变化。《太康县志》载："弘治间妇女衣衫仅掩裙腰，正德间衣衫渐大，髻渐高。"正德前妇女衣式尚窄，正德后行长衣而大袖，上衣与下裙长短随时变易。这并不是任意为之的，而是与统治者的提倡，社会的奢靡之风密切相关的。

图2-2-10　明代披云肩的妇女——云肩因造型呈现云朵状而名，是一种披肩，以绸缎为之，上施彩绣，四周饰以绣边，或缀以彩穗。

《金瓶梅》中的服饰就表现出这样的时代特点，在"裈袴裤"中已经说明，这里要强调的是，衣式尚宽与衫子直露并不矛盾，一是外衣，一是内衣，外衣体现时代的审美特征，崇尚奢靡之风。内衣显露身体曲线，用现代词说叫欲盖弥彰，为的是引起他人视觉的注意。潘金莲就是善于运用内衣衬托性感的高手,她的一招一式,她的种种服饰表现,都是为了增加其诱惑力,战胜对手,抓住西门官人的心。她的美丽,她的风情,她的妖艳,实则是一朵艳丽的罂粟花,好看却容易上瘾中毒。插在金瓶中的梅花,说白了就是金瓶中的罂粟花。

第三节 《金瓶梅》中的女子内衣

现代社会服饰千变万化,服饰的美化功能似乎超越了它的御寒功能,这在女性内衣上尤为突出。现代女性内衣已经走出了闺阁,不再是闺房里见不得人的服装。风情万种的女性内衣,集中了含蓄美、风情美、性感美的特点,①将女性的身材曲线表现得淋漓尽致。

传统的观点认为我国古代是封闭、保守的,服饰表现上尤其这样,处处贯穿着"存天理,去人欲"的思想,从整个社会的历史进程来看,此话正确,但是在历史长河的断代或局部方面,并非如此,在特定的时间段,我国古代社会风气也有极为开放的一面。例如,唐代的开放是有目共睹的,妇女的生活十分丰富,因此唐代妇女服饰也呈现多姿多彩的风格。宋明以降,思想更趋保守,服饰制度有所收敛。但是在明中叶却出现了礼教思想松懈的现象,表现为传统社会等差制度受到极大的冲击,违礼逾制现象比较普遍,服饰尤其是妇女服饰也随之发生了巨大的变化。②

---

① 黄强:《变化中的时尚风景——百年女子服饰回眸》,《江海侨声》1999年第17期。
② 黄强:《从服饰看金瓶梅反映的时代背景》,《江苏教育学院学报》1993年第2期,转刊于《复印报刊资料:中国古代近代文学研究》第11期。

图2-3-1 明代比甲展示——比甲形制类似马甲,可分为两种:一种下长过膝,对襟,直领,穿时罩于衫袄之外。另一种前短后长,不用领袖,着之便于骑射。明代的比甲主要指前一种。

这个变化,就是明中叶妇女服饰呈现华丽的特点,体现出社会的奢侈之风,随着社会风尚的放纵,妇女的内衣也表现出了开放、性感的特征。我们从写于明中叶的奇书《金瓶梅》中,可以看到这种纵情放达的社会风尚及其在服饰方面的展现,这可以印证笔者的观点。

一 明代妇女的服饰特点

欲了解明代妇女的内衣,必须先对明代妇女的服饰有大致的把握。

明代妇女的服装,主要有衫、袄、霞帔、背子、比甲、裙子等。

衣服的样式大多仿自唐宋，一般都是右衽。① 根据不同的社会地位，分为命妇服装和一般妇女服装。命妇服装又为礼服和常服，礼服是朝见皇后，礼见舅姑、丈夫以及祭祀时所穿的服装，以凤冠、霞帔、大袖衫和背子组成。一般妇女的服装，除了法令规定的禁忌外，如礼服只能用紫绝（一种次于罗绢，类似于布的衣料），不准用金绣；袍衫只能用紫、绿、桃红等浅淡颜色，不许用大红、鸦青、黄色等；带则用蓝绢布。②

背子、比甲是明代妇女的两种主要服装，穿着比较广泛，其形式与宋代相同。背子一般分为两种式样：一是合领、对襟、大袖，属于贵族妇女的礼服；二是直领、对襟、小袖，属于普通妇女的便服。比甲，是一种无袖、无领的对襟马甲，其样式较后来的马甲为长，长度超过膝盖，至小腿部位。比甲产生于元代，先为皇室成员所用，渐渐流传于民间，至明代中叶已经成为一般妇女的主要服装之一，并且在社会上形成穿着的时尚。《金瓶梅》中这样的服饰是很多的，如第24回，西门庆家眷逛灯市看花灯，其家眷穿着非常考究，"月光之下，恍若仙娥，都是白绫袄儿，遍地金比甲，头上珠翠堆满，粉面朱唇"。又如第56回，"潘金莲上穿着银红绉纱白绢里对衿衫子，豆绿沿边金红心比甲儿"。

明代女子的下衣仍以裙为主，很少穿裤子，但是常在裙内穿膝裤，膝裤从膝部垂及脚面。③ 裙子的颜色，初尚浅淡。虽有纹式，但是并不明显，到了明末，裙子多用素白色，即施纹绣，也都在裙幅下边一二寸处，绣以花边，作为压脚。裙子的制作比外衣还要考究，多

---

① 周讯、高春明撰：《中国历代服饰》，学林出版社1994年版，第228页。
② 周锡保：《中国古代服饰史》，中国戏剧出版社1986年版，第416页。
③ 赵超、熊存瑞：《衣冠灿烂》，四川教育出版社1996年版，第166页。

用五彩纺织锦为质料。《金瓶梅》第13回就有这样的记录,"李瓶儿,夏月间戴着银丝鬏髻,金镶紫瑛坠子,藕丝对衿衫,白纱挑线镶边裙,裙边露一对红鸳凤嘴"。

图2-3-2 明代窄袖背子穿戴展示——背子,妇女常服,形制为两腋开衩,下长过膝,对襟,直领,衣袖分为宽、窄两种。

图2-3-3 明代女裙样式——明代的裙子与后世的裙子有所不同,常常是贴身而穿,无衬里,等同于内衣。

二 《金瓶梅》中女子有几种内衣

现在我们对明代妇女的服装，有了初步的认识之后，尤其认识了《金瓶梅》所反映出来的明中叶妇女服饰的类型，将切入正题，探讨一下《金瓶梅》中所记述的明代女子内衣。

从书中的记录可知，女子内衣大致有这么几种：抹胸儿、扣身衫子、主腰、裤腰、裙裲儿、小衣、底衣、裩裤、薄纩短襦等。

先来看一看什么是抹胸儿。抹胸是明代女子的主要内衣，这种围在妇女胸前的内衣，在今天的北方部分地区仍然存在，名曰"腰子"，是胸前后都有的，即在天寒时也有上身只围此者，并露肩臂及乳上部的。从提供的抹胸形象看，它与一般的肚兜不同，似用纽扣扣之或用横带束之，并且也是用夹和棉制者，此式在明时或已有之。清代徐珂《清稗类钞》记载："抹胸，胸前下衣也。一名抹腹，又名抹肚，以方尺之布为之，紧束前胸，以防风之内侵，俗谓之兜肚。"换言之，抹胸是遮盖在女子胸前用于护体、护乳的贴身衣物，其作用类似于今天的乳罩之类的女性上身内衣。

图2-3-4，明代抹胸——覆于胸前的贴身小衣，宋时男子也穿抹胸，其形制与女子的胸罩类似，面积略小，明代以降，抹胸专属女子内衣，不仅护胸，也覆盖肚腹。

抹胸在《金瓶梅》中出现了多次。

玲珑坠儿最堪夸，露莱玉酥胸无价。毛青布大袖衫儿，褶儿又短，衬湘裙碾绢绫纱。通花汗巾儿袖中儿边搭刺，香袋儿身边低挂，抹胸儿重重纽扣，裤腿儿脏头垂下。（第2回）

话说西门庆扶妇人到房中，脱去上下衣裳，着薄纩短襦，赤着身体。妇人止着红纱抹胸儿。（第28回）

（潘金莲）妇人赤露玉体，止着红绡抹胸儿，盖着红纱衾，枕着鸳鸯枕在凉席之上，睡思正浓。（第29回）

这西门庆便向床头取过她的大红绫抹胸儿，四摺叠起垫着腰。（第73回）

西门庆一面解开她穿的玉色绸子对衿袄儿钮扣儿，并抹胸儿，露出她白馥馥酥胸，用手揣摸着她奶头。……西门庆见她仰卧在被窝内，脱得精赤条条，恐怕冻着她，又取过她的抹胸儿，替她盖着胸膛上。（第75回）

主腰 主腰是抹胸之类的胸衣。潘金莲"与西门庆相搂相抱，并枕而卧。妇人道：'这衽腰子，还是娘在时与我的。'"（第75回）本章节说潘金莲的内衣，点名抹胸，此处说是衽腰子，也就是主腰。按小说中的说法，主腰还是抹胸，只是叫法不同。依笔者的分析，主腰与抹胸在形制上还是有差别的。同样是内衣不假，抹胸重在遮胸，主腰重在覆腰。抹胸长摆也遮盖了腰腹部，而主腰上延自然需要遮挡胸乳部。抹胸形制一般是菱形，在领、肩、腰部有系带，也有长条形，主腰则以长条形为主。[①]

[①] 黄强：《中国内衣史》，中国纺织出版社2008年版，第99页。

图 2-3-5 明代五彩绣盘龙纹套头式红绸缎主腰——主腰，亦作主腰，妇女着于胸部的贴身小衣，作用与抹胸相似。

扣身衫子、罗衫 衫是指衣服宽松，没有袖端，穿着方便的一种服饰。马缟《中华古今注》卷中云："衫子，自黄帝垂衣裳，而女人有尊一之义，故衣裳相连。始皇元年，诏宫人及近侍宫人皆服衫子，亦曰半衣，盖取便于侍奉。"衫在明代妇女服饰中极为普遍，当时的衫大体比袍短，或到腰下，或至膝下。其形式有对襟、交衽两种，其穿着习惯有作内衣的，有束于裙里的，有作外衣穿的。《金瓶梅》中就有白夏布衫儿、洗白衫子等。潘金莲出场时身着扣身衫子，这是一种剪裁得显露身体曲线的衣衫。我国古代妇女服装，自宋以降受程朱理学思想的影响，基本上把身体遮拦得严严实实，忌讳展露身体曲线，甚至在夫妻生活上，也反对亵衣的直露。在社会的思维定式中，"存天理，去人欲"思想牢牢地禁锢着人们的观念。社会思维定式认为"扣身衫儿"突出性感曲线是违背礼教的。于是，穿"扣身衫儿"

便与女子轻浮画上了等号。① 书中就有这样的定性，潘金莲"从九岁卖在王招宣府里，习学弹唱，就会描眉画眼，傅粉施朱，梳一个缠髻儿，着一件扣身衫子，做张做势，乔模乔样"（第1回）。这种简单的评判，实际扼杀了潘金莲，造成了她终于成为千古悲剧人物的命运。

"潘金莲解开藕丝罗袄儿，销金衫儿。"（第48回）"西门庆又要玩弄妇人的胸乳。妇人一面摊开罗衫，露出美玉无瑕、香馥馥的酥胸，紧就就的香乳。"（第19回）从小说描写中，我们不难看出扣身衫子、罗衫的形式，是轻薄面料，贴着女子肉体的贴身小褂，类似于现在的贴身汗衫，不同的是样式不是套头衫，而是对襟或交襟。

"只见妇人罗衫不整，粉面慵妆，从房里出来。"（第14回）交代罗衫还是室内衣裳，平时不穿露在外。

裤腰、**裙裥儿** 贴身的内裤，类似今天的衬裙或衬裤。潘金莲与陈经济第一次勾搭成奸，"经济慌不迭的替金莲撤下裤腰来，划的一声，却扯下一个裙裥儿。潘金莲笑骂道：'蠢贼奴，还不曾偷惯怎的，恁小着胆，就慌不迭，倒把裙裥儿扯吊。'就自家扯下裤腰"（第53回）。

小衣、**底衣** 其功能类似今天的内裤，样式是一种平底的内裤。潘金莲"打了一回，穿上小衣。放起她来，分付在旁打扇"。（第8回）

"见屋里掌着灯烛，原来西门庆和王六儿两个，在床沿子上行房，西门庆已有酒的人，把老婆倒按在床沿上，褪起小衣。"（第42回）

打秋千，陈经济乘机使坏，"于是把李瓶儿裙子掀起，露着她大红底衣，抠了一把"（第25回）。

---

① 黄强：《另一只眼看金瓶梅》，中国文学出版社2006年版，第77页。

裈裤　西门庆到潘金莲房内休息，潘氏满心欢喜，"于是解松罗带，卸褪湘裙，坐换睡鞋，脱了裈裤"（第73回）。根据内容分析，笔者以为，裈裤应该是长一点的内裤，类似现在的夹裤。

薄纩短襦　纩的含义是丝绵，襦的含义是短裤、短衫。《金瓶梅》中多次出现这个组合的词汇，实际是泛指扣身衫子、罗衫、小衣、底衣等贴身的内衣。"撤去浴盆，只着薄纩短襦。"（第29回）

三 《金瓶梅》中女子内衣的穿戴习惯和习俗

明中叶以降，社会风气不以纵谈房帷之事为耻，反而以为荣，社会风气日下，奢侈放荡的风气浸入社会每一个角落，纵情酒色成为时代风尚。服饰自然体现出奢华、暴露、情色的风格。同时，《金瓶梅》因为故事地点发生在北方，人物有穿暴露内衣的习俗，在某些场合下，如在寝室等处，也有不穿内衣的习惯。

对书中描述的服饰进行分析，其表现出来的样式、内容，自然不能一概斥之为暴露、色情。样式与风格的产生固然受到时代、思想的影响，又迎合社会风尚的一面，同时它也有符合服饰进化、演变轨迹，展示服饰美化、情感功能的另一面。

（一）《金瓶梅》中的女性人物已经意识到内衣的性魅力

潘金莲为了向打虎英雄武松示爱，以向武松敬酒为名，表露她的仰慕之情。潘金莲身着暴露的内衣，施展她优美的身材，风情的魅力，希望以此吸引武二郎的垂青。"那夫人一径将酥胸微露，云鬟半躲，脸上堆下笑。"（第1回）潘金莲这时穿的服饰显然属于室内穿的亵衣。为什么潘金莲要这样做？无非认为这种暴露的内衣可以展现她女性身体曲线和凝聚在她身体上的性感之美。

图2-3-6 《金瓶梅》中的抹胸——抹胸即胸前小衣,内衣不仅可以保护胸乳,还传递着性感的信息。书中虽然也有如意儿等着主腰、抹胸的描述,但是善于运用内衣这个"独门武器"的唯有潘金莲,以此展示自己的性感魅力,在爱欲搏杀中占据主动。内衣在《金瓶梅》中有着特殊的作用,不仅体现出社会风俗的开放,也传递着内衣服饰的美学观点。不能见到裸露就一概斥之为淫,露与不露之间,其实也是保守与开放思想的交锋。读《金瓶梅》不能只因为有两万多字的删减就说其是淫书,只看到"赤着身子,只着红纱抹胸"的性感内衣,就批驳为色情。正所谓道学家见到淫,易学家见到经,才子见到缠绵。

由此看来,在《金瓶梅》反映的明中叶至晚明的这段历史中,开放的社会风尚已经使具有开放意识的妇女意识到服饰之美,不仅在于外表的秀美,而且可以传递情感、性感的内容,换言之,服饰表述着性爱的信息。潘金莲就是这种社会风气的实践者之一。她以袒露的服饰表现她对性爱的追求。

应该说明中叶朱厚照的正德朝是明代服饰制度最为松弛的时代,服饰禁忌不严格,僭越现象非常严重,[①] 明武宗是这样的一个提倡者,他的荒唐、荒淫,使社会充斥淫荡风气,[②] 性爱在这一时期是被世人

---

① 黄强:《论金瓶梅对明武宗的影射》,《江苏教育学院学报》1993年第3期,转刊于《复印报刊资料:中国古代近代文学研究》第12期。

② 黄强:《明武宗未必最荒淫》,《国文天地》第15卷第1期(1999年6月号)。

推崇的。因此在服饰上也表现出这样的社会潮流。至明代,"吴中妇人,尚有穿大脚开裆裤者。独浦城妇人皆不穿裤,此尤淫风薄俗。而广西土官妇女亦不着裤,乃着裙五六层,后曳地四五尺,此又蛮夷之习也"①。地处不同区域的吴中与广西,都有这样的淫风薄俗,那么北方的《金瓶梅》发生地有这种风俗,又有何奇怪呢?

图2-3-7 明代版画《人镜阳秋图》中的抹胸——这里表现的抹胸有别于圆形、菱形、方形的肚兜,围在胸前,像个圆筒,似乎有松紧带为系。

不过不同性情、修养的人,对服饰表现出的美感与性信息评价不一,正人君子的武松对潘金莲风情万种的表现不仅毫不领情,反而视为放纵,潘金莲因此遭到武二郎的冷遇。同样以身体为展示点,以暴露的内衣展示性感风情,潘金莲这一手对西门庆就有很大的诱惑性。见到潘金莲的美貌,西门庆垂涎三尺,通过他的想象,把潘金莲从外到内"扫描透视"了一番。

---

① （明）田艺蘅撰:《留青日札》,上海古籍出版社1992年版,第421页。

潘金莲的为人、性格如何，我们姑且不论，仅从内衣的穿着上，我们可以看出潘金莲是一个懂得服饰美学的女性，她知道内衣可以传递性感的信息，同样具有性的魅力和诱惑力，按照今天时髦的话讲是性感风情的展现。因此，她常常以内衣作为吸引男人的手段。她往往身体力行，穿着开放、裸露的内衣，如薄纱短襦，使看到她的男子产生性想象，为她所迷惑，从而达到她以自身的美貌、魅力吸引男子的目的。

为了等西门庆到来，潘金莲"身上只着薄纱短衫，坐在小杌上，盼不见西门庆来到，嘴谷都的骂了几句负心贼。无情无绪，闷闷不语，用纤手向脚上脱下两只红绣鞋儿来，试打了一个相思卦，看西门庆来不来"（第8回）。

潘金莲能够如此开放，居家穿暴露的内衣，甚至不穿内衣，一方面表明了是北方的一种习俗，同时也说明当时社会风气确实开放，不以穿暴露的内衣为耻，反以为荣。确实，潘金莲穿春光尽泄的内衣，甚至不穿内衣，袒胸露乳迎合西门庆，无非为了讨得情郎的欢喜，在爱欲的搏杀中增加自己的筹码。请来看下面的描写，可以佐证笔者推论的正确。

"却说西门庆在房里，把眼看那妇人，云鬟半軃，酥胸微露，粉面上显出红白来，一径把壶来斟酒，劝那妇人酒。一回推害热，脱了身上绿纱褶子"（第4回）。

话说西门庆扶妇人到房中"脱去上下衣裳，着薄纱短襦，赤着身体，妇人上着红抹胸儿。两个并肩叠股而坐，重斟杯酌，复饮香醪。西门庆一手搂着她粉颈，一递一口和她吃酒，极尽温存之态。睨视夫人云鬟斜軃，酥胸半露，妖眼乜斜，犹如沉醉杨妃一般"（第28回）。

出水芙蓉般的身姿，妩媚动人的媚态，潘金莲借助内衣的开放、裸露所具有的诱惑性，以及综合于身体具有的迷惑性，使她在与对手的搏斗中一次又一次占据上风，处于不败的地位。可以说，内衣穿着得当，对由此产生的效果，所达到的目的，功不可没。

现代研究表明，内衣确实具有传递性信息，增加男女性爱乐趣的功能。

（二）内衣穿戴习俗与时代的放荡风气

潘金莲还有不穿内衣的习惯。"那时正值三伏天道，十分炎热。妇人在房中害热，分付迎儿热下水，伺候澡盆，要洗澡。……身上只着薄纱短衫，坐在小杌上。"因为等西门庆不来，潘金莲睡了一个时辰，醒来发现蒸的肉馅角儿少了一个，就将迎儿痛打一顿。这时书中有这样的一段交代，"打了一回，穿上小衣。放起她来，分付在旁打扇"（第8回），从这个交代中我们不难看出，潘金莲在家里等西门庆没有穿内裤。

书中女性不穿内衣，一方面因为地处北方，夏季炎热，北方人居家习惯不穿内衣；另一方面也反映了明代中叶以降社会风气的放荡。

图2-3-8 明代开裆裤——明代女子仍有穿开裆裤的，主要为了私溺的方便，当然这不是在公开场合下穿着的裤子，而是私密空间的居家服饰。

敢作敢为的潘金莲是其中的表率，她就经常不穿内裤，这已经不只是因为天气的原因了，主要是她个性的放荡，第53回，潘金莲与陈经济偷情对此就有过说明。笔者推断，潘金莲应该常穿一种开放式的外衣，类似明代的一种合欢襕，裙式自后而围向前腰，所以又名"襕裙"。笔者认为《金瓶梅》人物是常着这两种裤、裙。潘氏与陈经济花园偷欢行事颇为方便，笔者疑潘氏所穿即为此裤、裙。①

不仅潘金莲有不穿内衣的习惯，《金瓶梅》中的其他女性也是如此。李瓶儿与西门庆勾搭成奸后，气死了花子虚，因为两个丫鬟迎春、绣春已经让西门庆玩耍了，李瓶儿行事也不回避两个丫鬟。"又在床上紫锦帐中，妇人露着粉般身子，西门庆香肩相并，玉体厮挨，两个看牌，拿大钟饮酒。"（第16回）冬令的11月，北方下着大雪，是气温非常冷的时候，在这样的寒冷季节，李瓶儿仍然不穿内衣，脱得精赤赤睡觉，"掀开被子见她一身白肉，那李瓶儿连忙穿衣不迭"（第21回）。南方人即使炎热的夏天，在闺房，女性仍然要着小衣睡觉，绝对不会一丝不挂。北方烧炕，固然会如此，更重要的原因还是社会淫风淫俗的风尚。

宋惠莲也有这样的经历，她为几件衣服，就牺牲色相，与西门庆在藏春坞山洞交欢，"老婆听见有人来，连忙系上裙子往外走，看见金莲，把脸通红了"（第22回）。后来，宋惠莲再次与西门庆通奸，"原来妇人夏月里常不穿裤儿，只单吊着两条裙子，遇见西门庆在那里，便掀开裙子就干"（第26回）。

四　内衣感官刺激与欲的毁灭

综观明代历史，明武宗正德年间是明中叶服饰制度最为混乱的年代，明代士庶服饰不能维持，是从正德年间开始的。服饰禁忌在正德

---

① 黄强：《服饰与金瓶梅的时代背景》，《徐州教育学院学报》1998年第1期。

年间变得松弛,社会风气如此,以至于有了潘氏可穿着薄纱短衫、抹胸儿亮相登场,吸引情郎,更能与西门庆将闺房秘事搬到葡萄架下,纵情放达,无所顾忌。社会风气如此,对于生活上讲究奢侈,追求性欲享乐的西门庆与潘金莲来说,自然会以身相试,沉湎其中,不能自拔。他们是欲的追求者、享受者,也是被情欲毁灭的悲剧人物。

图2-3-9 明代仇英《修竹仕女图》——仇英精于仕女画,工笔人物造型准确,笔法细秀,色彩清艳,形成了以精丽见长的仇派仕女画风。此图中的仕女衣纹线条流畅柔和,色调淡洁,传递着情感的意味。

从《金瓶梅》妇女的内衣中,我们可以看出明中叶社会风气的开放程度。同时也说明宋元以降,妇女服饰不只是保守的风格,在特定时期也有开放的另类服饰。此外,对于内衣的性感意识,并不是现代人才懂得的,几百年前,我国的妇女已经运用得非常巧妙了,用当下最时髦的话说,《金瓶梅》上演的是明代版的女性维密内衣秀。

对于《金瓶梅》中女子内衣的研究,不仅可以帮助读者了解明代妇女服饰的发展脉搏。进而也可以对明代的社会思潮,尤其是性学思想的发展轨迹有所了解。

第四节 《金瓶梅》妆花服饰考

许多读过《金瓶梅》的人,对《金瓶梅》服饰描写印象深刻,因为书中对服饰的描述非常详细,对款式介绍不厌其烦,充分展示了服饰之美,服饰之等级。服饰所涉及的人物,所表现的形态,内容丰富,色彩艳丽,有强烈的视觉冲击力,给了读者美轮美奂的享受。

图2-4-1 唐伯虎《王蜀宫妓图》——唐寅的代表作,体现了唐寅仕女画用笔精细、设色艳丽的特点。丰满华贵的体态,色彩斑斓的服饰纹样,描绘得颇为精致。说到明代女性服饰,几乎每一本著作都会引用此图,此图已经成为明代女性服饰的经典图。

进入《金瓶梅》,仿佛进入了服饰的大观园,无论是潘金莲,还是李瓶儿、庞春梅,乃至丽春院的粉头,她们都是时尚装的穿着者,时世妆的体验者,她们追逐时尚潮流,品味时尚趣味,演绎时尚故事。

第二章　从服饰描写考证《金瓶梅》

《金瓶梅》中的服饰品种、款式甚多，五彩缤纷。外行看热闹，内行看门道，笔者留意到，除了比甲、裙裤、抹胸等常规服饰外，还有一些特殊的服饰，如蟒服、飞鱼之类显贵服饰，以及用特殊工艺织造的妆花服饰。

一　《金瓶梅》中的妆花服饰

妆花服饰在《金瓶梅》中比比皆是，与其他服饰一起构成了《金瓶梅》服饰的华美，引领我们进入了一座服饰的大观园。

第15回描写西门庆妻妾赏灯，吴月娘穿着大红妆花通袖袄儿，娇绿缎裙，貂鼠皮袄。李娇儿、孟玉楼、潘金莲都是白绫袄儿，蓝缎裙。李娇儿是沉香色遍地金比甲，孟玉楼是绿遍地金比甲，潘金莲是大红遍地金比甲，头上珠翠堆盈，凤钗半卸，鬓后挑着许多各色灯笼儿。人物的服饰极尽奢华，反映了社会追求奢侈的风气。

第7回薛嫂为西门庆做媒，介绍孟玉楼，"四季衣服，妆花袍儿，插不下手，也有四五只箱子"。后来西门庆与孟玉楼见面，妇人出来，"上穿翠蓝麒麟补子妆花纱衫，大红妆花宽栏；头上珠翠堆盈，凤钗半卸"。要知道孟玉楼的前夫只是一个布贩子，竟然穿着麒麟补子妆花纱衫。对于《金瓶梅》中服饰的僭越，俄罗斯汉学家李福清认为孟玉楼穿麒麟补子有所隐喻。[①] 笔者也在多篇论文中说及，并以此考证《金瓶梅》的时代背景、成书年代。[②] 不可否认，服饰的象征与隐喻，正是通过服饰的等差与僭越表现的。

第24回元宵节西门庆一家欢宴，妻妾"都穿着锦绣衣裳，白绫

---

① ［俄］李福清：《兰陵笑笑生和他的长篇小说金瓶梅》，载陈周昌选编《汉文古小说论衡》，江苏古籍出版社1992年版，第115—149页。
② 黄强：《另一只眼看金瓶梅》，中国文学出版社2006年版。

袄儿，蓝裙子。……唯有吴月娘穿着大红遍地通袖袍儿"。看花灯时，妻妾"都是白绫袄儿，遍地金比甲"。遍地金比甲属于云锦中的高档品种，连宋惠莲这样的仆人都穿得如此华贵，可见社会对服饰奢华的欣赏，经济条件对服饰奢华的支持，同时也反映出当时人们追求服饰华贵的审美趣味。

　　元宵节时西门府张灯结彩，大摆筵席，西门庆与吴月娘居上坐，其余李娇儿、孟玉楼、潘金莲、李瓶儿、孙雪娥、西门大姐都在两边列坐。都穿着锦绣衣裳，白绫袄儿，蓝裙子。唯有吴月娘穿着大红遍地通袖袍儿，貂鼠皮袄，下着百花裙，头上珠翠堆盈，凤钗半卸。表现的是西门府唯我独尊的豪门权贵气派，显示出社会的等级差别。

　　《金瓶梅》中服饰的僭越与等级是对立统一的，一方面明中叶屡有服饰僭越的事情发生，诸如乱赐蟒服、飞鱼服、斗牛服；另一方面服饰的社会等级制度依然存在，维护社会等级制度，官服上的等级标志仍然起着主导作用。《明史·舆服志》规定了帝后皇室、文武官员、宦官、儒生生员、军士、皂隶、农商、庶民、僧道服饰的使用质料、色彩、纹样的不同定制，例如规定四民之末的商贾不能穿贵重的丝织品，只能穿绢和布（棉布、麻布）。经济基础影响上层建筑，对于暴富的商人阶层，他们有了经济实力，岂甘一直被压抑？他们蠢蠢欲动，率先在服饰的质地、色彩上求得突破。此时，《明史·舆服志》规定商贾只能穿绢与布的禁忌就成了摆设，商人、平民服饰禁忌的松弛，对整个社会的服饰逾礼违制之影响是非常显著的，不过对服饰等级的冲击尚够不上僭越。僭越主要是对文武官员的服饰而言，低品秩穿高品秩服饰，但是总体说来，僭越皇室服饰的现象非常少。

图2-4-2 明代穿织金蟒袍的李贞像——李贞，江苏盱眙人。明开国功臣李文忠的父亲。元末农民起义不断，李贞带着尚未成年的儿子李文忠转战各地，最后投效朱元璋，开疆辟壤，屡建战功。明开国以后，朱元璋封其为曹国公，谥陇西王。织金服、蟒袍都属于显贵之服，非功臣、高官不赐，李贞着织金蟒袍说明了他的身份、地位。

第24回宋惠莲去看灯，"一走到屋里换了一套绿闪红缎子对衿袄儿，白挑线裙子，又用一方红销金汗巾搭着头，额角上贴着飞金并面花儿，金灯笼坠子，出来跟着众人走百媚儿。月色之下，恍若仙娥，都是白绫袄儿，遍地金比甲"。

在《金瓶梅》中，妆花服饰非常普遍，但是就明代社会而言，妆花服饰并不多见，更谈不上普及。"西门庆衙门中回来，开了箱柜，打开出南边织造的夹板罗缎尺头来。使小厮叫将赵裁来，每人做件妆花通袖袍儿，一套遍地锦衣服，一套妆花衣服。唯月娘是两套大红遍地锦五彩妆花通袖袄，四套妆花衣服。……先裁月娘的：一件大红遍地锦五彩妆花通袖袄，兽朝麒麟补子缎袍儿；一件玄色五彩金遍边葫芦样鸾凤穿花罗袍；一套大红缎子遍地金通袖麒麟补子袄儿，翠蓝宽拖遍地金裙；一套沉香色妆花补子遍地锦罗袄儿，大红金枝绿叶百花拖泥裙。……多裁了一件大红五彩通袖妆花锦鸡缎子袍儿，两套妆花罗缎衣服。"（第40回）你看，裁剪的服饰不是遍地锦，就是五彩妆花。一做就是两套，甚至四套，似乎不用花钱或者裁制衣裳的价格很低，其实不然。妆花、遍地锦面料都不是普通纺织品，原本就是专供皇室使用的贡品，价格不菲。

图2-4-3 明代红地正凤妆花缎——妆花的织造非常讲究配色，可以多达几十种。机器织造的花纹、图案都是统一的，一块织物同样的图案色彩是相同的；手工织造的云锦却能在同一段织物上做到相同图案，色彩异样，即可以做到同花异色。

妆花服饰的品种繁多，在《金瓶梅》中得到了集中体现，不仅有通袖袄、锦罗袄、衫子，还有翠蓝拖泥妆花罗裙（第21回），妆花膝裤（第14回），以及妆花锦绣衣服（第15回）等。在《明史·舆服志》中并没有详细记载妆花服饰的品种，而在《金瓶梅》却详尽地记述了妆花服饰的类别、种类，可以说《金瓶梅》的服饰描述弥补了正史对明代妆花服饰概述的不足。

二 《金瓶梅》中织金服饰

在《金瓶梅》还有一种织金服饰，第34回中有妆花织金缎子。

第11回，西门庆准备梳拢李桂姐，表示，改日另送及套织金衣服。

第35回，"走到李瓶儿那边楼上，寻了两匹玄色织金麒麟补子尺头，两匹南京色缎，一匹大红斗牛纻丝，一匹翠蓝云缎。……我有一件织金云绢衣服哩，大红衫子、蓝裙，留下一件也不中用"。第37回，西门庆与她买了两匹红绿潞绸，两匹绵绸，和她做里衣儿；又叫了赵裁来，替她做两套织金段衣服，一件大红妆花缎子袍儿。

织金又名库金，因织料上的花纹全部用金线织出而得名。用银线织成的则称为库银。库金、库银属于同一品种，统称为织金。"明清两代江宁官办织局生产的织金，金银线都是真金、真银制成。"[①]

明代社会纺织业尚没有形成后世的造假坊，绝大部分商户不会以假乱真玩噱头，至于给皇室、官府进贡织物，一定保障质量，哪里会有假的或质量不行的，因此，"织金"服饰是用真金、真银线织入，没有一丝替代的成分。人们的日常生活以铜钱、银子结算，金子的价值远高于银子，那么，真金、真银线用在服饰上，成本必然增高，岂是普通官宦人家用得起的？

[①] 徐仲杰：《南京云锦史》，江苏科技出版社1985年版，第123页。

图2-4-4 明代侧龙纹织金缎——织金是在织造时,大量使用真金、真银打造的金线、银线。

金银织成的服饰,尚有金比甲、遍地金等品种。遍地金也作遍地锦,在明代,遍地金是一种高级织物,《天水冰山录》中有多种遍地金织物,如大红遍地金过肩云蟒段、桃红遍地金女裙绢、绿遍地金罗、绿满地金纱等。对于金银首饰的佩戴,明代就有规定,更何况织金服饰?不要说平头百姓,就是有一定权势、地位的官宦人家也不能、不敢穿织金服饰呀。如今社会,披金挂银很普遍,哪里知道几百年前的明代社会,乱穿织金服饰就是僭越,就可能被治罪。在社会等级制度严格的时期,谁敢冒此风险,以身试法?

三 妆花、织金是什么服饰

为什么说妆花是特殊服饰?因为妆花是一种特殊的服饰织造方法,属于云锦的一种。云锦又是什么?对于今天的人们来说,虽然知道云锦的名头,但是未必对其有足够的了解。云锦是明清时期皇室用的高档纺织面料,因为状如天上云彩,故名。因为织造费时费力,一个熟练的工匠一天只能织几寸长度,因此有寸金寸锦之说。

妆花是云锦中织造工艺最复杂的品种，也是最有南京地方特色，具有代表性的提花丝织品种。妆花是织造技法的总称，始见于明代《天水冰山录》。严嵩被抄家时，抄出大量丝织物，有许多妆花类的物品，如妆花缎、妆花罗、妆花纱、妆花绢、妆花锦等。妆花织物有加织金线的，也有不加织金线的。妆花织物的特点是用色多，色彩变化丰富。在织造方法上，用绕有各种不同颜色的彩绒纬管，对织料上的花纹进行局部的盘织妆彩，配色非常自由，没有任何限制。一件妆花织物，花纹配色可多达十几种乃至二三十种颜色。妆花织物的特点用色多，色彩变化丰富，但均能处理得繁而不乱，统一和谐。[1]

图2-4-5 明代织金孔雀羽状花纱龙袍匹料——虽然亲王可以用团龙图案，也仅限于补子，亲王的官服还是称为补服，而不能称为龙袍。龙袍专属皇帝，具有排他性、唯一性的特点，用龙袍匹料织成的龙袍，前后、上下有九条龙，符合帝王的"九五之尊"。

妆花类服饰，明代皇宫中多见，在织造局也可见到。还有一种特殊的情况，就是其被有权势、图谋不轨的高官收藏，妄图篡权。严嵩

---

[1] 徐仲杰：《南京云锦史》，江苏科技出版社1985年版，第129页。

被抄家时,没收的财产中就有大量的妆花服饰,《天水冰山录》中有记录:

缎 大红妆花五爪云龙过肩缎二匹、大红织金妆花蟒龙缎一百四十五匹、大红妆花过肩云蟒缎一百零九匹、大红遍地金过肩云蟒缎六匹、大红妆花飞鱼云缎四匹、大红织金飞鱼补缎一十三匹、大红妆花过肩斗牛缎五匹……青织金妆花凤通袖缎一十四匹、青织金妆花斗牛云缎四十六匹、青织金妆花斗牛补缎四十四匹、青织金孔雀云缎一百一十匹。

绢 大红妆花过肩蟒绢四匹、大红织金蟒绢四匹、大红织金斗牛补绢一十一匹、大红妆花斗牛补云绢一十匹……

罗 大红织金妆花蟒龙罗四十匹、大红妆花过肩云蟒罗四十一匹、大红妆花遍地金蟒罗一匹、大红妆花过肩染鱼罗二匹、大红妆花飞鱼补罗一匹……

纱 大红织金妆花蟒纱一十四匹、大红织金过肩蟒纱一匹、大红织金飞鱼补纱二匹、大红妆花过肩云蟒纱二十二匹……

绸 大红妆花过肩云蟒绸一匹、大红织金蟒龙绸四匹、大红妆花过肩云蟒绸一匹、大红织金飞鱼补绸六匹……①

这里列举的只是严嵩被抄家时家藏缎、绢、罗、纱、绸等质地的妆花、织金服饰的一小部分,还有更多品种。服饰的僭越也是当年严嵩的罪证之一。严嵩大量收藏、使用皇室的妆花、织金服饰,服饰中甚至还有龙缎,均属大逆不道。

云锦美术大师徐仲杰指出:"云锦区别于其他地区锦缎,除了表

---

① (明)无名氏:《天水冰山录》(明)陆深等:《明太祖平湖录》(外七种),北京古籍出版社2002年版,第167—187页。

现在图案花纹、色彩装饰方面的特色以外，一个极其重要的特点是大量用金（捻金、缕金，也包括缕银和银线）。"①

妆花是云锦的主要品种，包括满地织地，金地上织五彩花纹的"金宝地"。"金宝地"是用圆金线织满地，在满金地上织出五彩缤纷、金彩交辉的图案花纹来，整个纸品极为辉煌而富丽。妆花是明代南京丝织艺人创造出的一种通经断纬的织造新技法，织造出加金妆彩的"妆花"锦缎，是明代锦缎中艺术成就很高的提花丝织物。

自13世纪70年代以来，江南的江宁、苏州、杭州三地，已成为特种锦缎的重要生产地。公元1280年，元世祖在建康（今南京）设东、西织染局。到了14世纪60年代，明承元制，在南京（明初都城）设有内织染局，亦称"南局"，司礼监还设有专门织造祭祀用神帛的神帛堂，南京的设织染局，专织宫廷使用的各色绢布和文武官员诰敕，每年织造5000匹。② 此外，在苏州、杭州也各设织染局。

元、明、清三代，在南京设立官办织造，虽然与南朝各代王廷的"织室"性质一样，但是专为元、明、清三代皇室消费服务的云锦，不只在御用织造机构里生产。元、明、清三代，南京锦缎是专供皇室御用的贡物。

明、清两代江宁官办织造生产的织金，金银线都是真金、真银制成，在每匹织料的尾部，均织有"织造真金库金"字牌。③

妆花缎是在缎地上织出五彩缤纷的彩色花纹，色彩丰富，配色多样。根据《南京云锦》记载，妆花缎的用途，明代以前多用作冬季的服装、帐子、帷幔和佛经经面的装潢等，一般是织成匹料剪裁使用。

---

① 徐仲杰：《南京云锦》，南京出版社2002年版，第4页。
② 陈娟娟：《中国织绣服饰论集》，紫禁城出版社2005年版，第23页。
③ 徐仲杰：《南京云锦》，南京出版社2002年版，第29页。

但是明、清两代的妆花织品，很多是以"织成"形式设计和织造的，如龙袍、蟒袍、桌围、椅披、伞盖，乃至巨幅的彩织佛像等。①

四 妆花服饰的服务对象

妆花服饰是怎样的一种服饰，通过上面的介绍，读者应该已经有所了解。它是云锦中的一种显贵服饰品种，换言之，是皇室成员才能使用的服饰，非皇室人员使用就属于僭越。

古代生活中，对于服饰的等级区分是十分清晰和严格的。任何僭越，都会给僭越者带来毁灭性的打击，掉脑袋的处罚也时常可见。笔者在多篇文章中论述过服饰僭越获罪的观点，② 这是由古代社会森严的等级制度决定的，不以个人意志为转移。尽管在明中叶服饰制度有所松弛，明武宗就喜好乱赐服，将显贵的飞鱼、斗牛蟒服、麒麟服大量赐给臣僚穿戴，但是服饰制度的松弛，并非没有度，皇帝的龙袍、冕冠并没有赐给臣僚。由此可见，服饰制度的紊乱，尚未涉及皇权。

妆花服饰是云锦中的极品，属于皇室的贡品一类的服饰，非常尊贵。所谓尊贵体现两方面的信息：一是不菲的价格，寸金寸锦，一段妆花料，就价值几十几百两金子，岂是一般官宦之家能用得起的？二是尊贵的地位，代表着权力、地位，属于皇室专用服饰，非特赐不能用。因此，无论从哪一方面讲，妆花服饰都不适合普通宦官人家，也不可能为低品秩官员及其家眷所用。

明中叶虽有赐服，服饰等级制度出现松弛，但是社会各阶层间依然泾渭分明，官服服色的有别并没有被完全取消，服色等差依然是维

---

① 徐仲杰：《南京云锦》，南京出版社 2002 年版，第 37 页。
② 黄强：《从服饰看金瓶梅反映的时代背景》，《江苏教育学院学报》1993 年第 2 期，转刊于《复印报刊资料：中国古代近代文学研究》1993 年第 11 期。

系封建等级制度的一个纽带。因此，普通老百姓人家和低品秩的官员还不敢胆大妄为，穿皇室专用的妆花服饰。好比龙纹及龙纹服饰，有几许人敢擅用龙纹？龙纹与蟒纹的区别在于爪与角。蟒本是五足无角，龙则角足皆具。①明武宗好赐服，在位期间上演了多起赐服的闹剧，可以说正德朝是明代服饰制度最为松弛的时期。

除了赐服不必花费金钱外，凡是购买的服饰，必须花费银两。从明中叶开始，随着社会经济的发展，商人有了相当可观的经济实力，但由于社会对商人阶层的轻视，商人的社会地位并不高，商人阶层想登上历史舞台，获得一席之地，就必须有政治地位。尽管商人可以挥金如土，享受奢华的生活，但是在等级社会里，尤其是某些象征等级的物品并没有完全进入流通市场，即使花费巨额钱财也未必购买得到。于是，商人渴望通过金钱的力量，以物质的富足，获取等级标识来提升自己的政治地位。从明代的史料中，我们可以找出许多商人以钱换取政治地位的事例，他们千方百计要挤上政治舞台，获得政治地位。

"明代规定四民之末的商贾不能穿贵重的丝织品，只能穿绢和布（棉布、麻布）"②；但是明中叶社会制度紊乱，尤其是商人阶层崛起后，更是不遵循社会等级制度。首先，表现在服饰上用金用银，用过去商人不能使用的有着严格等级限定的服饰。其次，通过捐官获得官名，挂名成为官员。这些方面在《金瓶梅》中均有体现。

西门庆出场时不过是个开店经营的商人，通过向蔡太师贿赂，捐官获得了一个五品的官职，由此进入官场。借助官场平台，西门庆如鱼得水，后来居上。他的服饰也发生了变化。未入官场前，穿的是普

---

① 黄强：《中国服饰画史》，百花文艺出版社2007年版，第157页。
② 陈娟娟：《中国织绣服饰论集》，紫禁城出版社2005年版，第23页。

通人的服饰。进入官场之后，开始戴忠靖冠，穿蟒服（有太监送他蟒服），耀武扬威。明中叶商人地位上升，与正德帝喜欢经商大肆发展皇店有关。皇帝的倡导，身体力行，得到社会的响应。明中叶商业经济发展迅速，商人阶层也迅猛崛起。

　　商人在经济上的富足，必然带来地位的上升，原来商人子弟与官无关的状况也得以改变，盐商世家的汪道昆成为兵部侍郎，出身织户的张瀚当上了吏部尚书，祖父是商贾的李梦阳官拜户部郎中、江西提学副使等职，贩布商贾的孙子李贤不仅当了吏部尚书，还入阁拜相掌权近十年。朝中有了代言人，社会对商人鄙视的态度有所转变，商人服饰的僭越才成为可能。

五　明代对妆花等服饰的限制

　　对庶人冠服，《明史·舆服志》有明确规定："明初庶人婚许假九品服。洪武三年，庶人初戴四带巾，改四方平定巾，杂色盘领衣，不许用黄。又令男女衣服，不得僭用金绣、锦绮、纻丝、绫罗，止许䌷、绢、素纱，其靴不得裁制花样、金线装饰。首饰钗镯，不许用金玉珠翠，止用银。六年令庶人巾环不得用金玉、玛瑙、珊瑚、琥珀。"对士庶妻冠服，则规定："洪武三年定制，士庶妻，首饰用银镀金，耳环用金珠，钏镯用银，服浅色团衫，用纻丝绫罗䌷绢。五年令民间妇人礼服惟紫绁（一种粗绸子），不用金绣，袍衫止紫、绿、桃红及诸浅淡颜色，不许用大红、鸦青、黄色，带用蓝绢布。……正德元年，令军民妇女，不许用销金衣服，帐幔宝石，首饰银钏。"

　　洪武十四年，对商人服饰做了规定："十四年令农衣䌷、纱、绢、布，商贾止衣、绢布，农家有一人为商贾者，亦不得衣䌷、纱。"对商人的服饰限制非常严格，换言之，商人的地位很低，甚至低于农民。因为农家子弟可以读书，可以通过参加科举以获取功名；商人的子女却不允许参加科举，失去了改变身份命运的机会。朱元璋对商人比较憎恨，对商人有种种限制，直至明中叶，由于明武宗热衷于扮商人做生意，社会上对商人才有所认可。话本、拟话本小说"三言""二拍"颇多以商人为主人公的小说，反映的正是商人阶层跻身社会主流阶级的故事。对商人的认可其实是对金钱狂热追求的体现，"表现为一种人生价值，而对商贾的态度则体现了一种社会价值。显而易见，这种社会价值的改变正是人生价值取向的一种延伸和展开"[1]。因为有这样的历史背景，西门庆作为商人的代表可以在物质消费、享受方面紧扣时代的脉搏，通过饮食、服饰呈现商人讲究豪华排场，追求物质享受的生活趣味与价值取向。他们就是要通过绫罗绸缎的奢侈、豪华，展示商人阶层的力量，向社会主流抗争。

明代对妆花服饰的禁忌也有规定。《明史·舆服志》云："嘉靖六年，复禁中外官，不许滥服五彩妆花织造违禁颜色。"非皇室成员穿戴妆花服饰属于违禁。

六　妆花服饰对身份的揭示

妆花服饰、织金服饰与皇室有关，这是政治制度决定的。按照等级服色的制度，只有皇室成员才能穿戴妆花服饰，这不是准确无误地在揭示《金瓶梅》中人物的身份、等级吗？

能够穿戴妆花服饰，表明他是皇室成员，或者与皇室有密切关系。那么，西门庆及其妻妾等人物大量穿戴妆花这种专属于皇室成员

---

[1] 张振钧、毛德富：《禁锢与超越：从"三言""二拍"看中国市民心态》，国际文化出版公司1998年版，第50页。

的服饰，其身份是什么，岂不是一目了然？在古代，服饰僭越时有发生，民间穿戴大红、丝绸色彩或袍料的服饰，商人穿用丝绸之类，但总体上还是能遵守服饰制度。一般用替代品，或者小范围、低等级僭越。譬如说民间婚礼霞帔、凤冠的使用，按照服饰等级制度，凤冠是皇后的冠帽，霞帔是命妇的赐服，其他人员是不能穿戴的，民间的霞帔、凤冠实际使用的是替代品、仿制品，民间要的是名称，图的是喜庆，并不是真的使用皇后的凤冠，命妇的霞帔。

图2-4-6 明代皇帝用金冠——万历皇帝之定陵，1956年5月发掘、出土文物3000多件，最珍贵的就是这顶金冠，有名翼善冠，重1斤6两6钱，用细如发丝的金线编成，制作精美。

大家都知道服饰的禁忌是维系社会等级制度的需要。僭越受到指责、斥责，甚至治罪，被社会孤立，群起而攻之。视仕途为前途的官员犯不着为了一时之快，丢掉自己的政治生命。明朝开国功臣有因擅用龙纹丢官的，因此，社会上的僭越，一般不会僭越皇室服饰，包括龙袍、凤袍、妆花服饰。在明武宗时期，服饰等级制度比较混乱，虽有乱赐蟒袍、飞鱼显贵之服，但是却没有见到乱赐龙袍服饰记载。

第二章 从服饰描写考证《金瓶梅》

《金瓶梅》中的服饰记载，大抵也符合笔者的观点，除了西门庆外，无论是太监，还是其他官员，有乱穿蟒衣、飞鱼、斗牛服饰的，却没有人敢穿龙袍。

图2-4-7 穿龙袍的明代皇帝——皇帝的服装大多采用织金工艺，在衣料中加入了真金真银。在富丽堂皇、金光溢彩的高贵服饰映衬下，皇帝的威严也显露出来。

蟒衣、飞鱼、斗牛服饰尽管显贵，但是位极人臣，受到皇帝宠信的太监、官员，都可以穿戴，而龙袍之类的穿戴对象则有严格的规定，非皇帝不可。同样，妆花服饰也限定了穿戴对象，只有皇室成员才能穿戴。第43回中对出场人物的穿戴有一番描述："月娘这里，穿大红五彩遍地锦百兽朝麒麟缎子通袖袍儿，腰束金镶宝石闹妆，头上宝髻巍峨，凤钗双插，珠翠堆满，胸前绣带垂金，项牌错落，裙边禁步明珠。……只见众堂客簇拥着乔五太太进来，生的五短身材，约七旬多年纪，戴着叠翠宝珠冠，身穿大红宫绣袍儿。……春梅、迎春、玉箫、兰香一般儿四个丫头,都打扮起来,身上一色都大红妆花缎袄儿,蓝织金裙,绿遍地金比甲儿,在跟前递茶。"乔五太太是皇亲,自然要穿宫绣袍;吴月娘有着特殊的身份,是西门庆的正室,穿大红五彩遍地锦百兽朝麒麟缎子通袖袍儿也好理解,麒麟袍本身就有着隐喻的作用。但是令人费解的是,为什么春梅、迎春等四个丫头也能穿"大红妆花缎袄儿,蓝织金裙,绿遍地金比甲儿",这其实就是交代了春梅丫鬟环服务的对象与环境。可以说明代的富裕人家和官宦大户也不会给丫鬟穿皇室专属的妆花服饰,不是因为经济因素,而是由于等级差别。但是假如丫鬟服务于宫廷,身份是宫女,情况就另当别论。

通过对妆花服饰的考证,目的是明确妆花服饰服务的对象,掀开蒙在西门庆及其家眷身上的神秘面纱。西门庆像个皇帝,是对明武宗的影射,这并非想当然,也不是研究者的臆造。兰陵笑笑生如此刻意描述服饰,就是想告诉我们隐藏在服饰中的时代印记。

服饰史属于社会史的一种,对于考察历史风貌、社会风情,乃至政治局势都有很大的作用,这已经得到学术界的认可。考究《金瓶梅》妆花服饰,乃是服务于《金瓶梅》的学术研究。

第三章　从饮食习俗探究《金瓶梅》

第一节　《金瓶梅》中的饮食史料

写于明中叶的《金瓶梅》是一部反映明代社会生活的百科全书，其思想的惊世骇俗、艺术的不朽是举世公认的，自不必赘言。而饮食之事贯穿始终，则是该书的特色之一，作者以饮食刻画人物，反映社会，篇幅之繁多，描摹之精湛，在古典小说中独树一帜。时至今日，对《金瓶梅》中的饮食研究，越来越受到人们的重视，从菜肴的烹饪方法到营养搭配，从宴饮布置到饮食风俗，专家们的论述备矣，但是挂一漏万，对《金瓶梅》饮食描写的史料价值，以及饮食折射的社会风貌、人文信息的比较研究则显得不足，这也是《金瓶梅》饮食研究的薄弱环节。

金瓶梅风物志

一　饮食描写暗示人物的特殊身份

笔者曾在多篇文章中论及《金瓶梅》中西门庆的作风颇具帝王色彩，而书中对于饮食的描写，正好又印证了笔者这种观点的正确性。

图 3-1-1　鲥鱼美味——鲥鱼体扁而长，色白如银，肉质鲜嫩，每年五六月由沿海上溯入江而得名，是名贵的淡水鱼之一，鲥鱼与刀鱼、鮰鱼被称为"长江三鲜"，鲥鱼多产在西江、钱塘江、长江下游一带，其中长江镇江段的鲥鱼最为鲜嫩、肥美。

鲥鱼是书中着墨颇多的一种食物，其反映的饮食史料价值也最具代表性。请看下面列举的这些饮食描写。

西门庆娶李瓶儿过门后，丫头送来"四小碟甜酱瓜茄，细巧菜蔬，一瓯顿烂鸽子雏儿，一瓯黄韭乳饼，并醋烧白菜，一碟火熏肉，一碟红糟鲥鱼，两银厢瓯儿白生生软香稻粳米饭儿，两双牙箸"（第20回）。

刘太监感谢西门庆，"宰了一口猪，送我以坛自造荷花酒，两包糟鲥鱼，重四十斤，又两匹妆花织金缎子"（第34回）。

黄四家为讨好西门庆，给他家送去四盒子礼物，"平安儿掇进来与西门庆瞧，一盒鲜乌菱，一盒鲜荸荠，四尾冰湃的大鲥鱼，一盒枇杷果"（第52回）。

西门庆在卷棚中放下八仙桌儿，桂姐儿陪酒，"桌上摆设许多肴馔：两大盘烧猪肉，两盘烧鸭子，两盘新煎鲜鲥鱼"（第52回）。

鲥鱼是我国名贵的淡水鱼之一，季节性很强，李时珍《本草纲目》卷四十四说："夏初时有，余月则无，故名。"鲥鱼前背缘肉较薄，后背肉较厚，鳞下多脂肪，骨多肉细嫩，味道鲜美，营养丰富，非一般鱼可比及。

鲥鱼主要生长在南方，以江苏镇江长江段出产为多，《本草纲目》卷四十四又说，因为鲥鱼"才出水即死，最易馁败"，鲜鲥鱼极为珍贵，历代一直将鲥鱼作为贡品进贡皇宫。史载，每逢鲥鱼上市时，江苏产鲥鱼之地的行政长官就紧张起来，要挑选体肥个大的鲥鱼进贡。相传康熙皇帝喜欢吃鲥鱼，鲥鱼上市之时，从镇江至北京，每隔三十里设一驿站，竖起高大的旗杆，白天旌旗高挂，夜间灯笼通明。健马三千多，士兵数千人，日夜待命，准备像传递紧急军情一样，飞递鲥鱼。几千里路，限两日之内送到。

皇帝是一国之君，享用天下最好的物品，在古代是理所当然的。想想古代，即使在明中叶，交通仍然不便，而地处北方的西门庆常常可以吃到南方的贡品鲥鱼，尤其是鲜鲥鱼，其传递付出的代价之大是可想而知的，以清代康熙皇帝的那种传递方法做参照，西门庆身份的特殊性已不言而喻。书中第52回更有一段描写，对西门庆的真实身份及饮食反映的史料价值作了一个很好的注释。

应伯爵与小优李铭在西门庆府上用餐：

> 伯爵用箸子又拨了半段鲥鱼与他，说道："我见你今年还没食这个哩，且尝新着。"西门庆道："怪狗材，都拿与他吃罢了，又留下做甚么？"伯爵道："等住回，吃的酒阑上来。饿了我不会

吃饭儿。你们那里晓得，江南此鱼，一年只过一遭儿，吃到牙缝里，剔出来都是香的。好容易！公道说，就是朝廷还没吃哩。不是哥这里，谁家有？"

江南一年只不过出一次鲥鱼，应伯爵此话确实不假，朝廷还没有吃到，西门府上倒先尝上了，何况，此鲥鱼为西门府一家独有，其珍贵自不必多说。即使如此，西门庆对此"稀罕之物"也并不当回事，竟用于赏赐小厮。

再者，从鲥鱼保鲜采用的"冰湃"方法，也说明了西门庆非一般官宦、商人的身份。明中叶科学技术水平尚未有机械制冰的工艺，藏冰仍采用自然方法，即在冬季把冰块藏入冰窖，保持低温，不使之融化，等到夏天再取出使用。这种方法耗工甚大，远非普通官宦人家或商人所能承担。如此这般，西门庆的帝王身份岂不是昭然若揭？

二　饮食描写反映的故事地点

对《金瓶梅》故事的发生地点，研究者争议颇为激烈，各持己说，有的认为是南兰陵，有的认为是北兰陵。其实从《金瓶梅》的饮食描写中，可以断言书中故事发生在北方。

一是书中有暖酒习俗。例如第1回，"十一月天气，连日朔风紧起，只见四下彤云密布，又早纷纷扬扬飞下一场瑞雪"。潘金莲在武松房里簇了一盆炭火，近火边坐了，"妇人起身去烫酒，武松自在房内，却拿火箸簇火。妇人良久，温了一注子酒，来到房里，一只手拿着注子，一只手便去武松肩上只一捏"。接下来是潘氏勾引武松被拒，因天寒而暖酒是其事端引发的由头。

图 3-1-2 暖酒壶——寒冷季节，不饮用冷酒是有科学道理的，适当加热，不用炉火烧煮，而用热水暖酒，酒性不易挥发，酒的醇香不会改变。温酒驱除寒气，促进血液循环，达到暖身作用。

再如第 17 回，陈经济避祸来到西门府，正是五月二十日，玳安惊报西门庆，李瓶儿"打发穿上衣服，做了一盏暖酒与他吃，打马一直来家"。暖酒是北方习俗，南方气候温和，冬季温度在零度左右，在南方人的生活中，他们是极少有暖酒的习惯。至于江南五月早已春暖花开，阳光和煦，南方人更不会也不可能在此时令暖酒。书中的情节交代显然是北方的风俗。

图 3-1-3 陈经济漫像（张光宇绘）——花花公子陈经济继承了丈人西门庆的衣钵，秉承了好色、放荡的本性，但是远逊于西门庆。他也疯狂追逐女性，却不如西门庆老道，少了财力，少了手段，也不懂饮食养生之道。

二是书中注明了北方与南方饮食的区别。第 21 回,下大雪"那雪如扯绵扯絮,乱舞梨花,下的大了。端的好雪,但见:初如柳絮,渐似鹅毛。刷刷似数蟹行沙上,纷纷如乱琼堆砌间。但行动衣沾六出,只顷刻拂满蜂须。衬瑶台,似玉龙鳞甲绕空飞;飘纷额,如白鹤羽毛接地落。正是:冻合玉楼寒起粟,光摇银海眩生花"。类似的大雪,在南方基本上不可能出现。南方的雪多为暖雪,雪花不甚大,积雪持续的时间也不长。此外,书中还交代吴月娘教小玉拿茶罐,亲扫积雪,"烹江南凤团雀舌牙茶,与众人吃",笔者以为此处点名茶系"江南"的舌牙茶,在于强调此茶非本地所有,间接地表明了此故事发生地是北方,而不是南方,否则没有必要标明茶的"江南"属地。

三 饮食描写表现的明中叶奢侈之风

明中叶以降,随着资本主义萌芽的产生,城市的兴起,传统的"存天理,去人欲"的观念受到猛烈冲击,"一向被列为四民之末的商人这时突然显赫起来,出现了以市井人物为主角的市民文学和思潮"[①]。社会风气为之一变,俭约守成被挥霍奢靡所代替,呈现一派去朴从艳好新慕奇的社会风尚。明人张翰《松窗梦语》卷七有这样的记载:"代变风移,人皆志于尊崇富侈。"山东《博平县志》亦载:"流风愈趋愈下,惯习骄吝,互尚荒佚,以观察放纵为豁达,以珍味艳色为艳礼,其流至于市井贩鬻厮皂走卒,亦多缨帽细鞋,纱裙细裤,酒庐茶肆,异调新声,泊泊浸淫,靡焉不振。甚至娇声充溢于乡曲,别号下延于乞丐。""逐走游食,相率成风。"

---

① 黄强:《从服饰看金瓶梅反映的时代背景》,《江苏教育学院学报》1993 年第 2 期,转刊于《复印报刊资料:中国古代近代文学研究》1993 年第 11 期。

第三章 从饮食习俗探究《金瓶梅》

作为贯穿于中国人民生活之中,有数千年历史的饮食文化,从来就是与历代政治、经济、文化、民风民俗等息息相关的,中华饮食文化早已渗透社会生活的各个方面。明中叶以后的社会巨变,率先表现在饮食的奢靡。

《金瓶梅》故事发生地临清,是明代商业文化发达的城市,在这块土地上,市民思想活跃,商业气息浓厚,"这临清闸上,是个热闹繁华大码头去处,商贾往来,船只聚会之所,车辆辐辏之地,有三十二条花柳巷,七十二座管弦楼"(第92回)。在市井观念与传统观念的搏斗之中,市井观念占了上风,讲究奢华,追求享乐的行为在饮宴中得到张扬。

图3-1-4 西门庆梳笼李桂姐(《金瓶梅》第11回插图)——梳笼李桂姐的场景,乃是西门庆义结十兄弟(帮闲)推杯换盏,声色犬马的时刻。"食色,性也",饮食男女的思想被他们活学活用。"琉璃钟,琥珀浓,小槽酒滴珍珠红。烹龙炮凤玉脂泣,罗帏绣幕围香风。吹龙笛,击鼍鼓,皓齿歌,细腰舞。况是青春莫虚度,银红掩映娇娥语,酒不到刘伶坟上去。"

金瓶梅风物志

第10回，西门庆作祟，将武松发往孟州充配。作为新兴的商人阶层的代表，西门庆在权力斗争中，以金钱为砝码，取得了继霸占潘金莲后的又一个胜利，权力欲、胜利欲让他兴奋不已，得意忘形。他在家中设宴庆贺，"铺设围屏，悬起锦障……叫了一起乐人吹弹歌舞"。在歌乐声中，西门庆与他的妻妾们饮酒作乐，怎见那当日好筵席。

香焚宝鼎，花插金瓶。器列象州之古玩，帘开合浦之明珠。水晶盘内，高堆火枣交梨；碧玉杯中，满泛琼浆玉液。烹龙肝，炮凤腑，果然下箸了万钱；黑熊掌，紫驼蹄，酒后献来香满座。更有那软炊红莲香稻，细脍通印子鱼。伊鲂洛鲤，诚然贵似牛羊；龙眼荔枝，信是东南佳味。碾破凤团，白玉瓯中分白浪；斟来琼液，紫金壶内喷清香。毕竟压赛孟尝君，只此敢欺石崇富。

西门庆这样摆阔，实际上切合了他"以放纵为豁达，以珍味艳色为艳礼"的心态。可以这么说，西门庆每次奢侈饮宴，都与他巴结高官，结交权贵，沉浸酒色，纵情放荡有关。

图3-1-5 《金瓶梅》宴之花酿大蟹两吃（李志刚创意）——《金瓶梅》中有腌螃蟹、醉螃蟹、螃蟹鲜。第61回重点推出了香油炸过、酱油醋造过的"螃蟹鲜"，"香喷喷酥脆好食"。花酿螃蟹辅以汤包，或以蟹黄、蟹肉为馅，名为蟹黄汤包。

三伏天，西门庆聚众府上卷棚，赏玩荷花，避暑饮酒。"盆栽绿草，瓶插红花。水晶帘卷虾须，云母屏开孔雀。盘堆麟脯，佳人笑捧紫霞觞；盆浸冰桃，美女高擎碧玉斝。食烹异品，果献时新。弦管讴歌，奏一派声清韵美；绮罗珠翠，摆两行舞女歌儿。当筵象板撒红牙，遍体舞裙铺锦绣。消遣壶中闲日月，遨游身外醉乾坤。"（第30回）

这一回讲的是来保奉西门庆之命赴京为蔡太师送生辰贺礼，蔡太师以权谋私，为西门庆谋得金吾卫衣左所副千户、山东等处提刑理刑的职务，西门庆由此步入仕途。同时，李瓶儿为他生了一子，西门庆后继有人，可谓人生得意。

如此的饮宴，在第43回西门庆与皇亲乔太太结成儿女亲家时也是极尽奢华的。

饮食上的讲究，为西门庆"酒、色一体化"做了铺垫工作。西门庆与潘金莲在王婆房中勾搭成奸，与李瓶儿、林太太的苟且之事，哪一件不与饮食有关？饮酒进餐，为他们勾搭通奸制造了契机。

极尽奢靡的饮食风尚，既满足了西门庆对美食的味觉享受，也从营养摄取方面弥补了西门庆放荡无拘的身体损耗。酒色同享，更让西门庆"得到了生理与心理的双重满足"[①]。所谓"食者，性也"，概括了饮食与性作为人类正常需要之关系，对西门庆来说，则是他生活享乐，追求新奇的重要内容。

四 饮食描写提供的食品制作史料

饮食虽然在中国成为文化，并得文人的推波助澜，蔚为大观。但是这其中，文学描写的文字甚多，真正记录食品制作的文字却很少。

---

① 黄强：《花灯与金瓶梅》，《保定师专学报》2001年第1期。

上流社会重食轻技是主要因素，文人善食懂品尝的被称为美食家，而操作烹饪的不过是厨匠，难登大雅之堂。

《金瓶梅》的不朽，不仅在于它思想的伟大、艺术的精湛，在表现主题、揭示人物个性等方面，饮食描写所起的作用是不可抹杀的。同时，书中也客观地记录了明代社会的民风民俗，记录了民间赖以生存的技艺，包括食品制作与烹调方法。

第67回记载了衣梅制作方法。衣梅款式"黑黑的团儿，用橘叶裹着"，"闻着喷鼻香，吃到口，犹如饴蜜，细甜美味"。从杭州船上捎来的，"都是各样药料，用蜜炼制过，滚在杨梅上，外用薄荷、橘叶包着，才有这般美味。每日清晨呷一枚在口内，生津补肺，去恶味，煞痰火，解酒克食，比梅苏丸甚妙"。文字虽短，可是衣梅的制法、功效、用法都交代得清清楚楚，甚至原产地，以及与其他食品口感、功效优劣比较都一目了然，有较高的食品史料价值。

至于烹饪技法，书中的记录颇为详尽。

鲥鱼吃法有煎，有糟制，这里且说另一种吃法：把鲥鱼"打成窄窄的块儿，拿它原旧红糟儿培养，再搅些香油，安放在一个磁罐，留着我一早一晚吃饭儿或遇有个人来，蒸恁一碟上去"（第34回）。

螃蟹的吃法有多种，酿螃蟹的做法是这样的，"四十个大螃蟹，都是剔剥净了，里边酿着肉，外用椒料、姜蒜米儿、团粉裹就，香油炸、酱油醋造过，香喷喷酥脆好食"（第61回）。

书中最出名的烹饪技艺，是宋惠莲一根柴火烧猪头的方法，算得上烹饪中的绝活。书中这样写道："于是（惠莲）起身走到大厨灶里，舀了一锅水，把那猪首、蹄子刮刷干净。只用的一根长柴安在灶内，用一大碗油酱，并茴香大料拌着停当，上下锡古子扣定。那消一个时辰，把个猪头烧的皮脱肉化，香喷喷五味俱全。"（第23回）饮食行家认为宋惠莲制作猪头肉的方法独具一格,其秘诀是惠莲掌握了"原汽"方法,即用锡古子扣定的功夫,使其不漏气,以高温蒸气加速猪头糜烂,类似今日高压锅的原理;再就是惠莲掌握了烧煮的火候,"大火见开,小火焖"。有了这样的技巧,方能在一个时辰内将偌大猪头烧得香味扑鼻,入口即化。

图3-1-6 《金瓶梅》宴之宋蕙莲扒猪头(李志刚创意)——一根柴火烧烂猪头,采用的是原汽法,即如今高压锅的原理。古人当时还不会考虑节约能源,不过从这个情节,我们可以联想如此的烹饪方法,省时省料,口感特别。

类似的描写,书中还有许多。一方面说明作者善于观察生活,熟谙饮食之事,另一方面也表现了作者思想中具有的平民意识,重视民间技艺,意识到这才是真正的百姓生计。从而为后世研究明代民风民俗,以及烹饪史提供了宝贵的史料。

五 饮食描写记录的饮食物价

《金瓶梅》是明代社会生活的百科全书,看似琐细的饮食描写,乃是小说情节发展的重要组成部分,真实地再现了明代的饮食活动和饮食文化,饮食物价是其中的一个断面,其史料价值甚高。

在书的开场，西门庆热结十弟兄，作者就提到了物价，"西门庆称四两银子，叫家人来兴买了一口猪、一口羊、五六坛金华酒和香烛纸扎鸡鸭案酒之物"。

经济是基础，西门庆所以得势，与他金钱开道密不可分。西门庆惯于施钱，收买人心，应伯爵过生日，西门庆就封了三钱银子充人情。（第16回）

物价看似流水账，文学研究者往往不注意，笔者以为应该对其予以重视。钱开支的大小，可以看出关系的亲疏，所起作用的大小，以及人物性格，等等。从经济角度讲，特价是反映当时社会风貌的重要窗口，基于这样的指导思想，我们有必要列举书中数例物价描写以证明它的价值所在。

西门庆拿出一两银子，递与王婆交办酒食，"买了见成肥鹅烧鸭、熟肉鲜鲊、细巧果子"（第3回）。

桂卿将银钱都付与保儿，"买了一钱螃蟹，打了一钱银子猪肉，宰了一只鸡"（第12回）。

西门庆早晨"拿了五两银子与玳安，教他买办鸡鹅鸭置酒，晚夕李瓶儿除服"（第16回）。

书童把银子拿到铺子，"钊下一两五钱来，教买了一坛金华酒，两只烧鸭，两只鸡，一钱银子鲜鱼，一肘蹄子，二钱顶皮酥果馅饼儿，一钱银子的搭穰卷儿"（第34回）。

吴月娘买了三钱银子螃蟹。（第58回）

西门庆死后，应伯爵、谢希大、花子由等一群帮闲人物，七人共凑上七钱银子为西门庆祭奠，"使一钱六分，连花儿买上一张桌面，五碗汤饭，五碟果子；使了一钱，一副三牲；使了一钱五分，一瓶酒；使了五分，一盘冥纸香烛；使了二钱，买一钱轴子，再求水先生作一篇祭文使一钱；二分银子雇人抬了去"（第80回）。这与西门庆在世时盛待他们相比，不可同日而语，帮闲的寒酸、窘相跃然纸上。

如果我们以此饮食价格，与《金瓶梅》中其他物价进行比较，不难看出饮食在生活的地位。买一个丫头，贵的数十两银子，贱的三五两银子，可以这么说，人贱往往不如一席酒宴。书中有交代，按当时的物价，五两银子可供一个成年人生活三五个月。（第9回）武大郎居住上下两层四间的楼屋，另有两个小院落，不过十数两银子。（第1回）

我们应该看到西门庆饮宴的奢侈，并不完全是他的个人行为，饮食背后也有社会的因素，《金瓶梅》中的官吏、商人、皇亲往往是以饮食为媒介，进行钱权交易，卖官鬻爵，贿赂公行，悬秤升官，以致社会风俗颓败，赃官污吏多如牛毛。

《金瓶梅》的饮食描写，折射出明中叶不以纵谈房讳之事为耻，以沉浸酒色为能事的时代风貌，这是一个充满污秽，需要荡涤，改朝换代的年代，反映了世纪末最荒唐的堕落的社会景象。[1] 《金瓶梅》的悲剧结局，是历史的必然，也是社会的悲凉。

第二节　《金瓶梅》与饮食养生

饮食可以养生的观点与实践，根植于中华大地已有数千年的历史，以饮食调节人体脏腑功能，滋养身体，预防疾病的养生保健方法，是中华饮食文化的显著特点之一。奇书《金瓶梅》继承与保留了

---

[1] 郑振铎：《谈〈金瓶梅词话〉》，载胡文彬、张庆善选编《论金瓶梅》，文化艺术出版社1984年版，第48—66页。

中华饮食养生传统，作者更以浓重的笔墨，细致地描摹饮食活动，再现了明中叶饮食文化与饮食养生的盛况，这在中国古典名著中可以说是独树一帜的。《金瓶梅》除其艺术价值的不朽及在文学史上的重要地位，同时也是中华饮食文化中的瑰宝。

《金瓶梅》对饮食养生的具体方法，不是进行系统论述，而是根据小说的特点，以饮食之事贯穿故事始终，通过气候的变化，情节的发展，人物的行为及身体状况，及时调整饮食结构，从而以具体、形象的菜肴，传递作者对饮食养生的认识。

图3-2-1 明代蟠螭葡萄纹犀牛杯（南京文物商店藏）——饮酒用这样的酒具，大概有一种占有、享受的快感。温饱思淫欲，酒酣色上身，过多的心思、精力花在口腹的满足，情欲的放纵上，必然带来身体的崩溃，风气的奢靡。中国的饮食文化，从负面讲，就是酒色文化、腐败文化。历朝历代，酒席宴上，往往是行贿受贿的开始，"酒杯一端，政策放宽"，"酒足饭饱，原则拉倒"。

一 根据四季气候变化因时制宜安排饮食

中医养生理论认为，气候变化影响人体机能。春季万物萌发，适应生发之机，食品中可酌用辛散之类以助阳气升发疏泄，但是性不可过于温热，避免阳升动火，味不可厚腻，防止滞碍脾胃阳气。夏季气候炎热,天之阳气大盛,人体阳气充盛外泄,精神振奋,阴精过耗,精力渐感不足,饮食适宜以清淡为主,但可稍冷略咸以助阴气。秋季金风送爽,阳气渐收,初秋乍脱暑湿困顿,精神爽快,而且经一夏之消耗,常有喜睡易困之象,又因脾胃运化渐弱,食欲渐差,饮食宜健脾开胃。冬季气候严寒,阳气潜藏,食宜暖,味宜厚,性宜温,以求补养。①

《金瓶梅》中的四季饮食菜单,基本遵循了上述原则。

春夏之季,有时吃凉面。第52回,"画童儿用方盒拿上四个靠山小碟儿,盛着四样小菜儿:一碟十香瓜茄,一碟五方豆豉,一碟酱油浸的鲜花椒,一碟糖蒜;三碗儿蒜汁,一大碗猪肉卤,一张银汤匙,三双牙箸。摆放停当,西门庆走来坐下,然后拿上三碗面来,各人自取浇卤,倾上蒜醋。那应伯爵、谢希大拿起箸来,只三扒两咽,就是一碗。两人登时狠了七碗,西门庆两碗还吃不了。"酱汁面是流行于北方的一种面食,面条先经煮熟,盛入碗内,都不带汤水,再浇上不同的酱、汁等配料,类似今日的盖浇面。其特点是可根据不同的口味配制,适应性广。

夏日避暑纳凉"冰盆内沉李浮瓜","潘金莲不住在席上只呷冰,或吃生果子","秋菊掇着果盒,盒子上一碗冰湃的果子……一隔鲜莲子儿,一隔新核桃穰儿,一隔鲜菱角,一隔鲜荸荠,一小银素儿葡萄酒"(第27回)。果品类大多味甘或酸,性偏寒凉或平,具有清热解暑,生津化痰,通利二便等多种功效,常食有益健康。

秋日则赏菊花、吃螃蟹,"摆放二十盆,都是七尺高各样有名的菊花,也有大红袍、状元红、紫袍金带、白粉西、黄粉西、满天星、

---

① 孔令诩:《食节》,中国大百科全书出版社编辑部编《中国大白科全书·中国传统医学》,中国大百科全书出版社1992年版,第415页。

醉杨妃、玉牡丹、鹅毛菊、鸳鸯花之类。西门庆出来,二人向前作揖。常时节即唤跟来人把盒儿掇起来,西门庆一见便问:'又是甚么?'伯爵道:'常二哥蒙你厚情,成了房子,无甚么酬答,教他娘子制造了这螃蟹鲜,并两只炉烧鸭子,邀我同来和哥坐坐。'……西门庆令左右打开盒儿观看,四十个大螃蟹,都是剔剥净了的,里边酿着肉,外用椒料、姜蒜米儿、团粉裹就,香油炸、酱油醋造过,香喷喷酥脆好食;又是两大只院中炉烧熟鸭"(第61回)。

冬季则吃羊肉。元宵节时,"桌上掉了两碟下饭,一盘烧羊肉"(第46回)。"不住的拿上二十碗下饭菜儿,蒜烧荔枝肉,葱白椒料桂皮煮的烂羊肉,烧鱼、烧鸭、酥鸭、熟肚之类。"(第54回)下雪时分,"一碗黄熬山药鸡,一碗臊子韭,一碗山药肉圆子,一碗顿烂羊头,一碗烧猪肉,一碗肚肺羹,一碗血脏汤,一碗牛肚儿,一碗爆炒猪腰子;又是两大盘玫瑰鹅油烫面蒸饼儿"。

羊肉,温中、补气、滋营、御风寒、生肌健力,冬日吃羊肉是合乎气候变化及身体需要的。山药,性甘、平,煮食补脾肾、调二便、强筋骨、丰肌体、清虚热。

韭菜,性微酸、温、涩,暖胃补肾,下气调营,治腹中冷痛,肾阳不足之遗精、阳痿、腰痛及诸多病症。从中我们不难看出冬日多食羊肉等食物,对增加体内热量,御寒抗病是有显著作用的。

为了养生,腊月里西门庆家也吃粥,还有春不老乳饼。第22回,"两个小厮放桌儿,拿粥来吃。就是四个咸食,十样小菜儿,四碗炖烂:一碗蹄子,一碗鸽子雏儿,一碗春不老蒸乳饼,一碗馄饨鸡儿,银厢瓯儿里粳米投着各样榛松栗子果仁梅桂白糖粥儿"。粳米熬成的粥,加入了榛仁、松子、板栗、果仁、梅花、桂花等作料,相当于如今的八宝粥了。腊月初八喝粥,俗称腊八粥,榛仁、松子、板栗都属于坚果类食物，对于补中益气有帮助。

二 根据身体状况因人而异调整饮食

我国古代养生家、医学家从长期的实践中认识到，人们只要能根据自身的需要，选择适宜的食物进行调养，就能保证身体的健康及益寿延年。中国医学历来强调饮食调养，重视饮食的养生保健作用，唐代《千金要方》就曾指出："安生之本，必资于食，不知食宜者，不足以存生也。"

《金瓶梅》贯彻了这种思想，在李瓶儿等人物生病之时，他们的饮食菜单就根据身体的状况而有所变化。

官哥被潘金莲调养的"雪狮子"猫惊吓，"倒咽了一口气，就不言语了，手脚俱被风搐起来"，月娘众人"熬姜汤灌他"（第59回）。

姜，《本草纲目》记载："气味辛微温，无毒，主治久服去臭气，通神明，归五脏，除风邪寒热寒，头痛鼻塞嗽逆上气，止呕吐，去疾，下气。"民间常用姜汁、姜汤治感冒发汗等病症，有一定疗效。

李瓶儿因官儿之死气急，"把旧时病症又发起来，照旧下边经水淋漓不止，渐渐容颜顿减，肌肤消瘦"（第60回）。于是"观音庵王姑子，挎着一盒粳米，二十块大乳饼，一小盒儿十香瓜茄开看"。让李瓶儿熬粥吃，补养身体。然而，李瓶儿"喂了半日，只呷了两三口粥儿，吃了一些乳饼儿"（第62回）。

乳饼，又称干酪，通常以牛、羊等的乳汁制作。其性微寒，滋润五脏，益经脉，有治体虚之疗效。

李瓶儿死后，西门庆常常想到她，某次西门庆梦见李瓶儿，并与她云雨，已有梦遗之症，在此后的若干回目中，西门庆饮食已有调整，表现为食粥增多，"来安儿拿上饭来，无非是炮烹美口肴馔。西门庆吃粥,伯爵用饭"(第72回)。西门庆注意到饮食的调养,以粥进补。今日广东人就很讲究食粥。

再如第75回,西门庆"没在外吃酒,回来的早",吩咐"下饭不要别的,好细巧果碟拿几碟儿来,我不吃金华酒。……拣了一碟鸭子肉,一碟鸽子雏儿,一碟银鱼鲊,一碟掐的银苗豆芽菜,一碟黄芽韭和的海蜇,一碟烧脏肉酿肠子,一碟黄炒的银鱼,一碟春不老炒冬笋"。

春不老即雪里蕻、雪菜,含有丰富的胡萝卜素、维生素等营养成分,冬笋富含蛋白质、糖分及多种氨基酸。两者配炒食之,能治消渴,利水道,益气力,止咳嗽。① 此外,鸽子雏、银丝鲊均为补养佳品。

在《金瓶梅》中以食疗疾,还有一处是用人乳的。"玉箫早晨来如意儿房中,挤了半瓯子奶,径到厢房,与西门庆吃药"(第79回)。人乳虽然不可归为食单上的食品,但是人乳可以治病却是有科学道理的。乳汁由气血化生而成,能补五脏、润肌肤、益气血、生津液、止消渴,《本草纲目》亦云:人乳可治"虚损劳、虚损风语、中风不语"等病。西门庆用人乳还说明他生活的奢侈与腐朽,这里按下且不说。

三 食补兼顾以养生祛病

饮食不仅可以果腹,也可以疗疾去病,"食补同源"即强调了这层含义。食补兼顾的原则,就是借助饮食的食性以减其偏盛而助体内阴阳之平衡,调节人体内部机能。

---

① 邵万宽、章国超:《金瓶梅饮食大观》,江苏人民出版社1992年版,第81页。

第三章 从饮食习俗探究《金瓶梅》

《金瓶梅》的作者注意到了食品滋补保健的作用，许多地方都设置了用食物、菜肴滋养身体，去病疗疾的情节。

图3-2-2 《金瓶梅》宴之捶熘凤尾虾（李志刚创意）——虾性味甘、温，通肾壮阳、吐风痰、下乳汁、补胃气、敷丹毒。《金瓶梅》中有王瓜拌辽东金虾的菜肴，王瓜就是黄瓜，辽东金虾指辽东半岛出产的金钩虾米，去壳晒干，弯弯如钩，色若金黄。

第一种是以养为主，滋养身体。

西门庆沉浸于酒色，穿梭于歌馆行院，放荡行骸，身体消耗很大。作为正室夫人的吴月娘挂念着他的身体，一方面为了家族的荣辱，豪门巨族不可一日无主；另一方面也为了能让西门庆保持足够的体力和精力，使她受孕，为西门家族传宗接代，也稳固她的正室地位。

第53回，"西门庆来家，吴月娘打点床帐，等候进房……次日，西门庆起身梳洗，月娘备羊羔美酒、鸡子腰子补肾之物与他吃了，打发进衙门去"。

书中有交代，因昨日西门庆被刘太监灌得烂醉，"在马上就要呕吐，耐得回家，睡到今日还有些不醒"，月娘担心西门庆酒后伤身，肾功能减退，故而备下补肾之物给西门庆进补。猪腰作食疗之用，由来已久，民间广为使用。元代名医忽思慧《食疗方》就记载猪肾主治肾虚劳损、腰膝无力疼痛等症。《本草纲目》则云："补肾虚劳损诸病，有肾沥汤，方甚多，皆用猪、羊肾煮汤煎药，俱是引导之义。"鸡子具有补虚益气、健胃强胃，补血通脉的功效。猪腰子与鸡子兼用，可充分发挥其补肾虚作用。因其简便易行，使用广泛，民间称为"济世良方"。

第98回，韩道国夫妇因受蔡太师参劾案牵连，携女儿爱姐从京师逃脱，不想在临清码头酒楼遇上陈经济，韩爱姐勾搭上陈经济，两人交杯换盏，倚翠偎红，盘桓一夜。"免不的第二日起来得迟，约饭时才起来，王六儿安排些鸡子肉圆子，做了个头脑，与他扶头。"所谓头脑，乃是滋阴壮阳的食疗方。王六儿为陈经济做头脑汤药膳，是希望他身体安康，他们一家子有所依托。想当年，王六儿以肉体为砝码，依靠西门庆，获得钱财房产，如今姿色衰减，只有仰仗女儿来接班，继承了丈人荒淫贪色秉性的陈经济，正是他们撒下香饵钓得的"金龟"。

第二种食疗为主，疗疾去病。

食疗是选用具有不同作用的食物，或以食物为主，并适当配伍其他药物，经烹调加工制成各种饮食，以治疗疾病的医疗方法，体现出"寓医于食"的中医理论思想，许多食物本身就是中药，食物与中药并没有严格的区别。食疗与药物治疗的不同之处，在于后者效果虽快，但药物性偏，苦口难咽，久服碍胃，故而病人很难坚持长期服用；而前者则配制得法，烹调有方，患者乐于接受，可以长期服用，而且食药同用，食借药威，药助食性，相得益彰。

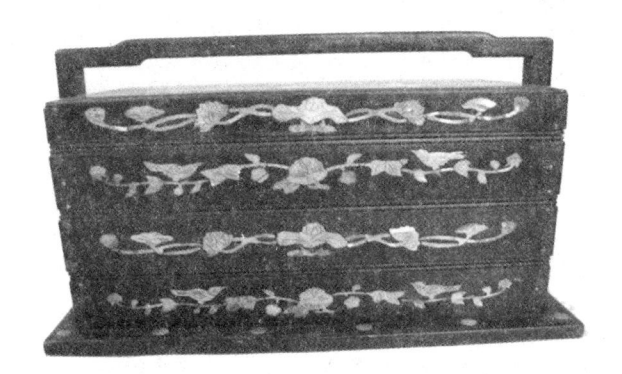

图3-2-3 明代红木提食盒——食盒不仅用来盛菜肴，在政治腐败的社会背景下，也可以用来进行贿赂。以进食为名，将金银珠宝放入食盒，掩人耳目，堂而皇之送至受贿者府第。腐败者将食盒的功能扩大、发挥，确实令人"佩服"。

食疗膳食一般不应采取炸、烤、爆等方法，以免破坏其有效成分或改变其性质而失去治疗作用，所以，食疗膳食应采取蒸、炖、煮或煲汤等方法制作。

西门庆服用胡僧药纵欲过度，以致脱阳，昔日相好郑爱月"送了一盒鸽子雏儿，一盒果饼顶皮酥。……炖烂了鸽子雏儿，小玉拿粥上来，十香甜酱瓜茄，粳粟米粥儿。这郑爱月儿跳上炕去，用盏儿托着，跪在西门庆身边，一口口喂他"（第79回）。

炖鸽子雏，具有"滋肾益气，祛风解毒"之功效，对病后养生有一定作用。但是，西门庆酒色过度，肾水枯竭，病入膏肓，虚不受补，人乳也好，雏鸽也罢，不过杯水车薪，又如何拯救得了他的生命？

西门庆死了，擎天大柱塌了，树倒猢狲散，西门家族也随之衰落。尽管饮食与药物均未能使西门庆长寿，这并非饮食无方，也非药物无效，实乃西门庆逆天行事，自我作践，损耗身体，以致回天无术。

撇开西门庆之死不说，《金瓶梅》提供的饮食菜单是有科学依据的，与中医饮食养生、食疗的观点是一致的。从中我们不难看出作者对饮食养生有着极为深刻的认识，并善于合理配伍。饮食可益人也可害人，食物之性味与人体所需求相结合则益人，反之则害人。西门庆即得益于饮食的滋补，使他有强壮的体力追逐女性，并占为己有，就像一头发情的公牛；[①] 饮食的一味进补，也使西门庆在营养过剩的虚华外表下，逐渐损耗了机体，淘虚了身体，丢了性命。

《金瓶梅》的饮食养生描写体现出作者的烹饪技艺、美学情趣和医学造诣，以及作者的警示，我们从中自会得到一些教训与启迪，欣欣子《金瓶梅词话·序》云："合天时者，远则子孙悠久，近则安享终身，逆天时者，身名罹丧，祸不旋踵。"

第三节 《金瓶梅》中的茶文化

茶是发源于中国的一种饮食品种，在发展与传播过程中，茶有了厚重的文化底蕴，形成了茶文化。中国茶传播到世界许多国家后，与当地文化结合，形成了茶道、茶艺、茶礼、茶俗，并且是地域文化的重要构成，中国茶与中国瓷，在海外的影响巨大。

写于明代的奇书《金瓶梅》，是反映中国16世纪社会生活的一部百科全书，它对于明代市井生活的描写非常精湛，其中关于饮食的叙述，真实地再现了明代的市井生活。而书中的茶俗、茶礼、茶事、茶具，则折射出明代，乃至中国茶文化的一个断面。

[①] 黄强：《从服饰看金瓶梅反映的时代背景》，《江苏教育学院学报》1993年第2期，转刊于《复印报刊资料：中国古代近代文学研究》1993年第11期。

第三章 从饮食习俗探究《金瓶梅》

一 茶在《金瓶梅》中有举足轻重的地位与作用

俗话说"开门七件事,柴米油盐酱醋茶"。这说明茶早已深入人们的日常生活中,并且具有了非常重要的地位。

图3-3-1 明代丁云鹏《煮茶图》——煮茶、饮茶,都有严格的程序,讲究茶水、茶壶、茶具、茶杯的搭配,精心准备,仔细烧煮,慢慢品尝,才有气氛和意境。

《金瓶梅》中茶品种众多,茶文化丰富。按品种分有雀舌芽(第21回);按照产地分有虎丘茶、天池茶、六安茶(23回)、四川弓茶;按浓淡分,有清茶(第54回、第75回、第86回)、浓茶、稠茶;按照炮制习惯分,有香茶(第22回、第23回、第52回、第72回、第92回)、泡茶;等等。这一方面说明在《金瓶梅》的时代,茶业发达;另一方面则说明当时人们对茶有需要,市场需求催生茶业种植的繁荣。

茶在书中有极为重要的作用，《金瓶梅》全书几乎每回都说茶，所谓无酒不成席，无茶难叙话。茶在《金瓶梅》中不仅可以饮用，而且充当了极为重要的角色。

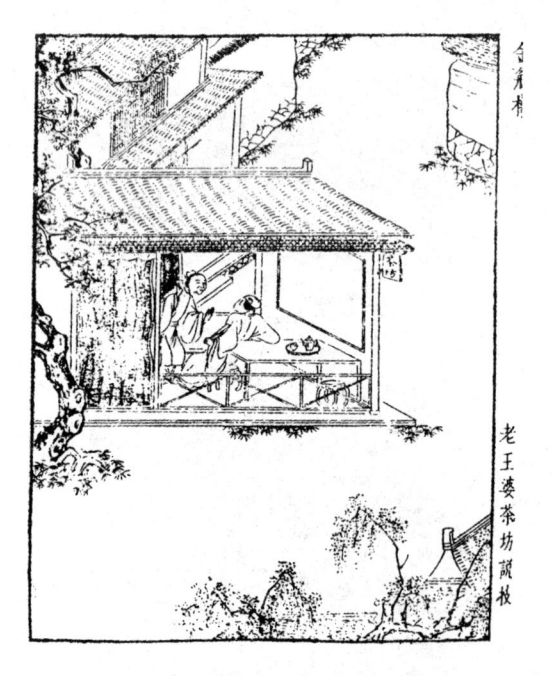

图3-3-2　王婆茶坊说技（《金瓶梅》第2回插图）——《金瓶梅》故事由武松打虎、潘金莲仰慕武二郎展开，王婆茶坊定下挨光计，是故事的转折。小小茶坊，就是明中叶市井生活的演示场。茶坊虽小天地大，三教九流的人物都会在茶馆相会，"酒是色媒人，风流茶说合"，王婆茶坊演绎出潘金莲与武大郎、西门庆的风情故事。

首先，具有"说客"功能，所谓风流茶说合。《金瓶梅》一书贯穿的一条主线是西门庆与潘金莲的关系，而西门庆与潘金莲首次接触便是在王婆的茶坊，王婆在茶坊里设计了勾引潘金莲的局。"直到第三日晌午前后，你整整齐齐打扮了来，以咳嗽为号，你在门前叫道：'怎的连日不见王干娘？我来买盏茶吃。'我便出来请你入房里坐吃茶。她若见你，便起身来走了归去，难道我扯住她不成？此事便休了；她若见你入来不动身时，这光便有四分了。"（第 3 回）王婆以茶为诱饵，一步步将潘金莲引入他们的圈套，最终由那个小小的茶坊上演了一出让后人大为惊叹的谋杀亲夫的闹剧。

茶是《金瓶梅》故事的破题，也是演绎这个故事的助推器。武大郎与郓哥在茶坊捉奸，武大因此受伤而亡。在西门庆与潘金莲的勾搭过程中，茶起到了推波助澜的作用。

第 7 回，西门庆为了成就与孟玉楼的婚姻，给媒婆薛嫂三十两雪花官银"买茶钱"见面礼，薛嫂尽力褒扬西门庆大官人，让孟玉楼应诺了婚事，给西门庆增加了一份财富。

其次，饮茶是一种生活习惯。"呼春梅进来递茶，妇人恐怕丫头看见，连忙放下帐子来。"（第 10 回）"两人做了一回针指，只见春梅抱着汤瓶，秋菊拿了两盏茶来，吃毕茶，两个放桌儿，摆下棋子盘子下棋。"（第 11 回）

最后，茶对性风流有推动作用。与酒可助兴一样，茶也可以助兴。第 12 回，潘金莲"将符烧灰，顿下好茶，待的西门庆家来，妇人叫春梅递茶与他吃。到晚夕，与他共枕同床。过了一日两，两日三，似水如鱼，欢会如常"。又如第 4 回，"西门庆嘲问了一句，向袖中取出银穿心、金裹面，盛着香茶木樨饼儿来，用舌尖递送与妇人。两个相搂相抱，如蛇吐信子一般，呜咂有声"。饮茶成了西门庆与相好交欢的前奏曲，茶助长了西门庆勃发的淫兴，把西门庆的风流演绎得淋漓尽致。

二　从茶看西门庆家族生活的奢侈

西门庆不是等闲人物，他的家族也不是一般官宦人家。① 明代茶已进入寻常百姓家，虽然一般人家也可以饮茶，但是高级茶、名贵茶却不是普通老百姓可以饮用的。因此茶文化、茶生活，往往也需要经济力量来支撑。书中有一种名叫雀舌芽的茶便是茶中的奢侈品。

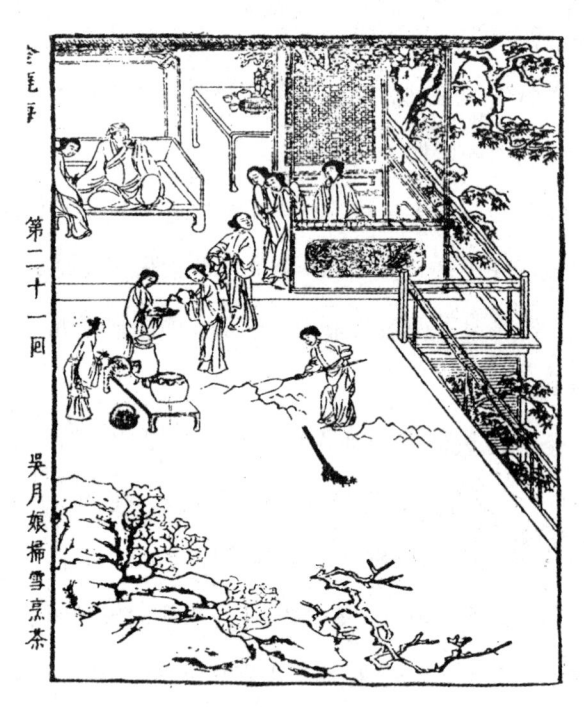

图3-3-3　吴月娘扫雪烹茶（《金瓶梅》第21回插图）——吴月娘貌似忠厚，其实也有点心计，会耍点伎俩，扫雪烹茶便是一例。

吴月娘见雪下在粉壁前太湖石上甚厚，下席来，教小玉拿着茶罐，亲自扫雪，烹江南凤团雀舌牙茶，与众人吃。正是：白玉

---

① 黄强：《论金瓶梅对明武宗的影射》，《江苏教育学院学刊》1995年第2期；转刊于《复印报刊资料：中国古代近代文学研究》1995年第12期。黄强：《西门庆的帝王相》，载中国金瓶梅学会编《金瓶梅研究》第7辑，知识出版社2002年版，第165—174页。

壶中翻碧浪，紫金壶内喷清香。（第21回）

雀舌芽为龙井中之珍品，因为形似麻雀舌而得名。茶的名贵，因其上市早，数量少，所谓物以稀为贵，如芽茶皆为早春采制的细嫩茶芽。

香茶也是一种名贵茶。书中至少出现了六次。香茶其实就是花茶，在古代，品香茶是文人的一种雅事，明代文人以擅长制香茶为能事。西门庆出门、交际喜欢用香茶，原因在于香茶不仅可以饮用，还可以去口中异味。对于西门庆这样的风流浪子，追逐女人，是需要一些条件的，如殷实的家境、俊俏的容貌、风流的性格等。香茶可以让唇齿间保留清香气味，口舌之吻时颇能讨情妇的欢心，香茶类似如今口香糖的作用。

香茶是珍贵的，非一般人家可以享用，书中有交代，西门庆的相好纷纷向西门庆索要香茶，不惜以色相为代价。第23回就有这样的茶色交易。

老婆（宋惠莲）掀开帘子，进月娘房内，只见西门庆坐在椅子吃酒。走向前，一屁股坐在他怀里。两个就亲嘴砸舌头，做一处。老婆一面用手捋着他那话，一面在上噙酒哺与他吃。老婆便道："爹，你有香茶再与我些，前日你与的那香茶都没了。"

香茶名贵，显示出男人的身份，又有情调肯在她们身上用心，对于喜欢金钱的女人来说，西门庆自然成为她们钟情的人物。香茶同样是一个媒介，女人以讨香茶为借口，与西门官人调情。女人喜欢香茶，也喜欢随身携带香茶的男人。西门庆随身携带物品中有两样东西是必不可少的——淫器与香茶。淫器为了满足他的情欲，香茶是助其淫兴的工具，调情的诱饵，讨相好欢心的物事。女人们牺牲色相讨得香茶,同样随身携带,显示她的品位,既是一种自我陶醉,也是一种彰显和示威,向情敌展示她在老爷心目中的地位。宋惠莲就是一例,她"大袖子袖着香茶,木樨香桶子三四个带在身边。见一日也花销二三钱银子,都是西门庆背地与她的"(第23回)。

帮闲人物也效仿西门庆使用香茶。应伯爵向西门庆讨要香茶,"桂姐向他袖子内,掏出好些香茶来袖了"(第52回)。风流学西门,帮闲不寂寞。

专供朝廷的贡品六安茶在西门府也是"常客",是西门府的寻常物,不限于接待高贵客人时使用,也不是只有西门大官人一人专用,西门家眷都可与朝中大官、皇室成员一样,共享六安茶。

> 宋惠莲在席上站立了一回,推说道:"我后边看茶来与娘们吃。"月娘吩咐道:"对你姐说,上房拣妆里有六安茶,炖一壶来俺每吃。"这老婆一个猎古调,走到后边取茶来了。(第23回)

六安茶出产于安徽六安,色泽翠绿,香气清高,是中国烘青绿茶的典型代表,因其茶叶状如瓜子,又称六安瓜茶。也有学者认为六安茶与六安瓜茶不是同一品种的两种不同称呼,两者实际上有区别。六安瓜片茶是在六安茶的基础上发展而来,是六安茶的后起之秀。[①] 明人屠隆《茶笺》记载:"六安茶:品亦精,入药最效。但不善炒,不能发香而味苦,茶之本质实佳。"明朝初期六安茶成为进贡朝廷的贡茶,一直持续到清朝咸丰年间贡茶制度终结时,历两朝近五百年。屠隆《考槃余事》将六安茶与虎丘茶、天池茶、龙井茶列为最为人们称道的几种名茶之一,可见六安茶的品质上乘。

---

① 丁以寿:《六安瓜片茶创制历史钩沉》,《茶业通报》2016年第1期。

三 茶与人物性格的刻画

茶在《金瓶梅》中，不仅是一种生活方式、习惯，而且对烘托人物性格、促进故事发展有铺垫作用。王婆为帮助西门庆勾引潘金莲，设计了十大挨光计，非常细致地刻画出王婆的刁滑、恶毒。

王婆以茶坊开设风流局，开言欺陆贾，出口胜萧何。第 2 回，"王婆只推看不见，只顾在茶局子内煽火，不出来问茶。"老奸巨猾的王婆，哪里是听不见，看不见，她早知西门庆的心思，欲擒故纵，以静制动，吊西门庆的胃口。等了半晌，西门庆从身边摸出一两一块银子，递给王婆，说道："干娘，权且收了，做茶钱。"王婆暗道："来了，这刷子当败，且把银子收了，到明日与老娘做房钱。"便道："老身看大官人有些渴，吃了宽蒸茶儿如何？"有钱能使鬼推磨，西门官人肯掏钱，下面的事就好办了，于是：

> 王婆冷冷笑道："老身不瞒大官人说，我家卖茶，叫做鬼打更。三年前十月初三日下大雪，那一日卖了一个泡茶，直到如今不发市，只靠些杂趁养口。"西门庆道："干娘，如何叫做杂趁？"王婆笑道："老身自从三十六岁没了老公，丢下这个小厮，无得过日子。迎头儿跟着人说媒，次后揽人家些衣服卖，又与人家抱腰、收小的，闲常也会做牵头、做马泊六，也会针灸看病，也会做贝戎儿。"西门庆听了笑将起来："我并不知干娘有如此手段！端的与我说这件事。"

王婆的一番表白，目的只有一个，就是趁热打铁，再让西门庆从口袋里掏钱。果然，得到王婆子的承诺，西门庆表示事成之后，送十两银子与王婆做棺材钱。"王婆便哈哈笑了。"索财的目的达到了，开始还是冷脸的王婆,终于露出了笑脸。为了这十两银子的酬劳,王婆子披挂上阵,设计恶毒计谋,甚至不惜出毒招,帮助潘金莲用砒霜毒死武大郎。

王婆子卖茶是假,售色是真。王婆茶坊就是害人的风流坊。风流茶说合,在《金瓶梅》中得到了详尽的注脚。

在宋惠莲售色,献身西门庆的过程中,茶再次充当媒介。宋惠莲奋不顾身,委身西门官人,自然被西门庆贱看、轻视,最终宋惠莲落了个自缢的结局。通过讨香茶的细节,可以看出宋惠莲如何作贱自己。

第65回,西门庆与如意的勾搭也因茶而起。"奶子如意无人处常在跟前递茶递水,挨挨抢抢,掐掐捏捏,插话儿应答,那消三夜两夜。这日,西门庆因陪人,吃得醉了进来,迎春打发歇下。到夜间要吃,叫迎春不应,如意儿起来递茶,因见被拖下炕来,接过茶盏,用手扶起被。西门庆一时兴起,搂过脖子就亲了个嘴,递舌头在她口内。老婆就咂起来,一声儿不言语。西门庆令脱去衣服上炕,两个搂接,在被窝里不胜欢娱,云雨一处。"如意其实就是潘金莲的翻版,李瓶儿的替身。

饮茶也是西门庆与女人交欢的前奏曲。请看第51回的描写,西门庆吃了胡僧药,在床上帐子里坐等潘金莲。潘金莲饮完酒回房,叫春梅递茶,"春梅真个点了茶来,潘金莲吃了"。"就灯下摘了头,止撇着一根金簪子,拿过镜子来,重新把嘴唇抹了些胭脂,口中嚼着香茶,走过这边来。"饮茶本来是雅事,但是以金钱开道的西门庆脱下了伪装,剥去了斯文。尽管西门庆是商人,却不是一般的商人,他是有头脑懂经营的新兴商人。[①] 他要疯狂，他要通过占有，才显示出他拥有金钱的力量。潘金莲惯用伎俩，拿着架子，嚼着茶，吊足西门庆的胃口。在潘氏与西门官人颠龙倒凤之时，说饮茶是雅事，就是可以做铺垫，点燃情欲之火；说它是俗事，那是故弄玄虚，为他们助兴而已。

四 茶与生活

茶是社会生活中的一种饮食，也是社会生活礼俗中的一个种类，茶融入了经济文化等方面的内容，有丰富的内涵。我们可以从《金瓶梅》中管窥茶与社会生活的关系。

图3-3-4 仇英绘《煮茶论画图》局部——绢本、设色，59.3厘米×105厘米，吉林博物馆藏。煮茶品茗、论书评画是文人雅事，这在文人画中常有表现，也可以把类似的煮茶图、品茗图看成中国茶文化的一部分。

[①] 卢兴基：《十六世纪一个新兴商人的悲剧故事》，杜维沫、刘辉编《金瓶梅研究集》，齐鲁书社1988年1月版，第26—54页。

（宋惠莲）往后边看茶去了，须臾，小玉从外边走来，叫："惠莲嫂子，娘说你怎的取茶就不去了哩？"老婆道："茶有了，着姐拿果仁儿来。"不一时，小玉拿着盏托，她提着茶，一直走到前边。月娘问道："怎的茶这咱才来？"惠莲道："爹在房里吃酒，小的不敢进去，等着姐屋里取茶叶、剥果仁儿来。"于是打发众人吃了茶，小玉便拿回盏托去了。（第23回）

在日常生活中，一般是先饮茶后饮酒。"三位上首坐了，一面点了菜，一面下去打抹春台，收拾酒菜。少顷，保儿上来放桌儿，掌上灯烛，酒肴罗列。"（第11回）书中对茶的描写，记录了当时的社会习俗，或者称为茶的礼俗。第76回描写了宾客进门上茶的礼仪。"说毕，各分次序坐下，遍递了一道茶。"

第7回，西门庆与孟玉楼见面相亲，以茶待客，"只见小丫鬟拿了三盏蜜饯金橙子泡茶，银镶雕漆茶钟，银杏叶茶钥匙。妇人起身，先取头一盏，用纤手抹去盏边水汁，递与西门庆，忙用手接了，道了万福"。

第13回，西门庆拜会花子虚，遇到李瓶儿，以茶相待。"少顷，使丫鬟拿出一盏茶来，西门庆吃了。"花子虚回来后，与西门庆叙礼，"于是分宾主坐，便叫小厮看茶。须臾茶罢"。

茶礼在重大场合，尤其盛大，不仅主人沐浴净身，穿戴整齐，绫罗绸缎，满头珠翠，连丫头、下人都要盛装打扮，"身上一色都大红妆花缎袄儿，蓝织金裙，绿遍地金比甲儿，在跟前递茶"。第43回，"须臾，前边卷棚内安放四张桌席，摆下茶，每桌四十碟，都是各种茶果甜食，美口菜蔬、蒸酥点心，细巧油酥饼馓之类……吃了茶，月娘就引去后边山子花园中，开了门，游玩了一回下来"。

没有规矩难成方圆，汉代孙叔通创制礼制，有了君臣之仪，目的是让社会遵循礼制,长幼有序,人人懂得谦让、尊敬。茶礼看似烦琐,实际上茶礼使人与人的交往有了规矩。茶传递文化,饮茶则可以让人们接受温文尔雅的礼俗,在内心种植高尚品德,茶与茶俗使人有了教养。潘金莲爱慕武松,想与他交好,她以敬茶向武松表示爱意。"妇人双手便捧一杯茶来递与武松。"(第1回)这时的潘金莲是个贤淑女子,集美貌与修养于一身,茶让人心绪平和,知书达理。

饮茶有艺术,实际就是我们今天讲的茶艺,或曰茶道。一说茶道,读者首先想到的可能是日本的茶道,其实日本茶道是从中国传过去的,在明代,中国人饮茶就有一套完善的技法。

> 只见少顷鲜红漆丹盘拿了七种茶来,雪绽般茶盏,杏叶茶匙儿,盐笋、芝麻木犀泡茶,馨香可掬。每人面前一盏。应伯爵道:我有个《朝天子》儿,单道这茶好处:这细茶的嫩芽,生长在春风下。不揪不采叶儿楂,但煮着颜色大。绝品清奇,难描难画,口儿里常时呷,醉了时想他,醒来时爱他,原来一篓儿千金价。(第12回)

红漆盆,雪般茶,花一般人儿上新茶,茶清味香,色泽清绿,很是撩人,在这样的氛围中观茶艺,品香茶,是陶冶和享受。不仅嫩芽茶有品位,泡茶也有精品。"少顷,顶老彩漆方盘拿七盏茶来,雪绽盘盏儿,银杏叶茶匙,梅桂泼卤瓜仁泡茶,甚是馨香美味。桂卿、桂姐每人递了一盏。陪着吃毕茶,接下茶托去。"(第15回)

通过《金瓶梅》一书,我们知道了茶坊不仅仅卖茶,也卖饮料。如王婆茶坊就兼卖梅汤。"这婆子正开门,在茶局子里整理茶锅,张见西门庆踅过几遍,奔入茶局子水帘下。"(第2回)从描写中我们了解到王婆茶坊中出售的茶主要有胡桃松子泡茶、稠茶等。

《金瓶梅》中的茶种类很多，反映了明代丰富的茶文化和茶叶的发达。如前文已经说了茶有泡茶等多个大类，而每一个大类又有多个品种，如泡茶就有木樨芝麻熏笋泡茶（第34回）、胡桃夹盐笋泡茶（第37回）、胡桃松子仁泡茶（第3回）、蜜饯金橙子泡茶（第7回）、胡桃夹盐笋泡茶（第37回）、八宝青豆木樨泡茶（第61回）、土豆泡茶（第73回），其他有木樨金灯茶（21回）、芽茶（第36回）、清茶（第37回）、果仁茶（第38回）、元菱芝麻茶（第75回）。这里试举几种茶作一说明。

果仁茶在第13回、38回、63回、91回里都出现，果仁茶的佐料有核桃、松子、笋干、杏子、橄榄、栗子、豆子、银杏、莲子、菱米、榛子。此外还有瓜仁茶、福仁茶。茶还可与果仁配着吃，"小玉拿着盏托，他提着茶，一直来到前面……等着姐屋里取茶叶，剥果仁儿来"（第23回）。

第71回，西门庆住宿何千户家，次日清晨，"何千户又早出来陪侍吃了姜茶，放桌儿请吃粥"。此章回反映的是冬季，何千户多次请西门庆喝茶，但是只有这一次强调的是姜茶。其原因是前晚西门庆梦见李瓶儿，"精流满席""悲不自胜"，大概是感染了风寒，何千户专门送上姜茶，以示关心，以祛风寒。饮茶看似小事一桩，却揭示了人物间的关系，塑造了人物性格，彰显人物的地位。何千户颇为细心，也敬畏西门官人的地位，递茶的心绪更多是巴结。姜茶暖身驱寒，已经暗示西门庆纵欲身体内亏。

明代茶业相当发达，与茶配套的文化也很发达，包括茶食。从《金瓶梅》中，我们可以知道明代饮茶不只是喝茶，还有多种茶点，供茶客消遣，满足茶客的食欲。

"不一时，小玉放桌儿，摆了八碟茶食，两碟点心，打发四个唱的吃了。"(第32回)"良久,吴大舅、花子由都到了,每人两盒细茶食,来点茶。"(第39回)"他娘子让进众人房中去宽衣服,就放桌儿摆茶,无非是蒸炸细巧茶食,果馅点心,酥果甜食,诸般果蔬,摆设甚是齐整,请堂客坐下吃茶。"(第41回)"摆下茶,每桌四十碟,都是各样茶果甜食。"(第43回)第1回,吴月娘让玉箫拣了两件蒸酥果馅儿与他,"这是与你当茶的"。第8回,潘金莲为了探得西门庆的行踪,巴结玳安,挑了蒸煮的角儿给玳安吃茶。

茶食就是供茶客品茗、佐饮的点心,也叫茶点。一般做工精巧,口感多样。明人饮茶习惯吃茶点,如今广东一带的茶楼同样流行饮茶佐茶点,茶楼还配简餐,广东人习惯到茶楼吃早点,俗称吃早茶。《金瓶梅》中茶食主要有茶饼、茶点两种,其中茶饼就有香茶木樨饼、香茶桂花饼、玫瑰花饼等。

品茗讲究环境、气氛,以及配套的物事,诸如水、饮具等,因此饮好茶必须有好茶具,才能相得益彰。据茶客们介绍,如果没有好的茶具,茶水就达不到色、香、味、形俱全的效果,饮茶就没有了品位。陆羽在《茶经》中列举了煮茶、饮茶器皿24种,主要有茶壶、茶杯、茶碗、茶盘、茶盏(钟)、茶托等,此外还有一些配套的茶具,放茶壶的茶船,放茶汤的茶盅,尝茶时盛茶的茶荷,沾水用的茶巾,舀茶用的茶匙。[①]

饮茶讲究水质,唐代陆羽就将天下水分为几等,天下第一泉、第二泉就是"茶圣"命名的。陆羽《茶经》曰:"其水用山水上,江水中,井水下。其山水拣乳泉,石池漫流者上。"一般来说,古人对于泡茶用水,讲究水甘而洁,活而鲜。我们在读《红楼梦》时,就读到

---

① 杨为编著:《茶博览》,山西古籍出版社1999年版,第64页。

过妙玉以雪水烹茶的情节。"那妇人听见西门庆来,收拾房中干净,熏香设帐,预备下好茶好水。"(第37回)这里没有具体说什么水,以好水作为概括,想来以泉水为上,说明潘金莲也懂得些泡茶的方法,有闲暇工夫时,西门庆也讲究饮茶,玩些雅事,西门府平时备了好水,需要时使用。

茶盅有细磁茶盅、银镶雕漆茶盅。"都是银镶茶钟,金杏叶茶匙,放白糖玫瑰,馨香美口。"(第43回)西门庆拜会花子虚未遇,遇到李瓶儿叫"小丫鬟拿了一盏果仁泡茶,银匙,雕漆茶钟"(第13回)。还有"银镶竹丝茶钟,金杏叶茶匙,木樨青豆泡茶"(第35回)。"吃了粥,又拿上一盏肉圆子馄饨鸡蛋头脑汤,金匙银厢雕漆茶钟。"(第71回)

茶匙有金杏叶茶匙、乌银茶匙、银杏叶茶匙等多种。"小丫鬟拿了三盏蜜饯金橙子泡茶,银镶雕漆茶钟,银杏叶茶匙。"(第7回)"西门庆唤画童取茶,不一时,银匙雕漆茶钟,蜜饯金橙泡茶吃了,收了盏托去。"(第34回)

茶托就是茶托盘,"只见迎儿拿茶来,叫迎儿放下茶托"(第8回)。再就是茶盒,"迎春抱着银汤瓶,绣春拿着茶盒,走来上房,与月娘众人递茶"(第20回)。这个茶盒当然不是现代用于装茶叶的盒子,笔者理解为用于装茶具、茶壶的套盒,类似便携箱。西门庆饮茶场所有时在厅堂,有时在卷棚,有时又在花园。在厅堂、卷棚内饮茶比较方便,用一个茶托递茶就可解决。到花园露天饮茶,必须带足茶水、茶托、茶叶等茶具,水冷了不行,泡不出茶的香气、色泽,需要将一应物事全装在一个篮子式的箱子里,既保证茶的冲泡效果,也要有品茗的气氛,茶盒是必不可少的。

茶是商品,因此有价格。茶之物价,在《金瓶梅》中也有提及。

第86回，陈经济为了讨好王婆，与潘金莲幽会、成婚，从腰间解下两吊钱，送与王婆。"这两吊钱权作王奶奶一茶之费，教我且见一面，改日还重谢老人家。"喝茶的茶资两吊钱，不算低了。王婆那个小茶铺，茶资本不该这么高，陈经济支付的茶资，大概包括赏钱。

现在人饮茶，无非茶叶、茶具，没有那么多的讲究。而《金瓶梅》反映的明中叶社会生活，人们饮茶却有许多讲究。不仅讲究茶叶、茶具搭配，还与其他食物配伍，使茶具备了多种口味。使饮茶变得更有情趣、情调。从上面的描写中，我们不难看出《金瓶梅》中的茶事是非常丰富且很有趣味。

五　茶事茶熟语

"自从陆羽生人间，人间相学事春茶。"宋人的两句诗，概括了茶事习俗。俗话说"开门七件事，柴米油盐酱醋茶"，茶尽管排在末位，却是人们生活中必不可少的。

民间有以茶为礼、送茶定亲、饮茶成婚、敬茶祭祀等活动与饮茶有关。作为明代奇书的《金瓶梅》，自然在对茶的描述方面，不甘落后，详细地记录了明中叶人民生活中的茶事、茶俗。

茶的熟语，在《金瓶梅》有一些，如：风流茶说合，酒是色媒人。三杯茶作合，两盏色媒人。

在《金瓶梅》反映的时代中，茶、茶食、茶礼已经融入了人们日常生活之中。饮茶演绎出故事，生成事端。第24回"等玉箫取茶果、茶匙儿出来，平安二拿出茶去"，西门庆嫌茶冷，骂了平安一顿。另换茶吃。等荆都监走了后，西门庆开始追查谁泡的茶，惊动了吴月娘等，吩咐"今后但凡你爹前边人来，教玉箫和惠莲后边顿茶。灶上只管大家茶饭"。这泡茶也有技能，可以分出仆人的层次。的确，饮茶有讲究，以茶解渴与细品茶味，其需要与修为不能等量齐观。牛饮解渴，不在乎茶水的品质，不在意环境如何；品茗则不一样，环境、心情、茶具、茶叶、茶水，缺一不可，浮躁心绪品不出茶味，庸俗环境没有心情，其他诸如茶叶等也要与饮茶者修为、身份、心情配套和融合，否则还是品不出茶的味道。泡茶不仅是技能，也是学问，否则人人都是品茗高手、泡茶技师了。

第39回，西门庆到道观进香，也要献茶、饮茶，"每人两盒茶食，来点茶。西门庆都令吴道官收了。吃毕茶，一同摆斋，放了两张桌"。说明这饮茶乃是与沐浴、净身具有同样的作用，也表明虔诚的态度。

六 《金瓶梅》是一部明代茶文化的宝典

茶是灵秀之物，饮茶令人清和宁静，沐浴春风。茶如果仅仅是饮用，只是喝茶而已。品茶应当嗅其味，观其色，闻其香。由品茶登堂入室，回味茶的清沁，茶的温馨，平和心绪，开阔胸襟，以人为善，坦诚相见，这才真正领悟了茶的精髓、茶文化的真谛。

品茶在于由始而终的过程，在于感悟茶的品位，而不是为解渴而饮茶，为装斯文而饮茶。哲人说过：悦口的清茗和佳肴之味，也跟悦目之画和悦耳之音的艺术作品一样，具有不可贬斥的审美价值，即文化艺术价值。

中国历史上第一部茶书是唐人陆羽的《茶经》，该书系统地介绍了唐代以前的茶叶知识，而第一部通过市井人物的社会经济生活，全方位描述茶俗、茶事、茶文化百态的书籍，就是《金瓶梅》了。

《金瓶梅》是一部百科全书，也是一部介绍明代茶文化的茶典，它与茶叶专著的不同之处，是将茶的文化贯穿于社会经济生活之中，以人、事、物，以及故事来交代茶，说明茶文化。通过书中对茶具、茶品种、茶礼仪、茶经济等方面的描写，我们不难看出《金瓶梅》反映了明代的茶文化全貌，不夸张地讲，《金瓶梅》就是一部明代茶文化的宝典。因此，如果我们要了解明代有关茶的社会民俗风情，不妨看一看《金瓶梅》。

图3-3-5　唐代陆羽（733—804），毕生钻研茶学，写成《茶经》一书，书分茶之源、具、造、器、煮、饮、事、出、略、图等章节，论及茶的起源、性状、名称、栽植、功效，采茶工具，煮茶、饮茶器具，烹茶方法与水质等。此书被译成日、英、俄等多种文字，是世界上最早的关于茶的专著。

第四章 从民俗风情验证《金瓶梅》

第一节 花灯与《金瓶梅》

《金瓶梅》与明武宗朱厚照有着极为密切的关联,笔者对此坚信不疑,先后提出了《金瓶梅》反映的年代是正德朝,①《金瓶梅》是对明武宗的影射等观点。②几年来,笔者一直留意明武宗与《金瓶梅》的比较研究,发现通过对书中关于灯市的描写与有关史料记载进行比照,可以看出明武宗与《金瓶梅》的许多瓜葛,这再次证明了笔者的上述观点。

---

① 黄强:《从服饰看金瓶梅反映的时代背景》,《江苏教育学院学报》1993年第2期,转刊于《复印报刊资料:中国古代近代文学研究》1993年第11期。
② 黄强:《论金瓶梅对明武宗的影射》,《江苏教育学院学报》1995年第3期,转刊于《复印报刊资料:中国古代近代文学研究》1995年第12期。

一　明武宗是一个特殊的皇帝

明武宗朱厚照是中国历史上一个特殊的皇帝，笔者所说的特殊在于他本是一个绝顶聪明的人物，但他的精明才智不是用来安邦治国，或者研习学术，而是纵情酒色，放浪形骸。他的贪玩，导致他在位16年，却常常把国事交给太监或臣僚，自己沉湎于荒淫的生活之中，成为历史上以荒淫荒唐著称的皇帝。① 他甚至经常放弃皇帝之尊，宁愿用自封的"将军"名义发号施令。② "北京古老了，宣府是他的'家里'；皇宫住腻了，他住在'豹房'；皇帝做厌了，他自称为'总督军务威武大将军镇国公朱寿'；太子没有了，东宫也不要了，他有无数的义子，把积庆坊、鸣玉坊毁去，改建他的义子府。"③ 明武宗的违背礼制，离经逆道，使他声名狼藉，④ 他在位的16年，最终成为明王朝由盛转衰的转折点。

明武宗嗜玩，表现在多方面。笔者曾以"好乐的明武宗"为主题进行过论述。⑤ 对花灯的偏好，不仅可以说明明武宗的贪玩、荒唐，更揭示了明武宗与《金瓶梅》之间千丝万缕的关系，详见下文。

二　明代花灯习俗

灯市起始于汉代，而极盛于明。

---

① 黄强：《明武宗未必最荒淫》，《国文天地》第15卷第1期（1999年6月号）
② ［美］黄仁宇：《万历十五年》，中华书局1982年版，第97页。
③ 朱东润：《张居正传》，海南出版社1993年版，第2页。
④ 黄强：《明武宗未必最荒淫》，《国文天地》第15卷第1期（1999年6月号）。
⑤ 黄强：《论金瓶梅对明武宗的影射》，《江苏教育学院学报》1995年第3期，转刊于《复印报刊资料：中国古代近代文学研究》1995年第12期。

图4-1-1 朱元璋画像——明代开国皇帝朱元璋是个节俭的皇帝，也是颇为严酷的皇帝，他当初制定严酷的《明大诰》，目的是严肃吏治、法令，惩治腐败，使江山永固。他没有想到自己的后代会把国家法令视为儿戏，把江山用于享乐。

明太祖朱元璋建都应天，为庆贺元宵节，招徕天下富商，放灯十日。当时的金陵城内盛搭彩楼，并在秦淮河上燃放水灯万盏，一时热闹非常。明成祖朱棣迁都北京，在东华门辟两里长的灯市，从正月初八起，至十五日达到高潮，十七日结束，每晚花灯、烟火照耀通宵，鼓乐杂耍喧闹达旦。《明会典》记载：永乐七年（1409）诏令元宵节自正月十一日起给百官赐假十日，以度佳节。明人刘侗、于奕正《帝京景物略》卷二记述明代京师从正月初八至十八日，东华门外有"灯市"，"灯市者，朝逮夕，市；而夕逮朝，灯也。市在东华门，东亘二里。市之日，省直之商旅，夷蛮闽貊之珍异，三代八朝之骨董，五等四民之服用器，皆集。衢三行，市四列，所称九市开场，货随队分，人不得顾，车不得旋，阗城溢郭，旁流百廛也。""贵贱相还，贫富相易贸，人物齐矣。妇人着白绫衫，队而宵行。……富者灯四夕，贫者灯一夕，又甚贫者无灯。"

图4-1-2 南京秦淮夜色（黄强摄）——明代开国建都南京，明代赏花灯的风俗也由南京开始，当年秦淮河畔花灯齐放，美艳动人。秦淮灯火集中在夫子庙一带，这是秦淮河最为繁华的地段。"六朝金粉，十里秦淮"，概括了南京秦淮文化的特点。对于秦淮文化，有学者认为其是一种纸醉金迷的享乐文化，花灯固然是民俗的一种，但是帝王、士大夫如果陶醉于赏花灯，不免玩物丧志。

在灯节期间，从早到晚都是"市"，从夕到明都是"灯"，灯市里，"有从各地来的商旅，有古今中外的珍异，有三代八朝的古董，有各阶层人物的服用器。衢三行，市四列，所谓以九市开场。市里挤满着人，连身子都不能旋转。市楼，大都是南北朝向，到夜晚，每家挤满着看灯的人。其间，特别在门前挂上帘幕的，那里面的人，一定是勋家、戚家、宦家、豪右家的眷属。一到晚，就张灯奏乐"，"巷陌桥道，皆编竹张灯，并扎彩排楼。各处不断的，是嘈杂声、锣鼓声、花爆声"①。

关于明代的灯市,明人田汝成《熙朝乐事》记载:"正月十五为上元节,前后张灯五夜。""在腊后春前……灯市,出售各色花灯。"用灯火辉煌来概括明代灯市盛况是非常妥帖的。明人张岱《陶庵梦忆》卷八对灯景有如此记述:"灯不专在架,亦不专在蹬道,沿山袭谷,枝头树梢无不灯者,自城隍庙门至蓬莱岗上下,亦无不灯者。山下望如星河倒注,浴浴熊熊,又如隋炀帝夜游,倾数斛萤火于山谷间,团结方开,倚草附木,迷迷不去者。好事者卖酒,缘山席地坐。山无不灯,灯无不席,人无不歌唱鼓吹。男女看灯者,一入庙门,头不得顾,踵不得旋,只可随势潮上潮下,不知去落何所,有听之而已。"②

明代社会赏花灯还有一个奇特的故事。明太祖皇后马氏是位贤后,她是元末起义军首领郭子兴的义女,天生大脚,民间曾流传一幅画讽刺马皇后的大脚,明太祖知道后,非常生气,动了杀机,准备在元宵节时,大肆杀戮,凡是门前没有花灯的统统杀掉。马皇后知道后,通知当地的居民元宵节时在门前都挂上花灯,执行任务的官兵见到家家户户都有花灯,无法下手,这才避免了一场灾难。因此,明代社会对于赏花灯还有一份感恩的情感。

---

① 阿英:《灯市——金瓶梅词话风俗考之一》,载周钧韬编《金瓶梅资料续编(1919—1949)》,北京大学出版社1991年版,第158—163页。
② (明)张岱:《陶庵梦忆》,作家出版社1995年版,第152页。

图4-1-3 洪武帝之马皇后——历史上的马皇后是个贤达的皇后，有一个关于赏灯的故事，说明马皇后的贤惠、仁慈。马皇后是元末起义军首领郭子兴的义女，天生大脚。民间曾流传一幅画讽刺马皇后的大脚，朱元璋知道后，非常生气，动了杀机，准备在元宵节时，大肆杀戮，凡是门前没有挂花灯的统统杀掉。马皇后知道后，通知当地的居民元宵节时在门前挂上花灯，执行任务的官兵见到家家户户都有花灯，无法下手，这才避免了一场灾难。

上元节观灯、燃放烟火，在明代社会生活中，已经成为一项极为重要的活动。明成祖朱棣迁都北京，欢度上元节，多在乾清宫和午朝门外。皇帝也亲临午门观赏，并作御制诗，命儒臣奉和，乾清宫前的丹陛上，从元旦前夕到正月十五，都要立一对高大的雕龙木质灯柱，在汉白玉台座中用铁栓穿固，灯柱用来悬联挂灯。按惯例，正月初一夜要扎作"灯山"，施放烟火。明人刘若愚《酌中志》说："凡遇圣驾升座，伺候（烟）花炮（仗），圣驾回宫，亦放火花。"

图4-1-4 明成祖朱棣像——朱棣（1360—1424）是朱元璋第四子，洪武三年（1370）受封燕王。朱元璋晚年，太子朱标、秦王朱樉、晋王朱棡先后死去，朱棣成为家族中诸王之首。朱元璋去世后，建文帝朱允炆削藩，朱棣遂于建文元年（1399）七月发动靖难之役，夺得皇位。朱棣是一个强悍的皇帝，他以藩王的身份挑战皇位，夺得皇位，1403年改元永乐。庙号太宗，嘉靖时改成祖。

明武宗朱厚照幼年时就十分迷恋花灯，年长后更是常常为了灯节花费大量的款项，采购新奇、精巧的花灯，悬挂在宫中，以供观赏。①《明实录》记载：正德九年正月庚辰"乾清宫火。上自即位以来，每岁张灯为乐，所费以数万计。库贮黄白蜡不足，复令所司买补之。及是宁王宸濠别为奇巧以献，遂令所遣人入宫悬挂"②。明武宗喜欢花灯，购买花灯，早在正德二年（1507）九月就已实施行动了，明武宗

---

① ［美］盖杰民：《正德时期》，载［美］牟复礼、［英］崔瑞德编《剑桥中国明代史》，张书生等译，中国社会科学出版社1992年版，第453页。
② 李国祥、杨昶主编：《明实录类纂·宫廷史料卷》，武汉出版社1992年版，第1585页。

专门从太仓金库提取了35万两的银子为灯节买灯。① 按明中叶的物价，以《金瓶梅》为例，买一个丫鬟不过三五两银子，35万两银子用来买花灯，足见明武宗的奢侈。

因为明武宗嗜好花灯，一些别有用心的人也就投其所好，以求得武宗的欢心。后来举兵反叛的宁王朱宸濠就是这样一个工于心计的人，他花费巨资，为武宗送去大批精致、新颖的花灯。《明武宗外纪》记载："至（正德）九年，宁王朱宸濠献新样四时灯数百，穷极奇巧，临献，复令所遣人亲入宫悬挂。其灯制不一，多着柱附壁，以取新异。"《明武宗外纪》与《武宗实录》的记载一致。对于这些花灯，美国汉学家盖杰民评说，"在某种程度上是因为它们被固定在房屋和走廊的圆柱上，而不是悬挂起来，给人的印象是很壮观的，主要寝宫前的庭院光明如白昼"②。

三 《金瓶梅》中记录的花灯习俗

史籍中记录的明代灯市之盛况，在《金瓶梅》中，一样可以看到。书中灯市出现三次，分别是第15回《佳人笑赏玩月楼》、第24回《经济元夜戏娇姿》、第42回《贵宴高楼醉赏灯》。

第15回叙述吴月娘等坐了轿子，来到狮子街灯市李瓶儿新买的房子，"这房子门面四间，到底三间，临街是楼"。"临街楼上，设放围屏桌席，悬挂许多花灯"。"见那灯市中人烟凑集，十分热闹，当街搭数十座灯架，四下围列些诸门买卖。玩灯男女，花红柳绿，车马轰雷，鳌山耸汉。"关于灯市，书中有一段详尽的描写。

---

① ［美］盖杰民：《正德时期》，载［美］牟复礼、［英］崔瑞德编《剑桥中国明代史》，张书生等译，中国社会科学出版社1992年版，第453、443页。

② 同上书，第453页。

图4-1-5 佳人笑赏观灯楼（《金瓶梅》第15回插图）——逛灯市、赏花灯是明代人生活中的大事，不仅民间重视，宫廷也很重视，帝王都参与灯市活动，宫中也悬挂花灯，燃放烟火，呈现一派祥和景象。《金瓶梅》中的灯节、灯市描写笔墨浓重，详细地描述了百姓观灯，以及西门庆及其家眷的赏灯情景。

山石穿双龙戏水，云霞映独鹤朝天。金莲灯、玉楼灯，见一片珠玑；荷花灯、芙蓉灯，散千围锦绣。绣球灯，皎皎洁洁；雪花灯，拂拂纷纷。秀才灯，揖让进止，存孔孟之遗风；媳妇灯，容德温柔，效孟姜之节操。和尚灯，月明与柳翠相连；通判灯，钟馗共小妹并坐。师婆灯，挥羽扇，假降邪神；刘海灯，背金蟾，戏吞至宝。骆驼灯、青狮灯，驮无价之奇珍，咆咆哮哮；猿猴灯、白象灯，进连城之秘宝，玩玩耍耍。七手八脚螃蟹灯，倒戏清波；巨口大髯鲇灯鱼，平吞绿藻。银蛾斗彩，雪柳争辉。双双随绣带香球，缕缕拂华幡翠幰。鱼龙沙戏，七真五老献丹书；吊挂流苏，九夷八蛮来进宝。村里社鼓，队共喧阗；百戏货郎，庄齐斗巧。转灯儿一来一往，吊灯儿或仰或垂，琉璃瓶映美女奇花，云母障并瀛洲阆苑。

作者不惜笔墨，将灯市之盛描述得淋漓尽致，渲染灯节的喜庆气氛，实际上传递着时代背景的信息。

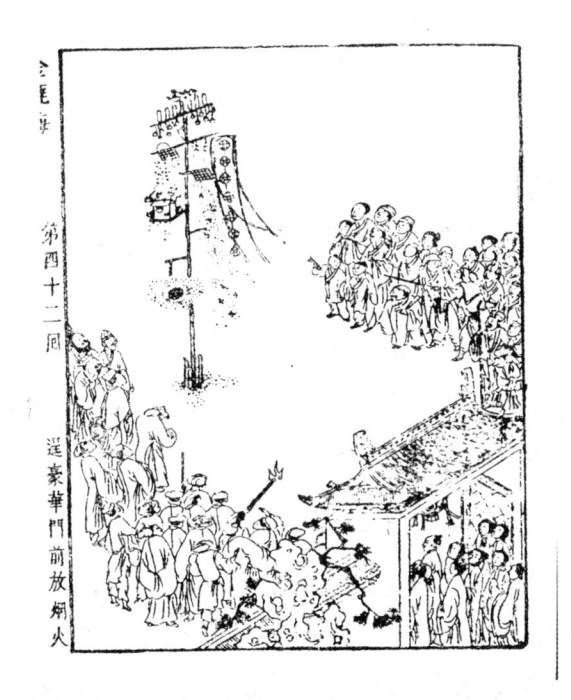

图4-1-6 呈豪华门前放烟火（《金瓶梅》第42回插图）——据考证，南宋以后，元宵节才燃放烟火。到了明代，烟火的品种已经很多，有"日月合璧""五星连珠""八仙过海""群莺放飞"等，烟火的燃放活跃了节日的气氛。《金瓶梅》中记录的烟火品种已经很丰富，有"紫葡萄""黄烟儿""火梨花""琼盏玉台""地老鼠""一丈菊""紧吐莲""霸王鞭"等，从名称上，我们就可以猜想出这些烟火燃放的效果。

西门庆对花灯的迷恋,在书中也比比皆是。第78回写潘金莲上寿。

> 西门庆早起,往衙门中去了,分付小厮每抬出灯来,收拾揩抹干净,大厅卷棚各处挂灯,摆设锦帐围屏。……玳安与琴童站着高凳,在那里挂那三大盏珠子吊挂灯。(潘金莲)笑嘻嘻说道:"我道是谁在这里,原来是你们在这里挂灯哩。"琴童道:"今日是五娘上寿,爹分付下俺们挂了灯,明日娘的生日好摆酒。"

无灯不摆酒,无灯不上寿,无灯无兴,无灯无乐,大概这便是西门庆的心态吧。西门庆宴请应伯爵、谢希大等一帮闲兄弟,也要挂灯结彩。"悬挂两盏羊角灯,摆设酒筵……大门首两边,一边十二盏金莲灯,还有一座小烟火。"(第46回)

"帝里元宵,风光好,胜贤岛蓬莱。玉尘飞动,车喝绣毂,月照楼台。三宫此夕欢谐,金莲万盏,撒向天街,迓鼓通宵,华灯竟起,五夜齐开。"(第46回)天上仙境,人间灯节,赏花灯喝花酒成为一种时尚,西门官人沉浸酒色自不必赘言,"饮酒多时,西门庆忽被应伯爵差人请去,赏灯吃酒了"(第24回)。

西门庆与明武宗一样,对花灯极为痴迷。西门庆家中就悬挂着许多品种奇巧的花灯,"厅上张挂花灯,铺陈绮席。正月十六,合家欢乐饮酒。正面围着石崇锦帐围屏,挂着三盏吊灯,两边摆列着许多妙戏桌灯"(第24回)。

由于明武宗的大力提倡,花灯在正德朝颇为走俏,也成为送礼佳品。第41回乔亲家贺李瓶儿生子,礼物中就有花灯,"两挂珠子吊灯,两座羊皮屏风灯"。第42回西门庆送李瓶儿的寿礼中,也有两盏云南羊角珍灯。

羊角灯是很珍贵的。张宗子曾说："灯皆贵重华美，珠灯料丝无论，即羊角灯亦描金细画，璎珞罩之。"① 西门庆楼檐前用的就是"一盏羊角珍灯，甚是奇巧"（第42回）。这与《明武宗外纪》的记录甚是相似。

点灯必须用蜡，明武宗曾大量购买香蜡，西门庆也不惜巨款进香蜡，以对付灯节之需要。"李智、黄四关了一千两香蜡银子，贲四从东平府押了来家。"（第43回）这难道是一种巧合吗？显然是作者的一种安排。

四　花灯淫巧极尽奢侈

花灯淫巧，极尽奢侈，据张宗子记载，明代李某"为闽中二尹，抚台委其造灯，选雕佛匠，穷工极巧，造灯十架，凡两年。灯成而抚台已物故"。十年后，李某将灯赠张宗子，张岱"酬之五十金，十不当一，是为主灯。遂以烧珠、料丝、羊角、剔纱诸灯辅之。而友人有夏耳金者，剪采为花，巧夺天工，罩以冰纱，有烟笼芍药之致。更用粗铁线界划规矩，匠意出样，剔纱为蜀锦，墁其界地，鲜艳出人"②。胡应麟《甲乙剩言》记叙了另一种精巧的花灯——卵灯，"余尝于灯市见一灯，皆以壳为之，为灯，为盖，为带，为坠，凡计数千百枚。每壳必开四门，每门必有攒拱窗槛，金碧辉煌，可谓巧绝。然脆薄如无用，不异凋冰画脂耳"。

如此精致花灯，索价极高，张宗子十灯五十金，卵灯则悬价三百金。明中叶以花灯为时尚，富宦之家多不惜巨资争购奇巧花灯，以待

---

① （明）张岱：《陶庵梦忆》，作家出版社1995年版，第87页。
② 同上。

灯市之时，争奇斗艳逞富。据折算，搭鳌灯的费用已逾千金，非一般富裕人家可负担。灯市的穷极奢侈，在明代屡见不鲜，不唯京师，诸如金陵、绍兴等地，无不如此。然而比之明武宗花费35万两库银买花灯，实在是小巫见大巫。

图4-1-7 《明宪宗行乐图》（中国国家博物馆藏）——彩绘长卷，有宫廷建筑背景，相当具体。用色厚重，在明代宫廷主题画中近于写实。沈从文先生说，画的是宫廷过年，仿效民间习惯，张灯结彩，搭鳌山灯棚（为传世明代最具体鳌山灯棚形象），放烟火花炮，舞狮子，扮种种戏文，并举行杂技百戏。

五 明武宗与西门庆同好赏花灯

花灯对明武宗来说，只是一种赏玩的工具。他之所以嗜好花灯，与他讲究享乐、放荡无拘的个性是吻合的，这也在正德九年（1514）正月的一次灯节中得到了印证。

灯节的晚上，乾清宫因玩灯而失火，火烧了一夜。武宗正去豹房，见火光冲天，竟然戏谑地说："好一棚大煌火。"[1] 谈迁《国榷》

---

[1] 杨剑宇：《中国历代帝王录》，上海文化出版社1989年版，第889页。

卷四十九记载：正德九年正月"乾清宫火，宁王宸濠献灯，命献者入悬。皆附柱壁，灿甚。所贮火药偶勿戒，延烕宫殿。上往豹房，回顾火焰烛天，大乐之"。确实，烟火哪及宫殿失火来得"辉煌灿烂"。

图4-1-8 明代木刻元宵灯景——描述的是元宵节赏花灯普天同庆的情景，鳌山灯棚搭建得高高的，悬挂着多种花灯，花团锦簇，美不胜收。

西门庆之所以偏好花灯，其心态与明武宗是一致的，花灯争奇斗艳满足了他对奇巧之物的占有欲，灯市的奢华显示了他的膨胀。在花团锦簇、灯火辉煌之中，他吃花酒、赏灯景、唱小曲、狎娼妓，得到了生理与心理的双重满足。说到底，花灯虽美，不过是衬景，花灯与灯市，雅曲与女人不过聊以助兴，助西门庆之酒兴，助西门庆之淫兴。

《金瓶梅》真实地展现了明中叶的政治生态、经济状况、文化生活、风俗世情，这是举世公认的。从灯市的比较研究中，我们感受到这种描写的真实。花灯、灯市揭示了明武宗与西门庆的关联，我们不难看出两者之间的相似之处。

第二节　双陆、蹴鞠与秋千

花灯是西门庆喜欢的游艺，可以说《金瓶梅》对花灯的描述，折射了明武宗参与的游戏活动。明武宗是个追求享乐的皇帝，他的身体力行带动了明中叶商业和游艺的发展。《金瓶梅》中除了花灯游艺外，还有双陆、象棋、猜枚、蹴鞠、气毬、跳百索、斗草、掷骰、行令、斗鸡等活动的描写，内容颇为丰富。

说来也奇怪，明武宗在位只有短短的16年，他种种不遵循祖训、违背传统的做法，虽然受到封建社会的否定，但是我们也应当看到，明武宗对传统礼教的践踏，对等级制度的否定，客观上也给沉闷的明代社会开启了一道缝隙。例如他对商业的促进，对货币经济的推动，使商人阶层迅速积累财富，从而为西门庆这样的商人走向政治舞台，扫除了一些障碍，也为白话小说、戏曲的繁荣，培育了土壤。

在游艺等民俗活动中，技艺是很重要的，《金瓶梅》反映的正是一个崇尚游艺，放纵情欲，追求享乐，违背礼制的时代，打双陆、荡秋千、赏花灯等，不仅表现为民俗活动的精彩和繁荣，而且折射出时代的审美趣味及社会风尚。

一　双陆显才艺

双陆在《金瓶梅》中大概属于高雅、高档次人员玩的一种技艺，因为《金瓶梅》中的人物以会玩双陆而得意，会玩双陆的人也会获得社会的认可。

第四章　从民俗风情验证《金瓶梅》

第2回，说西门庆"原是清河县一个破落户财主，就县门前开着个生药铺。从小儿也是个好浮浪子弟，使得些好拳棒，又会赌博，双陆象棋，抹牌道字，无不通晓"。

第52回，"当下希大一连递了桂姐三杯酒，拉伯爵道：咱每还有那两盘双陆打了罢。于是二人又打双陆……伯爵与希大一连打了三盘双陆，等西门庆，白不见出来"。

图4-2-1　元代玩双陆——取自元代《事林广记续集》卷六插图。双陆在唐代颇为盛行，明代双陆已在市井社会中流行。从图像中可以看出双陆系两人所玩的一种博具（棋具）。

双陆，传自天竺，流行于曹魏，盛行于隋唐。《金瓶梅鉴赏辞典》介绍：

> 此戏有特制的盘，刻画两门二十四路。又有马子，俗称"锤"，形状像捣衣裳的杵，黑白各五个（一说十六枚），两人对打。开始时，将马子照一定的格式放在盘上，然后轮流掷骰子，按骰子的点色行走。白马自右向左，黑马自左向右，马先走到对方者为胜利。[①]

[①] 徐扶明：《双陆》，载上海市红楼梦学会、上海师范大学文学研究所编《金瓶梅鉴赏辞典》，上海古籍出版社1990年版，第284页。

蔡国梁在《金瓶梅社会风俗》中对双陆也作了解释。双陆，略似围棋，因局如棋盘，左右各有六路，所以叫双陆。子分黑、白二色，各十五枚，骰子也呈六面体，分别表示天、地、东、南、西、北。两人博弈时，骰子掷采行马，白马从右到左，黑马从左到右，先出完的获胜。①

双陆之博具在唐代就流行于民间和宫廷。日本正仓院还藏有极其完整、用象牙染红、细雕龙凤装饰图案的博具，和制作精美、镶嵌花纹、由素木制成的博局。双陆到元明时期有多种玩法，至今还留下用象牙或硬木制作的博具。宋代龙泉青瓷有如棒槌式花瓶，形如双陆博具，即名"双陆尊"。②

双陆在《金瓶梅》中很流行，普及率很高，不仅西门庆、应伯爵、谢希大、陈经济等男性爱玩双陆，就是女眷也以会玩双陆自豪。第7回，孟玉楼"风流俊俏，百伶百俐，当家立纪，针指女红，双陆棋子，不消说"。其他如潘金莲、王三官娘子等也都是玩双陆的行家里手。

选择对象，要把其会双陆作为技能、爱好，吹嘘一番。找个情人，双陆仍然是砝码之一。第69回，文嫂为林太太拉皮条，推荐了西门庆。除了说到西门庆有钱有势外，还介绍了西门庆的长相、兴趣、擅长。"今老爹不上三十四五年纪，正是当年汉子，大身材，一表人物，也曾吃药养龟，惯调风情；双陆象棋，无所不通，蹴鞠打球，无所不晓；诸子百家，拆白道字，眼见就会。端的击玉敲金，百伶百俐。"吃药养龟、惯调风情是林太太挑选情人的"性趣"条件，双陆则是林太太对情人的"情趣""风情"方面的要求了。

---

① 蔡国梁：《金瓶梅社会风俗》，百花文艺出版社2002年版，第167页。
② 沈从文编著：《中国古代服饰研究》（增订本），上海书店出版社1997年版，第444页。

双陆就是一种技能，迎合潮流的爱好。女人把会双陆作为选择男人的条件，可见当时双陆流行的盛况，同时也说明双陆是一种高雅、高档的游戏技艺。无论是在官宦人家，还是市井巷陌都有广泛的市场。

二　蹴鞠可助兴

蹴鞠在《金瓶梅》中也颇有市场，与打双陆一样，受到人们的追捧。

蹴鞠，也就是古代的足球。传说起源于黄帝时期，刘向《别录》中云："蹴鞠者，传言黄帝作。"《战国策·齐策》亦云："临淄甚富而实，其民无不吹竽、鼓瑟、击筑、弹琴、斗鸡、走犬、六博、蹋鞠者。"据称蹴鞠盛行于汉代。《西京杂记》曰："太上皇（汉高祖刘邦父亲）徙长安，居深宫，凄怆不乐。高祖窃因左右问其故。以生平所好皆屠贩少年，酤酒卖饼，斗鸡、蹴鞠，以此为欢，今皆无此，故以不乐。"当时的居民、少年商贩，都以蹴鞠为娱乐项目，可见蹴鞠在民间的广泛开展。蹴鞠不仅是娱乐项目，也是军队训练士兵的手段，《会稽典录》称："士以弓马为务，家以蹴鞠为学。"换言之，蹴鞠是一种健身方式，具有锻炼与娱乐的双重作用，难怪受到社会的欢迎。

蹴鞠之"球"，以皮毛为之，《汉书·霍去病传》颜师古注云："鞠以皮为之，实以毛，蹴蹋而戏也。"到唐代改蹴鞠为打毬。此后，蹴鞠与打毬往往连称。蹴鞠由民间进入上层社会，乃至宫廷。民间有专门的踢蹴鞠组织，南宋叫圆社，也称齐云社。陈元靓《事林广记·圆社摸场》有云："四海齐云社，当场蹴气球，作家偏著所，圆社最风流。"

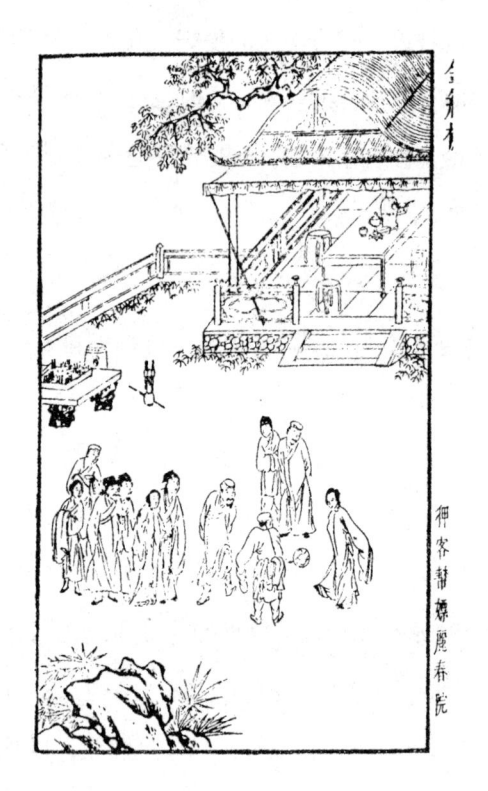

图4-2-2 丽春院踢蹴鞠（《金瓶梅》第15回插图）——《金瓶梅》中"蹴鞠""踢球""踢气球"等词汇出现的频率比较高，说明曾是竞技项目的蹴鞠，在明代社会中已演变成娱乐活动，是当时人们喜闻乐见的娱乐项目。

贵族也组建了蹴鞠组织，广纳能人。与科举取士选官不同，这种组织选人不看出身，不重资历，不问人品，唯一的标准就是能踢球。有人因此技，得以高升，《水浒传》中高太尉高俅便是。这高俅原就是一个破落户，因为踢得一脚好球，得到端王的欣赏，进入了端王的蹴鞠球社，平步青云，最终成为骏马任骑的高官。

蹴鞠具有很强的观赏性、竞技性和娱乐性，这也使得其在古代社会大受欢迎。

汉代的蹴鞠是对抗性的竞赛，到了唐代发展为单球门的竞赛，也就

第四章　从民俗风情验证《金瓶梅》

是分为两队,通过射门,以踢进球门多者为胜,与今日的足球竞赛接近。①

根据史料,蹴鞠到唐代已经发生变异,与战国时期的蹴鞠有所区别,原先以皮毛为之的"球",更换为以动物膀胱为材料制成的球胆(气胆),充气后有了弹性,更具竞技性和观赏性。宋代蹴鞠更成为国技,深得帝王们的喜欢。

图4-2-3　唐代打马球铜镜——唐代盛行打马球,唐人蔡孚《打球篇序》云:"打球者,往之蹴鞠古戏也。"唐代的马球是从汉代的蹴鞠演变发展而来的。唐代人打马球,一是娱乐,二是锻炼。

《金瓶梅》也有耍蹴鞠的组织圆社,聚集着一帮以蹴鞠娱乐、玩耍的人,白秃子、小张闲、罗回子都是其成员,以蹴鞠助兴,以蹴鞠博彩。《金瓶梅》中的蹴鞠远不如唐宋时普及,耍蹴鞠不再是健身强体的锻炼方式,而成为有闲阶层、帮闲人物的娱乐活动。第15回西门庆等狎客帮嫖丽春院,与李桂姐踢蹴鞠,"整理气毬齐备。西门庆出来外面院子里,先踢了一跑。次教桂姐上来,与两个圆社踢,一个揸头,一个对障,勾踢拐打之间,无不假喝彩奉承"。你看,不仅男人玩蹴鞠,女人也放下身段,上场耍一耍,蹴鞠的普及性相当广。

---

① 刘秉果、张生平编著:《捶丸:中国古代的高尔夫球》,上海古籍出版社2005年版,第3页。

三 秋千竞风流

打秋千，也称玩秋千，是清明节进行的民间习俗。起源于北方少数民族。《析津志》记载："清明寒食，宫廷于是节最为富丽，起立彩索秋千架，自有戏蹴秋千之服，金绣衣襦，香囊结带，双双对蹴，绮筵杂进，珍馔甲于常筵。中贵之家，其乐不减于宫闱。达官贵人，豪华宅第，悉以此为除祓散怀之乐事，然有无各称其家道也。"[1] 第25回，清明将至，西门庆与应伯爵外出玩耍，家中留下一帮妻妾。

图4-2-4 《月漫清游图》册页——清代陈枚作。"蹴罢秋千，起来慵整纤纤手。露浓花瘦，薄汗轻衣透。见到人来，袜划金钗溜。和羞走，倚门回首，却把青梅嗅。"李清照的《点绛唇》把少女下了秋千后的心情、情态描绘得细致入微。

---

[1] 转引自上海市红楼梦学会、上海师范大学文学研究所编《金瓶梅鉴赏辞典》，上海古籍出版社1990年版，第296页。

第四章 从民俗风情验证《金瓶梅》

先是吴月娘花园中扎了一架秋千,至是西门庆不在家,闲中率众姊妹每游戏一番,以消春昼之困。先是月娘与孟玉楼打了一回,下来教李娇儿和潘金莲打。李娇儿辞以身体沉重,打不的,却教李瓶儿和金莲打。打了一回,玉楼便叫:"六姐过来,我和你打两个立秋千。"吩咐休要笑,看如何。当下两个妇人玉手挽定彩绳,将身立于画板之上,月娘却教宋蕙莲在下相送,又是春梅。正是:得多少红粉对红粉面,玉酥肩并玉酥肩;两双玉腕挽复挽,四只金莲颠倒颠。那金莲在上头便笑成一块。月娘道:"六姐,你在上头笑不打紧,只怕一时滑倒,不是耍处。"说着,不想画板滑,又是高底鞋,跐不牢,只听得滑浪一声,把金莲擦下来。早时扶住架子,不曾跌着。险些没把玉楼也拖下来。……两个打到半中腰里,都下来了。却是春梅和西门大姐两个打了一回,却教玉箫和蕙莲两个打立秋千。这惠莲手挽彩绳,身子站的直屡屡的,脚跐定下边画板,也不用人推送,那秋千飞起在半天云里,然后抱地飞将下来,端的却是飞仙一般,甚可人爱。

所谓彩绳、花板,即在秋千架上悬挂两绳,下拴横板。古代,朱门富户的秋千,多用五彩绳,板有花纹,精美考究。

打秋千时,陈经济也乘机调戏女眷。"秋千飞在半空中,犹若飞仙相似。"陈经济在后面推潘金莲、李瓶儿,"于是把李瓶儿裙子掀起,露出她的大红底衣,抠了一把"。宋蕙莲秋千荡得高,起在半空中,"被一阵风过来,她裙子刮起,里边露出大红潞䌷裤儿,扎着脏头纱绿裤腿儿,好五色纳纱护膝,银红线带儿"。众人在欢快中消磨时光,娱乐人生。

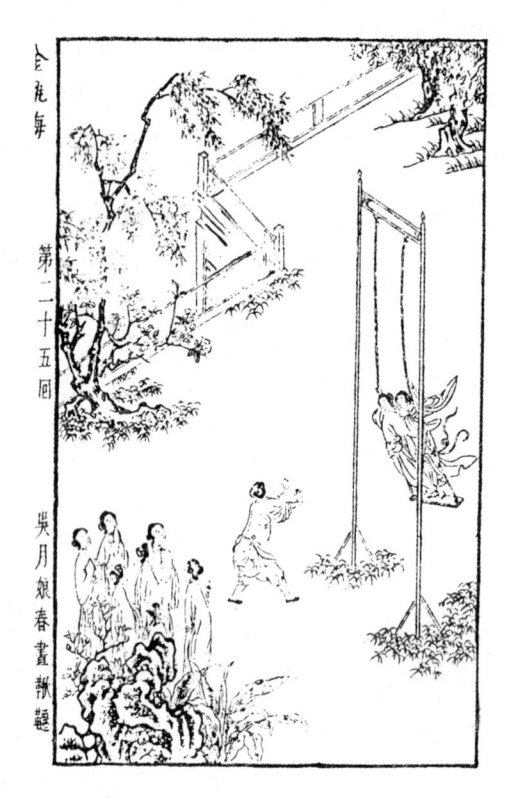

图4-2-5 吴月娘春尽秋千（《金瓶梅》第25回插图）——在中国封建社会中，秋千曾是后宫嫔妃、宫女打发时光的主要娱乐方式之一，对于深居大院的贵妇人、阔太太来说，其生活环境也类同于深宫中的嫔妃们，更何况，西门府的环境、生活，原本就是影射皇室、皇宫的。

四 猜枚即猜谜

猜枚是什么？读者可能有疑惑。猜枚也名猜拳，俗名猜单双，在我们现在生活中还存在。

关于猜枚，《金瓶梅》第11回、第15回、第54回、第66回中都有描述。

《东皋杂录》："唐人诗有城头击鼓传花枝，席上搏拳握松子。"《茶余客话》："元人姚文奂诗云：晓河船过柳洲东，荷花香里偶相逢，剥将莲子猜拳子,玉手双开不赌空也。即令酒令之猜枚,前后不放空。"这就是说饮者任取席上果粒,如松子、莲子、瓜子之类,握于拳中,双握而出其一,由另一饮者先猜奇偶,后猜数目,再猜颜色,猜三次,才决胜负,负者饮酒。有人说"猜枚"是"猜谜"之音转,俗语"猜猜枚子"即猜谜。

第21回,吴月娘与西门庆等掷骰猜枚行令。

> 轮到吴月娘跟前,吴月娘道:"既要我行令,照依牌谱上饮酒:一个牌儿名,两个骨牌,合《西厢》一句。"月娘先说个:"掷个六娘子,醉杨妃,落了八珠环,游丝儿抓住荼蘼架。"不犯。该西门庆掷,说:"我虞美人,见楚汉争锋,伤了正马军,只听见耳边金鼓连天震。"果然是个正马军,吃了一杯。该李瓶儿,说:"水仙子,因二士入桃源,惊散了花开蝶满枝,只做了落红满地胭脂冷。"不遇。次该金莲掷,说道:"鲍老儿,临老入画丛,坏了三纲五常,问他个非奸做贼拿。"果然是个三纲五常。吃了一杯酒。轮该李瓶儿掷,说:"端正好,搭梯望月,等到春分昼夜停,那时节隔墙儿险化做望夫山。"不遇。该孙雪娥,说:"麻郎儿,见群鸦打凤,绊住了折脚雁,好教我两下里难做人。"不遇。落后该玉楼完令,说道:"念奴娇,醉扶定四红沉,拖着锦裙襕,得多少春风夜月销金帐。"正掷了四红沉。月娘满令,叫小玉:"斟酒与你三娘吃。"说道:"你吃三大杯子才好,今晚你该伴新郎宿歇。"

猜枚娱情,对于处在深宅大院里的女人们来说,这是她们打发时光的好方法。既然她们无法抛头露面,那就以此游戏吧。不过从行令中可以看出各人的兴趣和品位,潘金莲三句不离老本行,坏了三纲五常的事情她是时常做得出的。

大致上，猜枚有名称，上文说的"虞美人""水仙子""正马军""醉贵妃"等，都是名称。猜枚者先说出名称，再掷骰猜枚行令，说得准的就算赢了。没说准的就算输了，罚酒。

五　下棋不文雅

下棋本来是雅事，古人讲究棋琴书画，尤其是文人淑女要会琴棋书画，显示风流、儒雅。下棋不悔真君子，观棋不语亦君子。《金瓶梅》中有关下棋的描写还是很多的，但是《金瓶梅》中下棋悔棋、下棋耍赖的情况却比比皆是。

图4-2-6　唐代螺钿紫檀彩绘棋盘——围棋起源于2000多年前，是世界上最古老的棋类。唐代设有经、史、书、画、棋等博士，围棋有棋待诏，官阶九品，属于翰林院。可见唐代对围棋的重视。至明代，民间的围棋竞赛非常盛行，棋手棋艺水平迅速提高，正德年间还形成了永嘉派、新安派、京师派三个著名的流派。

第11回，孟玉楼与潘金莲"吃毕茶，两个放桌子，摆下棋子盘子儿下棋。正下在热闹处，忽见看园们小厮琴童走来报道：'爹来了。'慌的两个妇人收棋子不迭"。西门庆回来后，与两个妇人下棋，以一两银子做赌注，"于是摆下棋子三人下了一盘，潘金莲输了。西门庆才数子儿，被妇人把棋子扑撒乱了，一直走到瑞香花下，倚着湖山，推掐花儿。西门庆寻到那里，说道：'好小油嘴儿，你输了棋子，却躲在这里。'那妇人见西门庆来，昵笑不止"。潘金莲下棋耍赖，还撒娇，这一方面是性格因素，另一方面是她吃醋，想以此挑逗西门庆，俘获他的心。下棋耍赖不过是她勾引男人的伎俩。

第54回，帮闲人物应伯爵、常时节、白来创三人下棋。两人棋子原差不多，"常时节略高些，白来创极会反悔，正着时，只见白来创一块棋子渐渐的输倒了，一手撒去常时节着的子，说道：'差了，差了，不要这着。'常时节道：'哥子来，不好了！'应伯爵奔出来道：'怎的闹起来？'常时节道：'他下了棋，差了三四着，后又重待拆起来，不算账。哥做个明府，那里有这等率性的事？'白来创面色都红了，太阳里都是青筋绽起了，满面涎唾"。闹得不可开交，斯文扫地。平时的文雅全部消失，代之以流氓、无赖的嘴脸。落子无悔，是下棋应遵循的法则，但是在西门庆这十兄弟中，经常没有规矩而言，也不遵循什么规则。他们原本就是一群混混，溜须拍马，阿谀奉承，吃喝卡要，唯西门庆马首是瞻，看重的是利益，不会有什么高尚的品德，也不会遵循道义。

我们多次强调，作者写景叙情，刻画人物，都不是简单、孤立的，都是为了塑造人物个性，反映社会风貌服务的。作者从下棋悔棋这种小事上揭示人物的性格，可见下棋在《金瓶梅》中不单是怡情的项目，还有其他的功作。

六 百索益健康

在传统的元宵节习俗中，有一种跳百索的活动，所谓跳百索即跳绳。《宛署杂记·民风一》：正月"十六日，儿以一绳长丈许，两儿对牵，飞摆不定，令难度凝视，似乎百索，其实一也。群儿乘其动时，轮跳其上，以能过者为胜，否则为索所绊，听掌绳者绳击为罚"。

《金瓶梅》第 18 回就有关于跳百索的描写。

《帝京景物记》卷二云："击太平鼓无昏晓，跳百索无稚壮。"跳绳的参与者广泛，不仅小孩子跳绳，成年人也可以跳绳，这是一项简单易学，不需要占地很大，也不需要太多设施，一根绳子就可以搞定的体育锻炼。简单的道具，简单的活动，效果一点不比使用昂贵道具的运动方式差。

七　斗草世俗事

斗草又称"斗百草"，是春天里少男少女喜爱玩的游戏。白居易《观儿戏》诗云："弄尘或斗草，尽日乐嬉嬉。"可见，唐代就有斗草之戏。李声振《百戏竹枝词·斗百草》序曰："古人已有此戏，以吉祥而少见者为胜。闺人春日为之。"斗草一般在端午节时期进行。以前的端午节，人们踏百草、采药材、煎汤药、饮药酒，之后逐渐演变为采花草、斗花草的习俗。

五代后蜀宫中盛行斗草，后蜀国君孟昶的宠妃花蕊夫人写过一首《宫词》，对斗草有生动的描写：

　　斗草深宫玉槛前，春蒲如箭荇如线。
　　不知红药阑干曲，日暮何人落翠钿。

宋代女子斗草风行，宋人诗词中屡有反映。明清时期在女子中尤其盛行斗草。《金瓶梅》第 19 回就叙述了斗草的风俗。"当下吴月娘领着众妇人，或携手游芳径之中，或斗草坐香茵中上。"

青年男女还经常通过斗百草互传爱意。敦煌曲子词中就有一些作品描写了唐代民间青年男女一边斗百草嬉戏，一边谈情说爱的情景。

八　掷骰为热闹

掷骰活动本始于唐代。《演繁露》曰："唐世则镂骨为窍，朱墨为涂，数以为采。"骰子本作投子，以骨制，乃为骰子。由五木演变而来。自有骰子，乃有骰子诸戏。如采选、除红灯，明代名目更多。潘之恒《六博谱》记载："由一枚以至六枚，皆有戏法。"

《金瓶梅》第21回、第23回、第35回都有掷骰行酒令：取个骰盆子、盆内放着六个骰儿，俺每行个令儿吃才好。

第23回，"这惠莲在席上斜靠桌儿站立，看着月娘众人掷骰儿。故作扬声说道：'娘把长幺搭在纯六，却不是天地分，还赢了五娘。'又道：'你这六娘骰子是个锦屏风对儿。我看三娘这幺三配纯五，只是十四点儿，输了。'被玉楼恼了，说道：'你这媳妇子，俺每在这里掷骰儿，插嘴插舌，有你甚么说处！'几句把老婆羞的站又站不住，立又立不住，飞红了面皮，往下去了"。

在《金瓶梅》中，酒宴上打骨牌时还经常与其他的游戏结合在一起玩耍。

九　叶子亦疯狂

《金瓶梅》第51回有马吊、斗叶儿一说。这马吊、叶子其实是一回事。马吊，亦名马掉，纸牌的一种，通称叶子。这种牌，共40张，有万字、索子、饼子等名称。四个人玩，叫马吊，因马有四条腿；三个人玩，叫蟾掉，因蟾三条腿；两人玩，叫梯子吊，因梯子只有两条腿。色样名称，有鲤鱼背、双叠、倒卷等。斗叶子的历史可以追溯到唐代，对叶子的起源学者看法不一，比较流行的说法是由唐代妇女发明的。其在明中叶至清初最为盛行，所谓"几于无人不为，穷日累夜，纷然欲狂"。叶子的玩法已经具备"角智争新"的性质，更加吸引人，广泛流行于社会各阶层。

图4-2-7　斗叶子（《金瓶梅》第51回插图）——所谓叶子，是一种纸牌，俗称马吊，又名马掉，通称叶子、叶儿。至迟在明代万历年间就已流行，这种牌，共四十张，有万子、索子、饼子等名称。四人玩，叫马吊，因马为四条腿；三人玩，叫蟾吊，因蟾三条腿；两人玩，叫梯子吊，因梯子两条腿。斗叶子在明中叶至清初最为流行。

《金瓶梅》第51回西门庆与潘金莲、陈经济等斗叶子，玩的就是马吊叶子。

潘金莲道："你六娘替大姐买了巾巾儿，把那三钱银子拿出来，你两口儿斗叶子，赌了东道儿罢。"……陈经济道："既是五娘说，拿出来。"大姐递与金莲，金莲交付李瓶儿收了。拿出纸牌来，灯下大姐与经济斗。

潘金莲与陈经济玩的是梯子吊。明人申涵光《荆园小语》称当时人们玩马吊叶子"穷日累夜，纷然若狂。问之，皆云极有趣"。可见当时人们玩斗叶子已经痴迷，玩物丧志。这与我们现在打麻将、玩扑克一样，可以作为休闲时的娱乐活动，但不可沉湎其中。游戏亦然，不能影响正常生活，不能影响工作。娱乐就是娱乐，玩物不可丧志。

《金瓶梅》中的游戏远不止上述的几种，行令、斗鸡等在书中均有描写，展示了明中叶丰富多彩的民间娱乐活动。

第三节　物欲与裸婚

曾经受到抨击的拜金主义如今卷土重来，不仅生活中的婚姻趋向于注重金钱，在一些电视交友娱乐节目中，孔方兄也是大行其道，有的女嘉宾直白地叫嚷"宁愿在宝马车中哭泣，也不愿搭理没房没车的穷小子"。金钱至上的爱情观，唯利是图的婚姻价值论，有钱就有爱情的谬论，甚嚣尘上，使得我们生活中充斥着铜钱味，让我们置身于一个物欲横流的社会。

对照四百多年前的《金瓶梅》反映的时代及其社会生活，我们惊奇地发现物欲横流，崇尚金钱，通过婚姻获得财富的事例，与21世纪中国社会崇拜金钱、追求物欲有着惊人的相似。解剖《金瓶梅》中的金钱婚姻，物欲生活，对今天的人们，今日之社会或许会有警示、鞭挞的作用。

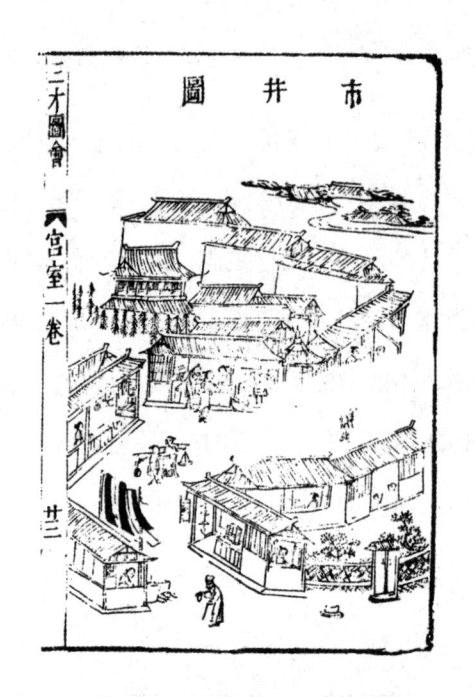

图 4-3-1 市井图（摘自《三才图会》）——市井小社会，社会大市井，市井生活不仅仅是柴米油盐酱醋茶的日常生活，也包括婚丧嫁娶的民俗风情，折射了社会百态。

一　婚姻给西门庆带来财富

家庭是社会的细胞，婚姻是家庭的纽带。按中国民间传统，逢年过节要的就是喜庆，讨的是吉利，节日加上婚娶，就是喜上加喜。因此，"有钱没钱，娶个媳妇过年"成为中国社会的一种习俗。但是随着商业经济发展，婚姻在传宗接代的基础上，又掺入了交易的成分。婚姻成为经济的联盟，生意的筹码。

西门庆有过七个老婆，正室娘子是吴月娘。有妻妾孟玉楼、潘金莲、李瓶儿，姘头王六儿、林太太，还在勾栏妓院包养卓二姐、李桂姐等娼妓。拈花惹草，浪迹勾栏，以满足其旺盛的性欲。姘头是西门庆变态欲望的共享性伙伴，妻妾则是西门庆情欲放纵的专属性伙伴。

在西门庆的眼中，婚姻是他的一个筹码。按照封建社会的传统，正室娘子，包括填房的继室，需要有一定的家庭背景。西门庆填房的正房娘子吴月娘是清河县左卫吴千户之女，符合有一定社会地位的要求。小妾则没有家庭背景的要求，甚至勾栏妓女也不在限制之列。因此，西门庆的妾中有出身灶台的孙雪娥，有妓女出身的李娇儿，也有寡妇潘金莲、孟玉楼，以及他人小妾的李瓶儿。

图4-3-2 媒婆——中国婚姻讲究"父母之命，媒妁之言"，需要媒婆穿针引线，沟通男女双方家庭，取得双方父母认可，尽管媒婆名声、形象不佳，但是没有媒婆从中撮合的婚姻往往不为社会承认。在媒婆的嘴里，死的能说成活的，为了获取利益，媒婆巧舌如簧，把男女双方说得天花乱坠。《金瓶梅》第7回就有评说："世上着媒人们，原来只一味图撰钱，喜向腮边笑脸生，无官德说做有官德，把偏房说做正房，一味瞒天大谎，全无办点真实。"

西门庆出场之时不过是个只有几间商铺的小商人，短短几年，成为清河县首富，除了经营上有手段外，婚姻联盟也是他获取财富的方法之一。孟玉楼、李瓶儿两个二婚女人，手上都有些余钱，属于款姐富婆之类，可以给西门庆带来财富的积累，因此获得了西门大官人的垂青。孟玉楼"手里有一份好钱，南京拔云床也有两张。四季衣服，妆花袍儿，插不下手去，也有四五只箱子。珠子箍儿，胡珠环子，金宝石头面，金镯银钏不消说。手里现银子，她也有上千两。好三梭布也有三二百筒"（第7回）。为了娶到这样的富婆，西门庆不惜压抑强烈的欲望，冷淡潘金莲，追求孟玉楼，唯利是图的他，不惜出手三十两雪花官银套住孟玉楼前夫的姑姑，以促成这一婚姻联盟。

李瓶儿本是大名府梁中书小妾，李逵杀了梁中书一家后，李瓶儿随身带着100颗西洋大珠，一对二两重的鸦青宝石投奔东京亲戚。花子虚死后，她嫁入西门家，六十锭元宝，共计三千两，四口描金箱柜珍宝古玩之物，还有四十斤沉香、二百斤白蜡、两罐子水银、八十斤胡椒，这些都因为一段男欢女爱的婚姻，成了西门庆财产。（第10回）

不要打拼，不要起早摸黑地辛苦经营，英俊帅气的男色也能抵上商场的"千军万马"，谈笑间，大红灯笼高高挂，西门庆就从妻妾手中得到了巨额的陪嫁，积攒财富，为他的商业帝国完成了原始积累。

二 金钱战胜情欲

商人重利轻义，在商人眼中，金钱是发家的砝码，是成功的基石，是走向富裕的舟楫，是经营的终极目的。

女人是西门庆玩弄的对象，获得性满足的玩物。他追逐女人，可以说不择手段，不惜牺牲身体。但是在面临金钱与女人两者只可选一时，他往往会压制情欲，"清心寡欲"，以取得金钱交易的最后胜利，在与潘金莲、孟玉楼的交往中就体现了这一点。

西门庆在王婆家勾搭上潘金莲，获得了极大的性满足，潘金莲"每日踅过王婆家，和西门庆做一处，恩情似漆，心意如胶"（第4回）。西门庆与潘金莲"颠鸾倒凤，似水如鱼，取乐欢娱"（第6回）。他们已经把谈婚论嫁摆到议事日程上来了，但是半路杀出个程咬金，手上有几分闲钱的富婆孟玉楼的出现，让西门庆冷淡了潘金莲。

图4-3-3 潘金莲画像——潘金莲是《金瓶梅》中一位敢作敢为的女性，尽管她的婚姻并不美满，也不幸福，但是她却追求婚姻的自由和幸福。然而，出身的卑微，物质基础的匮乏，使她在被侮辱与被压迫中挣扎，屡屡碰壁，最后丢了性命。潘金莲的婚姻悲剧，不仅仅是她个人的悲剧，乃是明中叶生活在社会下层女性的悲剧。

潘金莲先于孟玉楼结识西门庆，假若按照先后排序，本来潘金莲应该先于孟玉楼进入西门府。但因为金钱的因素，为了让孟玉楼手上的财富为己所用，西门庆急不可耐地先迎娶了孟玉楼，潘金莲倒落在了后面。孟玉楼进了西门府，正好赶上六月十二日西门庆嫁女儿，孟玉楼陪嫁过来的一张南京描金彩漆拔步床①就充当了西门大姐的嫁妆。若换了没有嫁妆陪嫁，裸婚进入西门府的潘金莲，西门官人又要破费几十两银子买一张高档床具，给女儿做嫁妆了。具有商人头脑的西门庆，在婚姻中也具有生意眼光，娶富婆孟玉楼，西门庆可谓人财两得。

在金钱面前，一向以性感风情横扫男人的潘金莲，在与孟玉楼的第一个回合交手中就败下阵来。自控能力，尤其是性自控能力极差的西门庆，在金钱的面前，也有了收敛与控制力。女人固然重要，为了女人，为了猎色，西门庆可以放纵身体，不惜性命；经商为利，追逐财富是商人的本性，为了财富，西门庆可以暂时放弃女人。女人与美色，在与钱、利的交战中，溃不成军。

婚姻不仅是男女个体的结合，在中国古代社会，其与政治、经济都有密切的关系。古代中国就屡屡有公主外嫁的和亲政策，以婚姻来缔结联盟，也可以说是以婚姻换取和平。至于民间，以婚姻来改变家族社会、经济地位的就更多。无论迎娶的形式多么奢华、热闹，在婚姻背后的物质交易、政治联合是客观存在的，牺牲的是个人的幸福，换来的是家庭的荣耀、国家的和平。

三 陪嫁多少影响迎娶规模

西门庆的性伴侣多且身份各不相同，有良家妇女、勾栏娼妓、官宦家眷、朋友之妻、家里厨娘、仆人老婆等。对于女人，西门庆持来者不拒的态度。

西门庆六个妻妾，加上死掉的原配，有婚姻关系的实际是七个，

---

① 拔步床是一种高档的床具。参见黄强《明清文学名著中的南京风物》，《南京日报》2009年8月25日A9版。

但是在《金瓶梅》中,他只举办了三次婚嫁仪式,即迎娶孟玉楼、偷娶潘金莲、奸娶李瓶儿。

  到六月初二日,西门庆一顶大轿,四对红纱灯笼,她这姐姐孟大嫂送亲。她小叔杨宗保头上扎着髻儿,穿着青纱衣,撒骑在马上,送他嫂子成亲。西门庆答贺了他一匹锦缎,一柄玉绦儿。兰香、小鸾两个丫头都跟了来,铺床叠被。小厮琴童方年十五岁,亦带过来伏侍。到三日,杨姑娘家并妇人两个嫂子孟大嫂、二嫂,都来做生日。西门庆与她杨姑娘七十两银子,两匹尺头。自此亲戚来往不绝。西门庆就把西厢房收拾三间与她做房。排行第三,号玉楼,令家中大小都随叫三姨。(第7回)

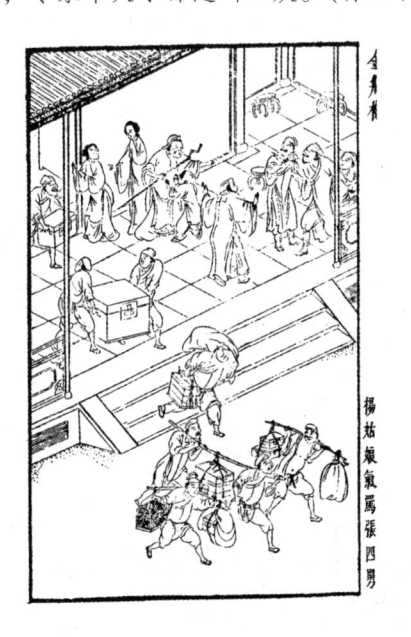

图4-3-4 孟玉楼出嫁(《金瓶梅》第7回插图)——相比潘金莲的再嫁,孟玉楼再嫁西门庆就风光多了。因为有丰厚的陪嫁,孟玉楼享受的是明媒正娶,有一帮子人在迎亲之前,就将孟玉楼的嫁妆抬入西门府,风光了一下。孟玉楼实现了自己的事自己做主的愿望,她的三次出嫁,都体现了相当的自主性。有独立的经济基础,就有独立的人格和人身自由,她与潘金莲形成鲜明对比。

西门庆娶孟玉楼还属于明媒正娶，而潘金莲嫁入西门府就有点不太光彩。毕竟武大死得蹊跷，何况武大还有一个徒手打死老虎，行走江湖的弟弟武松，西门庆、潘金莲都有所顾忌。因此，潘金莲的喜事就显得寒碜，没有请来迎亲队伍，敲锣打鼓，堂堂正正，热热闹闹，而是在烧了武大尸骨之后，潘金莲"换了一身艳色衣服，晚夕安排了一席酒，请王婆来作辞。就把迎儿交付王婆养活，吩咐等武二回来，只说：大娘子度日不过，她娘教她前去，嫁了外京客人去了。妇人箱笼，早先一日都打发过西门庆家去，剩下些破桌、坏凳、旧衣裳，都与了王婆。西门庆又将一两银子相谢。到次日，一顶轿子，四个灯笼，王婆送亲，玳安跟轿，把妇人抬到家中来"（第9回）。如此这般，只有西门庆家丁以及牵头的王婆陪同。西门庆娶潘金莲回家后，也收拾花园内楼下三间房屋给潘金莲使用，一个独立小院落，角门进去，设放花草盆景。

图4-3-5　西门庆偷娶潘金莲（《金瓶梅》第9回插图）——因为没有丰厚的嫁妆，潘金莲进入西门府不是大张旗鼓地迎娶，而是小规模地偷娶，一个"偷"把喜事变成丑事，当地街坊就编了四句顺口溜来说潘金莲再嫁西门庆："堪笑西门不识羞，先奸后娶丑名留。轿内做着浪淫妇，后便跟着老牵头。"

西门庆迎娶李瓶儿也比较低调，原因在于当时西门庆官场遇劫，他走关节，行贿赂，为自己避祸，躲避法律制裁。而且李瓶儿丈夫花子虚死得也不太光彩，为避嫌，西门庆只得冷处理。在西门庆避祸成功之后，他又得知李瓶儿不甘寂寞，三嫁蒋竹山，才又与李瓶儿修好，李瓶儿是四嫁西门庆。于是"择了八月二十日，一顶大轿，一匹缎子红，四对灯笼，派定玳安、平安、画童、来兴四个跟轿，约后响时分，方娶妇人过门。妇人打发了两个丫鬟，教冯妈妈领着先来了，等的回去，方才上轿"（第19回）。

孟玉楼、潘金莲、李瓶儿迎娶的仪式规模不一，除了当时的状况以外，笔者认为与女方的陪嫁多少有直接的关系。潘金莲虽然美色与性能力甚合西门官人之意，可以满足他变态的性要求，但她也是最为贫穷的一个。家里除了破旧家具外，几乎一无所有，属于典型的裸婚，没有陪嫁物，也没有娘家的亲属陪送，一顶小轿就抬入了西门府。因为是裸婚，没有陪嫁和属于自己可支配的财富，这也注定了她将来的悲剧命运。

李瓶儿、孟玉楼在姿色方面远逊于潘金莲，李瓶儿皮肤白皙，孟玉楼脸上有麻子，但是在财富上远远压倒潘金莲。她们有丰厚的嫁妆，手上有自己掌控的钱财，同样是嫁入西门府邸，为人小妾，但是因为有金钱的支撑，她们的独立性就更强，有比较大的自由，主宰自己的命运。

四 嫁妆对人物命运的支配

同样是妾，在西门府的地位和在西门庆心目中的地位却大不相同。有人会认为，潘金莲的悲剧在于她好强斗胜，施坏作恶，多行不义，自取灭亡。这是知其一，不知其二，看到了表面现象，而没有深究表象背后的深层原因。潘金莲身上所具有的不安定个性,使得她以进攻为防御,不断地制造事端,以达到在混乱中保护自己的目的。她之所以选择这样的方式,归根结底,还在于她出身贫寒,没有丰厚的嫁妆,没有独立的经济条件。她是无产者,她是裸婚者。她的美色是她的优势,也是西门庆看重的方面,但是前面我们已经说过,西门庆虽然喜欢美色,然而在美色与金钱两者选择中,西门庆必定优先选择金钱。随着时间的推移,年老色衰是一种必然,喜新厌旧的男人肯定会放弃她。没有娘家的人势,没有金钱的财势,没有财富做后盾,潘金莲只能牢牢地抓住青春的尾巴,通过斗争来稳定她的地位。

李瓶儿就不一样。在受到西门庆冷落时,不甘寂寞的李瓶儿自己做主,下嫁医生蒋竹山。"择六月十八日,大好日期,把蒋竹山倒踏门招进来,成其夫妇。"(第17回)随后,又出资300两银子,让蒋竹山开了间生药铺子门面,"两间开店,焕然一新","里面堆着许多生熟药材,朱红小柜,油漆牌面,吊着幌子,甚是热闹。"(第18回)虽然这段婚姻未能善终,但这是李瓶儿自己选择的婚姻。她招蒋竹山入赘,在经济上占有支配权,解除婚姻也很简单,完全由李瓶儿决定,"妇人本钱置买的货物都留下,把他原旧的药材、药碾、药筛、箱笼之物,即时催他搬去,两个就开交了"。假若李瓶儿手上没钱,蒋竹山不会入赘,也就不会听凭她摆布。

因为有丰厚的嫁妆陪嫁,李瓶儿与孟玉楼在西门府的自主权就大些。李瓶儿因病而亡,西门庆伤心至极,其实是为财富的丢失而悲泣。

因为李瓶儿死于西门庆之前,嫁妆对她命运的影响还不显著。而比较潘金莲与孟玉楼的命运,嫁妆的作用就很明显了。

在西门庆死后，西门家业受到冲击，但是西门庆毕竟给他的家族留下了相当可观的家产，维持生计不成问题。西门庆死了，以美色、婚姻进入西门庆府的女人们失去了靠山，美色不再是克敌制胜的武器，婚姻也不再是维系夫妻关系的纽带。执掌西门府大权的正室娘子吴月娘也不容她们放肆。

没有嫁妆，裸婚进入西门府的潘金莲，完全失去了自己掌握命运的可能，被吴月娘卖给了王婆，由王婆处理。如同一个牲口，待价而沽。陈经济看中了潘金莲，但因为银两不够，被王婆拒之门外。自己的身子，自己不能做主，自己的婚姻更不能做主，当年裸婚进入西门府，如今又赤裸裸地离开。物质社会讲究的就是实实在在的财富，主宰自己命运的不是自己，而是金钱。没有陪嫁的裸婚，没有带来属于自己的金钱，因此，离开时，也同样没有属于自己的财富，甚至连自己的这个人也属于曾经拥有过她的男人及其家族。既然如此，再嫁的权利，待价而沽的转卖也同样由这个男人及其遗产的继承者来支配。

回头再看孟玉楼，当年进入西门府，带来拔步床等嫁妆，她不是裸婚，她有属于自己的财富，并不完全依附于西门庆。在西门庆死后，她有自我选择的权利。她选择了李衙内，三嫁李衙内，来去自由。吴月娘不仅没有阻挡，还把潘金莲留下的一张螺钿床偿还给她，因为孟玉楼进入西门府时，正好赶上西门庆嫁西门大姐，挪用了孟玉楼的一张拔步彩漆床。并且，吴月娘作为娘家人参加了李衙内的婚后回请宴席。

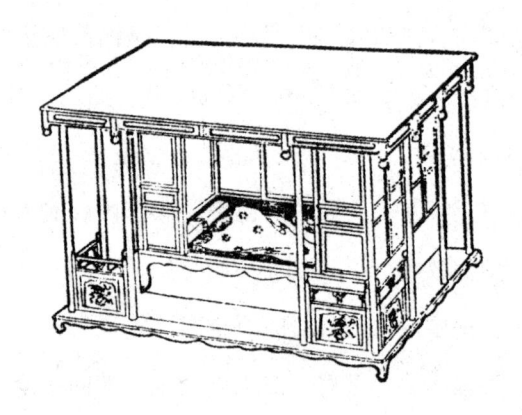

图4-3-6 拔步床——具有隐秘性的传统床具，又叫踏步床、八步床，是一种结构高大的木床。床的下面有木板平台，床前有小廊，廊上设立柱，柱子间有栏杆，通过围栏、护板、隔断组成一个独立的空间。

为什么孟玉楼与潘金莲在离开西门府时，命运截然不同？原因在于嫁妆的多寡。嫁妆在古代有着特殊的意义，不仅体现娘家的富足，社会地位，且嫁妆不纳入男方的家庭经济之中，是完全由女方支配的财富。古代社会，女子都没有工作，没有固定的收入，生活来源依靠男方的收入，嫁妆就是女方用于突遇变故的备用资金。在古代有很多这样的事例，男方家庭骤变，经济困窘之时，女子拿出自己的首饰等嫁妆，弥补家庭经济的空缺。比如男子进京赶考的盘缠，打官司的诉讼费，做生意的本钱，出国留洋的学费，等等。如果女子没有嫁妆作为家庭备用资金，那么一旦遭遇不测，需要用钱筹集资金就非常困难。

五 嫁妆作用不可低估

经济决定地位，女方家族的强势，经济的富足，无疑都使得女方，以及娘家在婆家的影响力大大增强，娘家人也会经常参与婆家的一些重大问题的决策。因此，嫁妆是娘家的面子，是女方在婆家确立地位的筹码。有筹码与无筹码，女方的地位肯定不一样，孟玉楼与潘金莲的不同命运就是一个鲜活的事例。因此，出身贫寒，家境困窘的女子，只能选择门当户对的普通人家，嫁入豪门也只能为人妾，做不了正室娘子。命运选择她，而她不能选择命运，命运主宰她，而她受制于命运。①

图4-3-7 民间住宅喜堂——婚礼有规定的程序，民间大宅院中的最后一间，就是用于婚丧嫁娶、节日聚会、接待客人的场所，一对新人得配天地成为夫妻，拜祖宗、拜父母、互相对拜的拜堂仪式就发生于此。

被西门庆收用的庞春梅在西门庆死后，也被吴月娘以十六两银子卖给了薛嫂。当年春梅就是西门府买进来的丫鬟，身无分文。离开西门府时，潘金莲给了她汗巾、翠簪，以及两套上色罗缎衣服，几件钗梳簪坠戒指；小玉从头上拔下两根簪子。至于"珠子缨络、银丝云髻，遍地金妆花裙袄，一件儿没动，都抬到后边去了"。吴月娘对春

---

① 中国婚姻讲究门当户对，有一定道理。小家碧玉嫁入豪门，往往是悲剧的开始。曾仕强在央视百家讲坛讲《易经的奥秘》时就说："大家千万不要受一些人的影响，说媒妁之言、父母之命、门当户对，都是错的，实际上大家都在这样做，而且也生活得很幸福。"参见曾仕强《易经的奥秘》，陕西师范大学出版社2009年版，第197页。

梅是非常刻薄和绝情的。"春梅当下拜辞妇人、小玉,洒泪而别。临出门,妇人还要她拜辞月娘众人,只见小玉摇手儿。这春梅跟定薛嫂,头也不回,扬长决裂。出大门去了。"(第85回)毅然决然,毫不眷念,对比后来春梅对待吴月娘,衬托出吴月娘的寡情。在西门府服侍官人、妇人,没有挣到银两,做了西门庆的性伴侣,也没有得到厚待,不要说盘缠,离开时连衣服都没拿。裸身进入豪门,现在又裸身离开豪门。主要原因在于春梅原本就是西门府买来的丫鬟,卖身为奴。潘金莲说起来是西门庆娶进门的小妾,因为是裸婚而进,与春梅的处境是一样的。她被吴月娘交付王婆转卖时,"打点与了她两个箱子,一张抽屉桌儿,四套衣服,几件钗梳簪环,一床被褥。其余她穿的鞋脚,都填在箱内"(第86回)。尽管还有陪嫁来的两个箱子,但是箱子里没有值钱的金银细软,也就几件首饰,几件衣服之类。倒是孟玉楼瞒着吴月娘给了潘金莲一对金碗簪子,一套翠蓝缎袄、红裙子;小玉也给了潘金莲两个金头簪子。

假若我们把潘金莲、孟玉楼的陪嫁嫁妆做个颠覆,潘金莲有经济做支撑,她可以主宰自己的命运,那么,她就不可能被吴月娘作为商品卖掉,她可以自由地走出西门府,自由地选择嫁给谁,远走高飞,乃至成就自己的美满姻缘,结局未必悲凉。从她出生开始,生于贫寒之家,先是以三十两银子卖给张大户,再到裸婚嫁入西门府,又被转手交给心狠手辣的王婆变卖。潘金莲始终是商品,不具有人身自由。每一次的变卖都是身不由己,每一次出嫁都是无可奈何。一个没有人身自由,不能自食其力,没有经济能力的美貌女子,还有什么可以依靠的?只有美色,只有肉体,只有扭曲的灵魂,只有破罐破摔的心态和好死不如赖活着的无奈。

将孟玉楼与潘金莲的经济状况颠倒,吴月娘不会对她客气、礼让，同样会把她转手倒卖。她无权选择李衙内，也没有机会三披嫁衣。她的躯体，她的尊严，都不再属于她自己，而属于拥有她人身权的男方家族。好在孟玉楼不是潘金莲，因为她手上有一份闲钱，她的再嫁，是有经济支撑的再嫁，并不完全依附男人。其实类似的情况，并不局限于《金瓶梅》，女性的独立，女权主义的兴起，强调的就是女方只有具有独立的经济，不依赖男人而生活，才会有独立的尊严和人格。

图4-3-8 花轿——结婚坐花轿是古代婚庆中必须不可少的习俗，坐了花轿就表示具有了合法的婚姻，得到了社会的认可。

六 嫁妆对女性能力的展示

嫁妆尽管只是婚姻中一个很小的组成部分，也常常被人们忽视，但并非可有可无，对于一个离开父母嫁入别家，在婆家可能孤立无援的女子来说，实在有不小的作用。嫁妆影响着女子在婆家的地位，影响着她今后的命运，尤其是一旦男方家道衰落，嫁妆就会发挥出巨大的作用。毛立平女士认为："凭借嫁妆所提供的经济实力，女性开始扩大她们的生活空间和活动范围，除家庭事务之外，一些妇女还利用嫁妆救济贫困族人、辅助族中老弱病残，从而得到宗族的认可和尊敬；另外一些妇女则通过对丈夫和儿子事业的干涉，展现自己的政治和外交才能。"①

图4-3-9 嫁妆之双喜桶（摘自《十里红妆女儿梦》）——结婚时的专用物品，八角、平顶，顶面刻有"红双喜"，显示出婚庆的喜庆。

图4-3-10 嫁妆之红板箱（摘自《十里红妆女儿梦》）——结婚时，女子装嫁妆的箱子，主要装新娘一生所用的绫罗绸缎等服饰，是婚礼中最受瞩目的嫁妆之一。

---

① 毛立平：《清代嫁妆研究》，中国人民大学出版社2007年版，第8页。

第四章　从民俗风情验证《金瓶梅》

由此可见，嫁妆不仅保护了女性入嫁男方之家后的自身利益，巩固了她在婆家的地位，而且为女性提供了一个展示治家才能和交往能力的平台。

人与人交往讲究信息对等，友情需要热情浇灌，人际交往需要礼尚往来，稳定的婚姻必须考虑门当户对。阶级地位悬殊的双方缔结的婚姻，往往因为文化的差异，观念的冲突，导致婚姻的解体。灰姑娘一夜由贫民变身为王妃的神奇，那是童话构建的传奇，很难在现实中出现。人有理想很可贵，但是人不能总生活在梦想编织的梦境之中，只要黄粱美梦，而不顾现实。潘金莲的遭遇，对于如今只有美色，没有正确人生追求，渴望嫁入豪门，一夜暴富的女性来说，无疑有着警示作用。没有自身的经济基础，没有文化才智的支撑，即使通过婚姻进入了所谓的上层社会，享受了富人的奢侈生活，但这样的婚姻又能持续多久，这样的女性能在所谓的豪门中得到足够的尊重吗？

图4-3-11　嫁妆之银箱（摘自《十里红妆女儿梦》）——结婚时，最为贵重，最显示娘家家境和地位的嫁妆就是银箱，对于大多数人家来说，陪嫁品中没有银箱，只有非常富裕的人家，才可能陪送整担的白银给女儿。

爱情在持久中熠熠生辉，婚姻在信任中得到升华。潘金莲嫁入豪门，与西门庆一起获得了性的癫狂，性的满足，但是她与西门庆的婚姻，没有开出爱情之花，而没有爱情的滋润，也就没有持久的幸福。

第五章　从经济生活研究《金瓶梅》

第一节　《金瓶梅》中的住宅房与商用房

"置业",是当下时髦的词汇,说白了就是买房。中国人自古就有买房安家的习惯,这种习惯与意识,一直传承至今。当今社会,家庭由群居向独居分化时,房子的重要性越来越彰显,成家立业之"业"已经由专指事业概念转向泛化概念,即事业与家业,事业成功包括家业(房产)的购置。

房产的兴旺、家业的购置,与商品经济的繁荣密切相关,在商品经济繁荣的明代社会,社会进入大流通状态,人们乔迁频繁,购房置业成为安居乐业的物质基础。笔者研究《金瓶梅》多年,注意到房屋购置、建筑风格对社会生活、人物刻画、情节发展的影响。

图 5-1-1 《清明上河图》中的临街店铺（故宫博物院藏）——宋人张择端绘，长卷，绢本，淡设色，纵 24.8 厘米×横 528.7 厘米。《清明上河图》是一幅写实的作品，所绘景物时代气息浓厚。车马的样式，人物的衣冠，人员的形态，无不细致入微，生动丰富，有着文字难以替代的史料价值。比如说临街店铺，有酒楼、小吃店、车马店等，人来车往，反映了集市的热闹，商业的繁荣。

一　安居乐业先购房

《金瓶梅》小说故事的发端是从武松兄弟分居、分手、乔迁、团聚开始的。话说"因时遭荒馑，（武大郎）将祖房儿卖了，与兄弟分居，搬移在清河县居住。这武松因酒醉，打了童枢密，单身独自，逃在沧州横海郡小旋风柴进庄上"（第1回）。因为遇到荒年，生活苦难，武氏兄弟卖掉祖房，各自生活。武松行走江湖，四海之内皆兄弟，倒也不愁吃穿。苦的是武大郎，身材矮小，还有个女儿需要供养，好在武大郎身残志坚，做些炊饼生意，也能养活一家两张嘴，但是这样的小本经营，不可能有积蓄，更不要说购房了。

有家才能安居，安居才能乐业，房屋是衣、食、住、行四大要素

第五章 从经济生活研究《金瓶梅》

之一，少了一样日子就不舒坦。"武大不觉又寻紫石街西王皇亲房子，赁内外两间居住，依旧卖炊饼。"因为贫寒，武大郎无法续娶娘子，于是他不得不接受张大户的"优待"，免费娶了清河县的美人潘金莲。为了躲避张大户的纠缠，武大郎在娶了潘金莲之后，由清河县搬到临清。当时主要靠租房居住。家里讨了一个俊俏媳妇，免不了受人欺负，为了安居，使家庭稳定，武大郎于是"当下凑了十数两银子，典得县门前楼，上下两层，四间房屋居住。第二层是楼，两个小小院落，甚是干净"（第1回）。

图5-1-2 武大潘金莲的小二楼（《金瓶梅》第5回插图）——武松走后，武大郎娶了潘金莲，搬迁至临清。据考证，现实中的清河与临清两地相聚近百里。一开始和武大因生活贫困租房居住，后来依靠潘金莲的积蓄，花费十数两银子，购得上、下两层的小二楼，有两个小院落，收拾得干干净净。武大潘金莲成为有房一族。

这是武大郎在卖掉祖房后，第一次置业购房。房价是十数两银子，对今天的人们来说，或许觉得太少，其实了解明中叶至晚明社会生活状态之后，就知道这十数两银子在当时不是一个小数目。从《金瓶梅》记录的物价来看，买一个丫头不过三五两银子，书中西门庆府上的丫头小玉是五两银子买的，秋菊是六两银子买的。人们日常生活中多以几文钱来交易，这十数两银子还是武大老婆潘金莲拿出钗梳等首饰变卖而来的，对潘金莲来说，这些钗梳等首饰是她以青春为代价，伺候张大户交易而来的，是她的身家性命。

对于潘金莲的为人，有学者认为其是天下第一淫妇，其实就其本性来说，潘金莲也曾想嫁个好男子，做个好女人，但是命运的捉弄使其性格发生了扭曲，导致背负了太多的负担与沉重的恶名。[①] 当初嫁给武大郎，潘金莲还是想好好过安稳日子的，否则她就不会倾其积蓄，购买房屋。她用所有的积蓄赌自己的后半生幸福。在她的意识中，购房安家是幸福生活的物质基础。

不仅潘金莲如此认为，《金瓶梅》中被欺辱、被压迫的女性无一不是这样认为的。在与花花太岁西门庆的肉体交易中，这些女性所要获得的无非是金钱与房屋，而房屋比金钱更受欢迎，其价码也更高些。

惯做皮肉交易的王六儿勾搭上西门庆之后，为了讨其欢心，满足西门庆的要求，做出了种种变态的行为。她以此为筹码，目的就是获得金钱的回报。果然，西门庆花120两银子为王六儿在狮子街石桥东边购买了"一所门面两间，倒底四层房屋居住。除了过道，第二层间

[①] 笔者曾就潘金莲的悲剧命运作了分析，把潘金莲的遭遇概括为悲情，而不是悲剧，因情而困，因情而悲。参见黄强《另一只眼看金瓶梅》，中国文学出版社2006年版，第77—82页。

半客位,第三层除了半间供养佛像祖先,一间做住房,里面依旧厢着炕床,对面又是烧煤火坑,收拾糊的干净,第四层除了一间厨房,半间盛煤炭,后边还有一块做坑厕"(第39回)。后来西门庆又花了30两银子,盖了两间平房。(第48回)

图5-1-3 王六儿漫像(张光宇绘)——对于房屋的追求,人们历来看重,"上无片瓦,下无立锥之处",无家可归最为尴尬。为了房屋,王六儿不惜卖身于西门庆,以肉体的交易换来一所价值150两银子的住宅(其中30两是后来盖的两间平房的花费)。

安居乐业先购房的意识,可以说贯穿于中国封建社会的大众生活之中。贫寒的人家希望有自己的房屋,以获得一处立锥之地;富裕的人家广置房产、田地,扩大自己的家业。

西门庆娶一房娘子就必须提供给新娘子一套住房,第9回说西门庆娶潘金莲到家,收拾花园楼下三间与她做房。一个独独小院,角门进去,设放花草盆景。白日间人迹罕到,极是一个幽僻去处。一边是外房,一边是卧房。

西门庆广积财产,不仅做生药、丝绸生意、巴结上司、贿赂官员,大肆购买田地、房产也是他一贯的经营手段。第30回叙述西门庆家隔壁赵寡妇家有一庄子，连地要卖，价钱 300 两银子，西门庆还价 250 两银子成交。里面一眼井，四个井圈打水，里面盖四间卷棚，三间厅房，叠山子花园，松墙，槐树棚，井亭，射箭厅，打球场。这所房屋的购置无疑扩大了西门庆的房产版图。

小说中的其他人物何尝不是如此购房置业。李瓶儿老公花子虚死后，她在狮子街灯市新买了一处房子。"这房子门面四间，到底三层，临街是楼。仪门进去，两边厢房，三间客座，一间稍间。过道穿进去第三间：三间卧房，一间厨房。后边落地紧靠着乔皇亲花园"（第 15 回）。后来李瓶儿下嫁医生蒋竹山，就在房屋的门首里开了个大生药铺，里边堆着许多生熟药材，朱红小柜，油漆牌面，吊着幌子，甚是热闹（第 18 回）。孟玉楼未嫁西门庆时，居住的房"屋到底五层，通后街"，价值七八百两银子。（第 7 回）

图 5-1-4 蒋竹山生药铺（《金瓶梅》第 19 回插图）——蒋竹山生药铺连药材带店铺，投资额为 300 两银子，这个价格不低了，店铺也算得上有点规模了。钱是李瓶儿投资的。但是禁不住西门庆的一番冲砸。财大气粗、有权有势、横行一方的西门庆没有想到，竟然有人敢虎口拔牙，夺他的女人，抢他的生药生意。

二 事业发展购置商用房

安居乐业先购住宅房，谋求事业发展就要购置商用房，扩大经营，这在《金瓶梅》中表现得很突出。西门庆发家的手段与方法有很多，诸如异地贩运、多种经营、放高利贷、偷税漏税、贿赂官家、卖官鬻爵、中饱私囊以及娶妻增值，西门庆还有一个惯用的方法就是广置房产，开设店铺。他开的店铺有生药铺、绸缎庄、当铺等。店铺就是我们现在所说的商用房。

明中叶，交通便利、商业繁荣、经济发达的城市，店铺林立，《金瓶梅》中表现的清河、临清就是这样充满商业诱惑的城市。商人作为一个新兴的阶层开始走上社会的舞台，当起了主角，他们渴望用金钱改变自己低微的社会地位，成为社会上受人尊敬、说话有分量的人物。商业渗透，金钱开道是他们惯用的手法。以前商人受到社会歧视，但此时社会的价值观发生了变化，人们不再以商人为耻，双眼被孔方兄蒙蔽，只见银子白花花，黄金金灿灿，而将道德、伦理、人格抛到了脑后。价值取向标准错位，社会生活也发生了变化。

李瓶儿下嫁蒋竹山之后，投资300两银子开设了生药铺，与清河县第一生药大户西门庆叫板，结果被西门庆租用几个捣子（打手、无赖）暴打一顿，冲砸了店铺。

武大郎买房后，也做生意，但是他的房屋不能算经营房（商品房），因为他只是在家生产加工炊饼，挑着担子，沿街叫卖，经营地点是流通的，而不是固定的店铺。

西门庆开设的店铺才是完全以经营为目的的商用房，其人员也是齐备的，各有分工，各负其责，伙计管招呼客人、介绍商品、收拾店铺，掌柜负责洽谈业务、财务管理，此外还有负责贩运（运输）货物的伙计。

三　住宅房与经营房的选择标准

现代社会将置业的房屋按照用途分为住宅房、经营房、商住房等，其实在明代社会已经这样分类，只是名称上没有如此明确。

《金瓶梅》中根据房屋的用途，购买者选择的标准也不相同。用于生活居住的住房，与用于经营的商用房，对地段、房屋结构的要求是迥异的。生活居住的房屋，对地段不要求繁华，甚至可以偏僻，为的是有个安静的环境；对于经营用的商用房，在书中主要是店铺与酒楼，就讲究地段的繁华，交通便利，人流量多。

图5-1-5　《金瓶梅》面塑作品之西门府的妻妾住房（黄强摄）——妻妾成群，大红灯笼高高挂，曾经是富贵人家的生活写照。大家庭有大家庭的难处，不要说西门庆每娶一妾进门，都要为她们准备一套房屋了，人多口杂，妻妾多了难免产生矛盾，互相攀比、争宠，暗生祸端。李瓶儿之子官哥不就是在与潘金莲争宠中受惊而死的吗？

第98回，陈经济选择在临清码头上开设大酒楼，明代大运河贯穿临清，临清也算得上大运河上的一个重要中转站。运河繁荣时期，码头的作用非常重要，把酒楼开设在码头上，交通十分方便，南来北往的客商、旅客自然是多了。地处繁华地段，酒楼建设也不能寒碜，我们来看看陈经济的酒楼是怎样的规模，陈经济"重新把酒楼装修，油漆彩画,阑干灼耀,栋宇光新,桌案鲜明,酒肴齐整。一日开张,鼓乐喧天,笙箫杂奏,招集往来客商,四方游妓"。这是一座规模可观的大酒楼,在码头上拔地而起,居高临下,不仅远处来的客船可以看到其建筑的宏伟,在酒楼上喝酒吃饭,也可凭栏远眺周边的景色。

图5-1-6 《金瓶梅》面塑作品之谢家酒楼(黄强摄)——民以食为天,百姓丰衣足食,才能使社会稳定。中国社会重视饮食,菜肴变化很多,八大菜系是代表。酒楼既是吃饭的地方,也是人们沟通情感,官员进行权钱交易的场所。饮食不仅折射出民俗风情,也体现了官场的腐败。

大酒楼上周围都是推窗亮隔,绿油阑干。四望云山叠叠,上下天水相连。正东看,隐隐青螺堆岱岳;正西瞧,茫茫苍雾锁皇都;正北观,层层甲第起朱楼;正南望,浩浩长江如素练,楼上下有百十座阁儿,处处舞裙歌伎,层层急管繁弦,说不尽肴如山积,酒若流波。

书中交代,陈经济开设的这个酒楼一天买卖银子竟然有三五十两之多,而当时米价也就是一石一两五分左右,酒楼的生意之兴隆由此可见一斑。

蒋竹山开设的生药铺，在繁华地段狮子街，根据书中的介绍，每年节日举办灯会都在狮子街，观灯的市民甚多，人流如潮，非常热闹。笔者推测，狮子街类似南京夫子庙、北京王府井这样的繁华商业中心。这样的地段，是商铺生意兴隆必须的条件之一。

西门庆开设多家店铺，也多在繁华地段，他见到蒋竹山也在繁华地段开设生药铺，与自己抢生意，就采取了不正当的手段，以维护自己的垄断地位。

四　生活享受置业花园

生活稳定购置居住房，追求利润购置商品房，在金钱达到一定数额之后，有足够的余钱，他们开始购置花园，进行生活的享受。《金瓶梅》中的置业遵循着这样的规律。

在与官府勾结，获得官场的庇护后，西门庆开始了他置业的大手笔，购置田庄、花园。

图5-1-7　《金瓶梅》面塑作品之西门府的花园——花园是书中人物置业的一个重点，山水相连，花木满园，花团锦簇，显示出皇家的气派。《金瓶梅》第27回、第52回都写到西门府的花园。

第五章　从经济生活研究《金瓶梅》

西门庆所购置的庄田、花园极尽奢华。"花木庭台一望无限。""四时有不卸之花，八节有长春之景"内院花园："正面丈五高，周围二十板；当先一座门楼，四下几多台榭。假山真水，翠竹苍松。高而不尖谓之台，巍而不峻谓之榭。论四时赏玩，各有去处：春赏燕游堂，松柏争艳；夏赏临溪馆，荷莲斗彩；秋赏叠翠楼，黄菊迎霜；冬赏藏春阁，白梅积雪。刚见那娇花笼浅径，嫩柳拂雕栏；弄风杨柳纵蛾眉，带雨海棠陪嫩脸。燕游堂前，金灯花似开不开；藏春阁后，白银杏半放不放；平野桥东，几朵粉梅开卸；卧云亭上，数株紫荆未吐。湖山侧，才绽金钱；宝栏边，初生石笋。翩翩紫燕穿帘幕，呖呖黄莺度翠阴。也有那月窗雪洞，也有那水阁风亭。木香棚与荼蘼架相连，千叶桃与三春柳作对。也有那紫丁香、玉马樱、金雀藤、黄刺薇、香茉莉、瑞仙花。卷棚前后，松墙竹径，曲水方池，映阶蕉棕，向日葵榴。游鱼藻内惊人，粉蝶花间对舞。正是：芍药展开菩萨面，荔枝擎出鬼王头。"（第19回）

通过书中的描写不难看出西门家花园规模的宏大，夏日里西门庆家池花馆，花木深秀，一望无际。（第36回）"冰盆内沉李浮瓜，凉亭上偎红倚翠"，西门庆与孟玉楼、潘金莲饮酒、避暑、寻欢、作乐，甚是逍遥，其布置的精巧，风格的奢华，流露出纸醉金迷的奢靡气息。对于西门庆家花园的评述，笔者曾说，"其家室宅院的描写也可以看到皇室内宫的影子"①。对皇宫内院，第27回有过交代，"皇宫内院，水殿风亭，曲水为池，流泉作沼；有大块小块玉，正对倒透犀；碧玉栏边种着那异果奇葩，水晶盆内堆着那玛瑙珊瑚"。

---

① 黄强：《西门庆的帝王相》，载中国金瓶梅学会编《金瓶梅研究》第7辑，知识出版社2002年版，第165—174页。

五 《金瓶梅》中房屋的价格

不同类型房屋的价格在《金瓶梅》中差别很大。

现在的住宅房与商业房由于用途的不同,给业主提供的利益也是不同的,这就决定了价格的差别。《金瓶梅》在这方面也有体现。除了规模大小,影响房屋价格外,地段、用途也是影响因素。武大的房产只值十数两银子,李瓶儿的商住房花费120两银子,蒋竹山开设的生药铺,连房带购置柜面,花费是300两银子,其价格落差很大。

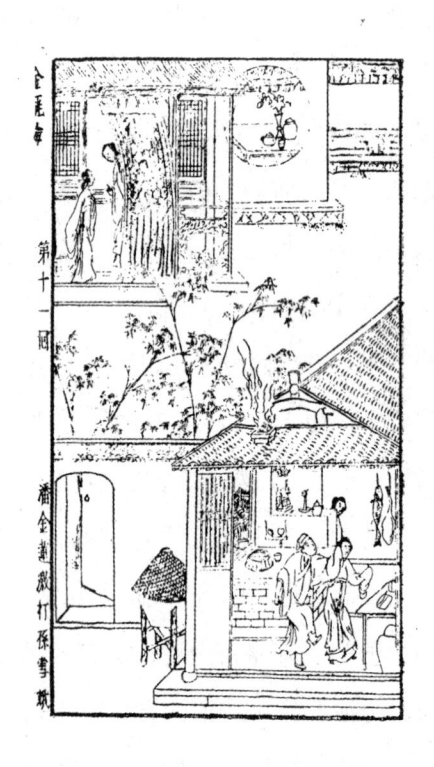

图5-1-8 《金瓶梅》中的厨房(《金瓶梅》第11回插图)——"潘金莲激打孙雪娥"一节是因饮食引发的家庭争斗。图案中看重的是厨房信息,孙雪娥因饮食得宠,被收为西门庆之妾,饮食在西门府的重要性自不必多说。钟鸣鼎食之家,厨房也是房屋的重要构成。

第五章　从经济生活研究《金瓶梅》

普通的宅院价格也就是十多两、几十两银子，如武大郎第一次购买的小二楼四间房的房屋，还带有两个小院落，不过十多两银子。西门庆为王六儿盖了两间平房，花费 30 两银子。为什么一座小二楼房价只有十多两银子？而两间平房倒要 30 两银子？笔者推测与房屋位置及房屋的新旧、质量有关。武大郎购买的房屋属于二手房，而且应该年代较久，房屋结构不好，远离商业繁华区。西门庆为王六儿修的平房是新盖房，估计用材比较好，又在繁华地段，其价格自然要高些。而他为王六儿在狮子街石桥东边购买了一套住房，价格更高，120 两银子，估计是小别墅之类的房屋。

西门庆从赵寡妇手中购买的一座庄园价值 250 两银子。蒋竹山购置的生药铺连草药在内，价值 300 两银子，如果扣除草药的成本，估计也就 200 两银子。

台湾学者胡圣如先生数十多年前研究《金瓶梅》中的物价，对物价、银两有过折算。他认为 30 两银子盖了两间房，大约折合新台币 690 元；武大郎在县前街典的楼屋值十数两银子，大约折合新台币 300 元。[①] 这种折算方法大约是 20 世纪 70 年代的物价标准，四十多年过去了，已经不准确了。

胡圣如先生认为一块银圆有七钱二分重，根据网上所查信息，2015 年一块银圆市场价格在 100—500 元不等，成色不同的银圆折价不一样，笔者取中间值，暂定一块银圆折合人民币 250 元，据此推算，30 两银子折合 42 块银圆，相当于 10500 元人民币。120 两银子折合 166.7 块银圆，相当于 41675 元人民币；250 两银子折合 347.2 块

[①] 胡圣如在《金瓶梅里的饮食和物价》中说，一头猪头二钱银子，现在的银圆是七钱二分，折合新台币三四元。见东郭先生《闲话金瓶梅》，北岳文艺出版社 1990 年版，第 164—171 页。东郭先生的这本书写作于 1976 年，胡圣如的银圆折算方法是四十多年前的事情，随着物价上涨，这种折合方式已经不准确，这里只是提供一个参考。

银圆，相当于 86800 元人民币。

当时物价、工资标准，一个丫头值 5—16 两银子不等，西门庆的西宾（家庭教师）温秀才月薪 3 两银子，武松打死一只老虎奖励 50 两银子，照此折算，分别折合 6.95—22.2 块银圆、4.17 块银圆、69.4 块银圆，也就是相当于一个丫鬟的价格在 1737.5—5500 元，家庭教师工资为 1042.5 元，武松获得奖励 17350 元人民币。这样再来看房价，在当时社会，几十、几百两银子也不算小数目了。我们不能用现在的房价来衡量四百多年前的房价。清代袁枚在南京小仓山购置规模很大的随园，不过 300 两银子；① 到了 1919 年，鲁迅在北京购置八道湾，房价加佣金一共是 4000 银圆，② 相当于如今的 100 万元。放在今天，南京市区房价一平方米早已突破 2 万元，北京更是一平方米在四五万元，100 万元买具有独立院落的房屋，不可想象，现实的房价独立院落要超过 1000 万元。在民国时期，1000 元就是个大数额了。因此，明代几十两银子的负担对一般家庭来说，已经很难承受了。

六　对《金瓶梅》中置业的思考

对于置业的思考，其实就是思考置业对社会生活的影响。由于我国曾长期处于封建社会，家族式管理占据统治地位，社会保障制度不健全，自古以来中国人渴求稳定的首要方法就是购房置业，以求得生活的保障。因此，有房与无房，有产与无产，对人们的行为及其对社会的态度的影响是非常明显的。

《金瓶梅》反映的背景是明中叶社会生活，其故事却是明写宋代

---

① 黄强：《袁枚南京随园置业》，《天一》2008 年第 5 期。
② 黄强：《鲁迅在北京的置业》，《广厦置业》2006 年第 3 期。

实喻明代。像赤手打虎的武松这样的英雄，何等豪气，但是却未获取功名，而是落草水泊梁山。这固然有社会的因素，但是细细观察，我们却发现武松也好，赤发鬼刘唐也罢，这些英雄都有一个特点，基本上都是无产者，没有房屋家产，没有成家。军师吴用是破落书生，也没有什么房产，只有晁盖、柴进、卢俊义属于有产者。这就给我们一个启示：置业与社会稳定性是密切相关的。武松等无家室，无房产，行走江湖，无所牵挂，无所顾忌，他们的意识形成，行为准则都与其无产业有关，风风火火走九州，该出手时就出手，增加了社会的不稳定因素。反过来，有家室，有房产的置业者就很少会选择闯荡江湖，因为他们有牵挂。他们是有产者，要时刻考虑自己的财产和家庭。

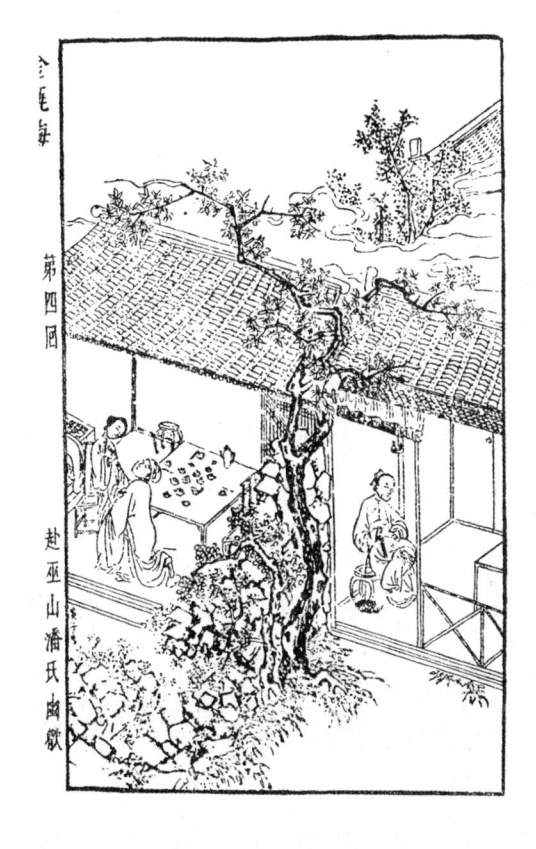

图 5-1-9 《金瓶梅》中商铺之王婆茶坊（《金瓶梅》第 4 回插图）——茶水铺是临街商铺，人来人往，王婆借此机会结交了西门庆。茶水铺、茶楼、饭馆、酒楼等商业铺点，自古以来就是重要的社交场所。

换言之，有家业就有生活的来源，有房才能稳定，这类人群比较安于生活，渴望社会和谐。对于西门庆、潘金莲的人品、行为，传统的看法多是贬损，但是对西门庆身上具有的新兴商人的秉性，学者也逐渐认同，他与生俱来的商人天性及他所处的那个特殊时期，使他成为新兴商人的典型，这又不得不让我们有所反思。对于商业经济的发展，即使是现代社会，人们的认识也是曲折发展的。不同的社会，乃至从不同的角度出发，对某一现象、事件、问题的认识也是不尽相同的。

从置业的角度来看，西门庆是个有眼光的商人，潘金莲、李瓶儿、武大郎都曾渴望生活的稳定，家庭的幸福。有房的人对社会稳定、和谐的愿望无疑更加强烈，更愿意维护现行社会秩序，《金瓶梅》也给了我们这方面的启示。

第二节　《金瓶梅》的庄田府第置业

上一节主要论及《金瓶梅》中住宅、店铺等的置业情况，侧重于私人居住与商业经营。就整个置业状况而言，私人居住与商业经营只是明代社会置业的一个方面，庄田、府第的置业仍然是主流。

明代的城市在数量上较前代有了更大的增长，商品流通迈向繁荣，社会经济空前发展。经济的活跃，使得与置业相关的土地、房屋交易也被激活，处于一种上升的态势。明代话本小说、拟话本小说、世情小说都记录了商业繁荣的情况，虽是小说，却是当时社会生活状态的写照。而因为业主的地位、经济实力的悬殊，决定了置业经济在明代受到重视的仍然是庄田与府第,《金瓶梅》在这方面也有所反映。

一 官僚、地主对庄田置业的重视

在封建社会里,官僚和地主是两个占据社会统治地位的阶层,大量的财富集中在他们手上,在整个社会经济活动交易量、赢利率方面,他们占有很大的比例。官僚与地主大多是一个大家族或大家庭,还拥有奴仆、幕僚或管家等服务性人员,需要大量的居住房屋,因此他们的宅第基本上是多进的院落式或重叠式建筑群组,形成田庄的规模,而整个居住的村落又形成一个更大的田庄。在城市,院落式的建筑群成为府第、府邸,在农村成为田庄。而明代称田庄为庄田,庄田内包括房屋、田地。

明代重视庄田置业是有历史原因的。朱元璋得天下,建立大明王朝,得益于徐达、常遇春、汤隆等武将及刘基、宋濂等文臣的支持。明朝开国后,奖励功臣,大封异姓王,并以赐地为奖赏。"皇帝、王公和一般地主继续占有广大的土地,亲王、勋贵之家不仅有赐田和赐佃,而且凭借权势扩展自己的土地,明成祖朱棣曾在北京的黄堡建立其明朝的第一座皇庄。"[①]

明代的庄田在上层社会分为皇庄、王府庄田、勋贵庄田三大类。皇庄是皇室直接经营的庄田。明代除皇帝庄田外,还有皇太后、皇太

[①] 许大龄:《明》,载中国大百科全书出版社编辑部编《中国大百科全书·中国历史》,中国大百科全书出版社1992年版,第665页。

子庄田。① 对于皇帝的子嗣，则分王拜爵，赏赐土地，明代各亲王的庄田，称为王府庄田。② 对于有功人员的赐赏，因为授爵而拨赐的庄田，世称"给爵地"，即勋贵庄田，勋贵指勋臣（武将功臣）和贵戚（皇亲国戚）。③ "庄"的含义，指地主占有一片田地，或占有许多片田地，按照阡陌相连的一片，组成一个农业生产单位，通称为一个"庄"。④ 庄所在的区域或地方，在田的基础上建有用于居住、生活的房屋，配套的辅助设施，或有山岭、河流、水塘、沟壑等地理因素自然分隔，或以栅栏、树木人为分隔，形成相对独立的村落、庄户，都可称为庄田。

由于经济地位的不同，所处阶级的不同，明代富裕的大户人家，和上层官僚阶级的家庭或家族对房产置业的标准也与老百姓迥异，他们追求的是规模和气派，良田百顷甚至千顷，房屋连片，鳞次栉比，形成庄园，小桥流水、楼台亭阁贯穿其中，花团锦簇，歌舞升平。因为明代政府对房屋的等级界限划分分明，⑤ 市井阶层的富裕人家，经

---

① 皇庄一说始于永乐年间（1403—1424），另一说始于天顺八年（1464）。武宗时急剧发展，他即位一个月期间，就增皇庄七处，后又增至三十处。明代皇庄处皇帝庄田外，皇帝的庄田是由皇帝委派太监经营的"自行管业"的土地。皇太后的庄田又称宫庄，在明代史籍中大多称为仁寿、清宁、未央三宫庄田。参见郑克晟《皇庄》，载中国大百科全书出版社编辑部编《中国大百科全书·中国历史》，中国大百科全书出版社1992年版，第403页。

② 洪武五年（1372）规定，郡王诸子年及十五，人赐田六十顷，洪武二十八年（1395）拨赐的土地减为十六顷。此数虽较原额为少，但受赐者仍不失为一个大庄主。参见王毓铨《王府庄田》，载中国大百科全书出版社编辑部编《中国大百科全书·中国历史》，中国大百科全书出版社1992年版，第1192页。

③ 勋贵即所谓异姓贵族，凡有封爵的勋贵都享有皇帝赐给的田土和佃种人户，但是其爵位低于王爵，而且是异姓，故其庄田数量也少于王府庄田。勋贵庄田的来源，除皇帝拨赐外，也有奏讨的庄田、占夺的民田、霸佃的官田等。参见王毓铨《勋贵庄田》，载中国大百科全书出版社编辑部编《中国大百科全书·中国历史》，中国大百科全书出版社1992年版，第1346页。

④ 汪菊渊：《中国古代园林史》，中国建筑工业出版社2006年版，第149页。

⑤ 《明史·舆服志四》室屋制度规定：一品二品厅堂五间九架，三品五品厅堂五间七架，六品至九品三间七架，不许在宅前后左右多占地，构亭馆，开池塘。庶民庐舍不过三间五架，不许用斗栱，饰彩色。

济实力不够雄厚，或者社会地位不高，他们起初置业只能选择单个的房屋，如住宅房、商铺的购置，再逐步扩大，获得社会地位、经济地位、政治地位。按照笔者的划分，其置业步骤为安居乐业先购房，事业发展购置商用房。①

图5-2-1 唐伯虎《守耕图》局部——土地是地主、农民的生存之本，明初反对商业经营，到了明中叶，尤其由于明武宗的倡导，社会对于商业的看法开始改变，从事商业经营，追逐利润，成为社会的一种倾向。

明代属于封建社会的末期，保留了封建社会的收敛性特点，因此，尽管明中叶皇店等商业经济繁荣，但是在传统思想的指导下，大多数地主、官僚阶层依然看重广置田地的传统置业方式，疯狂地扩大、兼并土地，建设田庄，就其整个社会和时期来说，明代置业是重土地、重庄园。

二 明中叶皇店盛行

明中叶，由于明武宗朱厚照喜做生意，大肆发展店铺，称为皇店，上行下效，明中叶商业经济发展迅猛，人们不以谈生意为可耻，

---

① 黄强：《金瓶梅中的置业》，《广厦置业》2006年第1期。

表现在生活中讲究排场,追求奢侈,极尽豪华,并且使得商人成为一个新兴的阶层登上了历史舞台。《金瓶梅》以新兴商人西门庆及其所代表的商人阶层的市井生活为社会场景,通过西门庆等人物的商场钱物生意,官场钱权买卖,以及置业经济,展示的是明中叶,商人阶层向传统体制叫板,渴望登上政治舞台,成为社会主导力量的一场社会变革。

贩运、买卖、置业乃是商人阶层发展、壮大自己势力的经营手段及培植政治力量的工具。在商品经济逐渐繁荣的时代,钱欲横流,道德沦丧,以前金钱无法打通的关节,如今可以轻易打通。只要有钱并舍得花钱,没有官位,可以通过捐钱获得;没有法理,可以通过行贿达到。衙门向南开,有理无钱莫进来,讽刺得一针见血。

西门庆的发迹史就是一部贿赂史。西门庆没做官前,通过贿赂蔡太师,免去了祸灾,逃脱法律制裁。他积累财富之后,通过贿赂,疏通了官场关节,买了官位,公然受贿,为苗青害主脱祸,强占蒋竹山药铺,逼死宋惠莲……其罪行罄竹难书。就是这样一个无恶不作的人物,却屡屡在商场、官场、情场得势,霸占妇女,鱼肉百姓,官场弄权。

商人壮大自己的势力,靠的是财富积累,置业乃是他们扩大再生产的重要手段之一。商人置业不仅购买住宅,更多的是购买商铺、庄田。商铺扩大了商人的资本来源,有了更多的财富,庄田则使商业资本转向土地资本,使新兴的商人跃升为庄园地主,庄田是他们的财富标志和势力范围。在中国封建社会中,地主是统治阶层的基础,也是退位官僚的延续其势力的土壤。古代社会权力的盘根错杂,往往都是官僚权力与地主经济交织在一起形成的。

图5-2-2 西门府第（《金瓶梅》第58回插图）——西门府的置业，也有个逐渐扩张的过程。从《金瓶梅》的情节发展来看，西门庆通过不断购买他人土地、房产，使其资产越积越多，终于富甲一方。

由于皇帝的倡导，明正德年间，原有的官店大多改为皇店，收入归宫廷挥霍，皇亲、贵族、太监除皇帝所赐官店、榻房（为商人交寄存货物之所）外，纷纷开设私店、榻房进行盘剥。皇商依仗宫廷势力，"邀截商货，逼勒取利"[①]。

《金瓶梅》中西门庆开的店铺就有皇店的性质。譬如说西门庆开设生药铺，垄断当地生药生意，蒋竹山在李瓶儿的资助下也开设了一家生药铺，立即被西门庆封杀，他派了几个捣子冲砸了蒋竹山的药铺，还将其痛打一顿，赶走。《金瓶梅》没有明说西门庆的店铺是皇

---

① 马敏：《官商之间：这会剧变中的近代绅商》，天津人民出版社1995年版，第161页。

店，但西门庆的店铺与皇店有相同的性质，那就是垄断经营。他所经营的生意，别人不能做，他人做不了，具有唯一性、排他性、垄断性，与皇店相同。

三 庄田置业的社会背景

除了传统的地主乡绅青睐于庄田置业外，富裕的商人也很看重庄田置业。垂青庄田置业，说白了是长期受到官吏欺压、盘剥的买卖人，试图摆脱没有官场背景和权力的处境，迈向官场获得权力的一种渠道。正因为有这样的因素在内，举凡想获得权力，以得到更大经济回报的商人，无一例外都要走这条道路。《金瓶梅》中新兴商人的代表西门庆，正是这种由商人衍变为官商结合，集地主、商人、官僚身份为一体的官商代表。

图5-2-3 西门府花园（《金瓶梅》第52回插图）——西门府的花园曾上演过一幕幕纵情放荡的场景，潘金莲醉闹葡萄架，宋蕙莲幽会藏春坞，陈经济调戏潘金莲，都是在西门府花园发生的丑闻。但是他们公然在花园上演"活春宫"，无非说明西门府花园足够大，有相当广阔的空间；也说明西门庆身份的特殊，花园的封闭性很好，没有闲杂人员，类似皇家花园。

商人在经商过程中，依靠巧取豪夺和盘剥获得巨利，经济上的暴发户，并不等同于政治的势力户。为了获得政治地位和权力，商人必须向乡绅阶级转化，置田地乃是他们将货币资本转变为土地资本的一种手段。

明代著名的政治家徐阶、书法家董其昌都是大地主。即使致仕也依然有相当大的政治势力。而且明代城市商业虽然繁荣，但是在农村社会，土地收入始终是传统绅士的主要收入来源。晚清保守思想家曾廉比喻"天下犹一身也，土地犹骨肉也，货财犹精血也"。

地主、官绅、绅商对土地、庄园的占有非常疯狂，当时在江浙一带，豪绅地主的土地"阡陌连亘"，或"一家而兼十家之产"。南安、赣州二府富豪大户，不守本分，吞并小户田地，四散置为庄所。严嵩父子在家乡占地，囊括袁州一府四县土地数额的 7/10，还在南京、扬州广置良田美宅。徐阶父子在松江占地 24 万亩，奴劳役佃户不下万人。①

亲王、勋贵、官僚与世袭地主占有土地，疯狂建造庄田，世俗地主、新兴商人极为嫉妒，随着商业经济的繁荣，明中叶以降，商人的地位得到提高，他们也开始疯狂侵占、买卖土地，买房置业，营造田庄、府第。北京"米商屋宇多达至千余间，园亭瑰丽；江苏泰兴季姓官僚地主家周匝数里"。"浙江东阳官僚地主卢氏住宅经数代经营，成为规模宏开阔、雕饰豪华的巨大组群。"②《明清徽商资料选编》一书研究表明，明代新安商人许竹逸在江南一带经商十余年，"资益大起"，遂"广营宅，置田庄，以贻后裔"。明代歙县商人王友槐，是

---

① 许大龄：《明》，载中国大百科全书出版社编辑部编《中国大百科全书·中国历史》，中国大百科全书出版社 1992 年版，第 667 页。
② 刘敦桢主编：《中国古代建筑史》（第二版），中国建筑工业出版社 1993 年版，第 316 页。

"商于庐","家渐饶裕",于是"买田千余亩,构屋数十楹"①。

《金瓶梅》中的西门庆何尝不是如此,他通过开设店铺,赚取银两致富。通过金钱贿赂买官,官商勾结,获得更多的资本。婚姻的联盟,房屋的购买,都是他增加财富的手段。如果说与潘金莲的结合是对美貌的倾心,那么与孟玉楼、李瓶儿的婚姻,财富的诱惑则远远大于美色。孟玉楼比西门庆还大了几岁,容貌与情趣逊色于潘金莲,假使没有财富做筹码,西门庆会娶她吗?商人重利轻别离,对财富的贪欲常常胜于对美色的垂涎,西门庆的联姻、发家、致富体现了这一点。

图5-2-4 《金瓶梅》面塑作品之院落(黄强摄)——西门庆每娶一房小妾,都要安排一个院落安顿,院落彼此独立,但不影响府邸的整体性。在这一空间中,西门庆的妻妾们钩心斗角。

没有土地就没有立足之本,只有具备了乡绅地主的特点,占有土地,以土地出租获得土地收入,才能使行商致富的商人获取政治地位。在中国经济发展史中,商业资本与土地资本常常是分不开的。正德前后,徽商曾以其商业上获得的利润投资土地,一度激起

---

① 转引自马敏《官商之间》,天津人民出版社1995年版,第161页。

徽州田价的高涨。俞弁在《山樵暇语》中说："江南之田，唯徽州极贵，一亩价值二三十两者，今亦不过五六两而已，亦无买田。"傅衣凌先生认为，土地投资是徽商处理剩余资本一个最方便的途径。①

为了实现这样的目的，几乎每一个事业发达的商人，在经商的同时，都会购置土地、田庄、府第、房屋，完成他们角色的转化。而有政治头脑的商人如西门庆之类，更是如此。购置房屋、田地，与西门庆做其他生意一样，可获得巨额利润和回报。官员的庇护，乃是西门庆实现身份转变的催化剂，也是其打通财富通道，以权钱交易丰富私人金库的保护伞。

四 明代庄田府第置业状况

田庄的来源有多种途径。明代的开国功臣，封王拜爵，他们以战功获得皇帝的赏赐，也可通过奏讨庄田、占夺民田、霸占官田、开垦荒田等方式获取田庄。对于商人来说，主要是通过买卖，低价买进高价卖出，从中获利。普通百姓靠微薄的劳动收入和积蓄购买房屋。经济能力不同，对置业的要求，房屋的用途，选择的标的也不一致。

汪菊渊先生认为，有些私家宅第在宅右或左或后不单独占地，另设自成一体的花园或宅园，有些私家宅第只在庭、院部分散点成山石、筑厅山、埋缸池、砌花坛、布置花木，以享自然之趣，就称庭园。② 而建于郊野的宅第，一般规模远大于城中的宅第，称为别业、

---

① 傅衣凌：《明代徽州商人》，载江淮论坛编辑部编《徽商研究论文集》，安徽人民出版社1985年版，第7—46页。
② 汪菊渊：《中国古代园林史》，中国建筑工业出版社2006年版，第546页。

别墅更准确。明代改建北京城后，不仅城中宅园兴筑日盛，尤其是北湖（即积水潭）和西北郊，别业名园众多，北方造园以得水为贵，而城中因乏泉源，少河水可引，一般仅筑山石小池。

城市叫府第，农村称田庄，这里再强调田庄的概念，主要是指非城市地区的大规模建筑群，包括土地在内，其产权（归属权）归一人或家族所有。一个大规模的庄也可以组成一个村落，《水浒传》中的祝家庄、扈家庄就是如此。

非城市地区的地主在农村占有大量的土地、房屋，他们也是田庄的产权人或村落的主宰。退休官僚回到原籍，一般在当地也拥有大地主的身份和丰厚的财产及大量土地与房屋，他们是官僚与地主的结合体，称为乡绅或绅商。致仕（也就是退休）官僚往往比地主更有权势，更有牟利的手段。明代大臣徐阶，官拜内阁首辅，致仕后回原籍，就是当地最大的地主，最大的乡绅，占地24万亩。

西门庆前期是个商人，后期亦官亦商，他的获利，一方面由于其在生意场上的精明，如长途贩运，异地销售，低价买进高价卖出，精于盘算，甚至包括通过婚姻的获利；另一方面得益于其官员身份的庇护。货物进出钞关，偷税漏税就是一例。假使没有亦官亦商的身份，西门庆的生意不会如鱼得水，自由灵活，不会有丰厚的利润回报。为商有金钱的支持，为官有权力的保护，官商合一，官商通吃，这就是西门庆，这就是《金瓶梅》反映的社会背景。

五　严嵩被籍没房地产的数目

官商勾结可以使双方都获得巨大的利益。明代大量官员、商人购置庄田，与社会的腐败有关，是官商勾结的结果。明中叶的官场黑暗，贿赂公行，与奸相严嵩、宦官刘瑾把持朝政有关。有学者认为

《金瓶梅》说的是严嵩的腐败①，笔者并不认同。但是明中叶的社会腐败，官场黑暗，严嵩脱不了干系。因此，论及明中叶的田庄、府第置业，不可能回避严嵩。更何况，严嵩被抄家，其名下的财产非常惊人，其中有大量的房地产，可以揭示明代中叶置业的腐败。

严嵩（1480—1567）是明代权臣，官至少傅兼太子太师、少师、华盖殿大学士，与其子严世蕃把持朝政近20年，广结党羽，操纵国事，贪赃枉法。嘉靖四十四年（1565）三月，严嵩被削籍抄家，其子世蕃及其党羽伏诛。两年后老病，寄食墓舍以死。

严嵩弄权时，士大夫侧目屏息，唯其马首是瞻，行贿者络绎不绝。他与其子也大肆收受贿赂，搜刮钱财，其家产富可敌国。《天水冰山录》中记录了严嵩被抄家产目录，笔者留意其中的房屋籍没的情况。

严嵩在全国许多地方购置了房产（也可能是他人为了牟利，向严嵩行贿进贡的礼物），例如南昌府南昌县属于严嵩的房产就有：

广润门内大土楼房3所，估银6500两；

忠臣庙联璧坊铁柱等处（共285间），估银5300两；

广润门外南浦驿递香巷新街（共屋200间），估银5000两；

惠民门内福神庙衮绣坊等处（共屋385间），估银4000两；

惠民门外蓼洲等处（共屋54间），估银1900两；

进贤门外百福寺司马庙（共屋230间），估银5920两；

顺化门内弼教坊道德观（共屋78间），估银2400两；

大街空市基一带，估银478两。②

江西省城内有大府第、大楼、花园池亭等房产，南昌地方宅第楼

---

① 陈昭认为蔡京影射严嵩，《金瓶梅》指斥嘉靖时事。参见陈昭《金瓶梅小考》，上海书店出版社1999年版，第1—18页。
② （明）无名氏：《天水冰山录》，（明）陆深等《明太祖平湖录》（外七种），北京古籍出版社2002年版，第227页。

铺12所，共1680间，估银47496两；袁州府第宅房店19所，共屋3343间，估银2163两2钱；分宜县宅第房店20所，共屋1624间，估银16647两6钱；各处房屋基地，估银86350两8钱。

此外，严嵩还在南昌县、新建县、宜春县、分宜县、萍乡县、新喻县、清江县、新昌县等处霸占田地山塘，估银44493两4钱多。①

《天水冰山录》中分列的房屋、田地、山林、水塘很多，这里仅仅列举了十多项，已经触目惊心。

明代权贵收受贿赂，修建宅第、府邸、别业，并不是严嵩一人，而是普遍现象。从至高无上的皇帝开始，就开皇店，扩充皇庄，到了朝中掌权大臣，更是变本加厉，搜刮民脂民膏。明代许多大官僚都是大地主，占有大量土地、佃户。即使一些有政绩的官员也不能脱掉大地主的帽子，也依然存在侵占土地、广置房产的行为。

《金瓶梅》中的官员几乎都是贪污高手，枉法行家。以严格的标准来衡量，《金瓶梅》中的清官也抵挡不住"金钱的诱惑，权力的压力，成为人情、师生情等世俗势力的俘虏"②，清官尚且也不清，更何况那些常在"酒色财气"、权钱交易周围徘徊的官员，他们如何能出淤泥而不染？官场就是染缸，近墨者黑，《金瓶梅》中无清官，《金瓶梅》里多腐败。

六　修建豪华府第是社会潮流

明中叶以降，社会贪污成风，修建豪华府邸，追求奢华也都是潮流。

张居正曾是万历皇帝的老师，万历皇帝对张居正很是尊敬，听说

---

① （明）无名氏：《天水冰山录》，（明）陆深等：《明太祖平湖录》（外七种），北京古籍出版社2002年版，第232页。

② 黄强：《举世皆浊难独清——对〈金瓶梅〉中清官形象及悲剧命运的探究》，载王平、程冠军主编《金瓶梅文化研究》第5辑，群言出版社2007年版，第180—194页。

第五章 从经济生活研究《金瓶梅》

张居正要改建住宅,增修一座间楼以便悬挂御笔,于是亲自下令,由内库拨发白银1000两以为资助。修建一座小楼要花费1000两银子,其奢华可想而知。事情并不到此为止。张居正去世后,万历皇帝听说北京张宅的增修费用,竟为白银10000两。①

10000两银子是什么概念?当时一个丫鬟也就值三五两至七八两银子。按照《天水冰山录》的记载,严嵩在袁州府宜春县城内的一所新府大宅,包括内住房三所,中厅楼并厢房回廊,东大楼一重厅一重,并回廊厢屋220间,估银1352两。②这10000两银子能买多少房,修建多大规模的府第,购置多少亩庄田?不是非常惊人吗?嘉靖时期的物价,一头猪,一只羊,五六坛金华酒,并香烛纸扎鸡鸭黄酒之物,共需4两银子;一套二层楼居室,上下四间房屋,价值十数两银子。③十多两银子就可以买到一套二层楼的房屋,10000两银子的购买力更难以估量,难怪皇帝感到吃惊。更令人惊讶的是,北京张宅刚刚修建完毕,湖广的江陵出现了一座规模相同的张宅。

再看看《金瓶梅》中的物价、房价。胡圣如先生对《金瓶梅》中物价有详细论述,大体上西门庆的干练仆人一个月的工钱(工资)是二两银子,普通工人每月工钱一两银子。④而一个猪头约二钱银子。

第1回,武大、潘金莲在临清"典得县门前楼,上下两间,四间房屋居住",花银十数两。第30回,西门庆买赵寡妇的庄子,连地带房250两银子。一般住宅房屋只需十多两银子,大一些的院落房产几百两银子就可购得,上千两银子的房屋属于豪宅。

---

① [美]黄仁宇:《万历十五年》,中华书局1982年版,第64页。
② (明)无名氏:《天水冰山录》,(明)陆深等:《明太祖平湖录》(外七种),北京古籍出版社2002年版,第227、232、228页。
③ 陈从周:《中国园林》,广东旅游出版社1996年版,第188页。
④ 胡圣如:《金瓶梅里的饮食和物价》,载东郭先生《闲话金瓶梅》,北岳文艺出版社1991年版,第164—171页。

按照前文的记载，明代正德前后，一般地区的田价五六两一亩，徽州最贵，二三十两一亩。几十两银子买的房子已经相当优质了，那么上百两、上千两银子的房子就相当于如今的豪宅了。

西门庆集商人、官僚、权贵于一身，而且有着特殊的身份，因此，他的房产连片，地产纵横，不仅有庄田、花园，还有府第，规模宏大，极尽奢华。娶一门小老婆就要给小老婆一套房子，甚至勾搭上王六儿这样的姘头也要送一套房子，房屋就是西门庆笼络女人的筹码，由此也可见房子在当时人们心目中的地位。

七 《金瓶梅》对购置庄田府第的注解

按照明初重农抑商的政策，商人的地位远不能与官宦、乡绅相比，不仅低微，而且有许多限制，诸如不能参加科举考试，不能穿绫罗绸缎服饰等。古代科举制度是普通老百姓入仕的渠道，如果被剥夺了科举的资格，等于政治上判了死刑。商人们要改变自己的命运，提高地位，只有先牟利，以钱开道，提升自己乃至整个阶层的地位，才能逐渐获得政治地位。《金瓶梅》中的西门庆采取的就是这样的方法。他对田庄、花园的置业尤其看重，其动机与心态正是为了提升所处阶级在社会中的地位。

西门庆所购置的庄田、花园极尽奢华。笔者在前文已有论述，这里不再赘言。

笔者以为西门庆对田庄的置业，贯彻了明中叶明武宗倡导的重商追利的经济思想。如果要将这种置业行为与现代置业比较，有点类似于购买别墅，当然，明代庄田的占地规模与现代别墅的占地规模是不可同日而语的。

对于田庄、花园的置业，不仅受到新兴商人的推崇，传统的乡绅地主也非常重视，他们更为看重对土地的占有，竭力扩大自己庄园的版图。按照传统的观念，土地就是势力的象征、财富的标志，没有立足之地，就没有生存空间和财富来源，更没有政治前途和社会地位。因此，庄田、府第的置业不仅仅是累积财富，转变资本性质，更是新兴商人通过自己的经济实力以获得政治地位的一个筹码。

第三节　西门庆的生意经与人才观

能否安顿好百姓的衣、食、住、行，是维持社会稳定的核心问题。纵观历史，每一个朝代的稳定，都得益于其对百姓生计的重视。休养生息，也是为了社会的安定、稳定，帮助百姓解决衣、食、住、行的难题。商业的繁荣依托于社会的稳定，百姓生活的富足。在正史中有《食货志》，"食"指粮食，"货"指布帛、财物，所谓"食货"也就是衣、食、住、行。而衣、食、住、行也往往通过商业的流通来实现。西门庆就是通过运输、贩卖布帛、生药等物品，得以致富。

图 5-3-1　明人绘《南都繁会图》局部——明代建都应天，称为南京。朱棣迁都北京后，南京仍保留六部。南京在明代远比北京繁华。

金瓶梅风物志

尽管西门庆是个恶棍，也是个贪官，奸淫妇女，陷害无辜，霸占他人妻子，鱼肉百姓，操纵司法，贪赃枉法，可谓坏事做尽。"作者把书中核心人物西门庆塑造成当时中国昏君、贪官与不法奸商的集合体形象。"[①] 西门庆是官僚、地主的集合体。[②] 不过，喜爱西门庆的人还是大有人在，《金瓶梅》中的女性，无论是小商贩之妻，还是死掉丈夫的寡妇，以及家中用人和官家内眷，如潘金莲、孟玉楼、王六儿、李瓶儿、林太太之流，无一不在西门庆的"诱惑"与"攻击"下，成为西门庆的俘虏。

无论西门庆如何使坏，如何贪赃，如何好色，但是西门庆是个商人，以经营为手段，以获利为目的，却是不争的事实。卢兴基先生认为西门庆是新兴商人的代表，《金瓶梅》写了"一个新兴商人西门庆及其家族的兴衰，他的广泛的社会网络和私生活，他是如何暴发致富，又是如何纵欲身亡的历史"[③]。得到了一些学者的呼应。

当然也有一些学者不同意此观点，认为西门庆不是新兴商人的代表。孙逊先生认为西门庆是中国封建经济和早期商业经济杂交的畸形

---

① 黄强：《论金瓶梅对明武宗的影射》，《江苏教育学院学报》1995年第3期，转刊于《复印报刊资料：中国古代近代文学研究》1995年第12期。

② 对于西门庆的地主身份，有人并不认同，其理由：西门庆热衷经商，淡于买地。书中只有一处写其购买土地。对此，笔者不敢苟同。西门庆是商人、官僚、地主的结合体，在于说明三者的结合，换言之，他具有了三者的性质，而在三者之中，其身份的属性是有侧重的，商人的比例更大，也是西门庆的主要身份。因为西门庆是商人，他更倾向于钱生钱，通过商业活动获得更多、更大的利润。西门庆买卖土地在书中的描写并不多，但是他拥有庄田、府第，其私家花园广而深，这宅第、花园就占有大量的土地，他是他房屋、土地的所有人，难道拥有大片田庄、府第的商人，就不拥有这一大片土地？就不能称为地主？西门庆庄田、府第肯定不会是租赁的房屋、租赁的土地，书中虽然没有指出西门家的庄田是谁买的，显然可以推论是西门祖产。继承了大片土地、房屋的业主，肯定也具有地主的身份。

③ 卢兴基：《十六世纪一个新兴商人的悲剧故事》，载杜维沫、刘辉编《金瓶梅研究集》，齐鲁书社1988年版，第26—54页。

儿[1];石钟扬先生认为:"西门庆实则是中国封建末世,朱明王朝末期,世纪末年,中国封建官僚制度下产生的新丑,而不是什么资产阶级的新秀。"[2] 陈昭先生认为,西门庆是与封建体制有着千丝万缕的地地道道的官商。[3] 曹炳建先生认为不论是从财产来源,还是经营模式,西门庆都不具备新兴商人的性质,而更多地带有封建商人的特征。[4] 但是西门庆在经营上确有一套方法,获利颇多,这是不可否认的。商人就是为追逐利益,假如一个商人不为利,一则他失去了奋斗的动力,二则身份发生转变,他不再是商人,或许是一个慈善家,换言之,他不能被称为商人了。

西门庆似乎生来就是商人,尽管他也卖官鬻爵,染指官场,但是他为官的目的仍然是最大限度地追求利益,也即利润的最大化。官场的护身符,使他官商结合,不仅保护了自己的经济利益不受侵犯,可以少交税金,而且通过官的身份,扩宽了他获取财富的途径。

一 西门庆的经营规模

从西门庆发迹到他拥有相当经济实力,也就几年光景。因此,从经营和商业的角度来看,我们不能不肯定西门庆是个善于经营,或者说投机经营,擅长与官场打交道的商人。从物质方面衡量西门庆,他获利良多,而且从来不做亏本生意,甚至低利润的生意也不做,高利

---

[1] 孙逊:《西门庆:中国封建经济和早期商业经济杂交的畸形儿》,《文学遗产》1994年第4期。
[2] 石钟扬:《致命的狂欢》,陕西人民出版社2006年版,第216页。
[3] 陈昭:《金瓶梅小考》,上海书店出版社1999年版,第58页。
[4] 张进德:《金瓶梅研究史上新的起点——第五届国际金瓶梅学术研讨会综述》,载中国金瓶梅学会编《金瓶梅研究》第8辑,中国文史出版社2005年版,第432页。

润率、高附加值的生意才是他首先考虑的生意，因此，他能在短短几年内，资本成倍递增。撇开道德规范，他是成功的商人，他在经营和用人方面都有一套行之有效的方法。

西门庆出场时不过是个有几间商铺的小商人。书中说他原是清河县一个破落户财主，就县门前开着个生药铺。近来发迹有钱，专在县里管些公事，与人把揽说事过钱，交通官吏。（第 2 回）以此状况，他确定是个小商人，因交结了县衙内的官员，疏通关节，充其量也就是小混混之类的。可是六七年的光景，西门庆登堂入室，不仅生意做大，家大业大，而且巴结上朝中的大官，一手遮天。

第 69 回，文嫂帮西门庆拉皮条，向林太太介绍："县门前西门大老爹，如今见在提刑院做掌刑千户，家中放官吏债，开四五处铺面：缎子铺、生药铺、绸绢铺、绒线铺，外面江湖又走标船，扬州兴贩盐引，东平府上纳香蜡，伙计主管约有数十。东京蔡太师是他干爷，朱太尉是他卫主，翟管家是他亲家，巡抚、巡按多与他相交，知府、知县是不消说的。家中田连阡陌，米烂成仓，赤的是金，白的是银，圆的是珠，光的是宝。"

到了第 79 回，西门庆死时，西门庆的产业发展更是惊人：缎子铺是 5 万银子本钱；贲四绒线铺 6500 两银子；吴二舅绸绒铺 5000 两银子；李三、黄四海欠本钱 500 两银子，利息 150 两；韩伙计、来保松江船上有 4000 两，刘学官欠 200 两，华主簿欠少 50 两，徐四铺欠 340 两。此外，狮子街有两处房屋。这里还没统计西门府邸房屋的价值。

据统计，西门庆死时家产在 10 万两银子以上，按照《明实录》记载，宪宗朝的米价一石是 1 两 5 分银左右。依照侯会先生的折算，明代万历年间 1 两银子的购买力相当于 2006 年的人民币 210 元，1 钱银子相当于 21 元，1 分银子相当于 2.1 元。① 如此说来，10 万两银子相当于如今的 2100 万元。当我们了解到《金瓶梅》反映的时代，一个丫鬟最低三五两银子，带有小妾身份的女子不过价值三四十两银子，一座带独立院落的住房十多两银子，豪华住宅也就三五百两银子；② 再以临清钞关为例，一年征收税银 8 万两，为全国钞关之首，而万历六年山东省一年的税课折银仅为 8660 两，我们就会对 10 万两银子究竟代表多大的财富有概念了。

二　西门庆的生意经

西门庆致富的方式主要是坐商与行商的结合，长途贩运，偷逃税款，婚姻联盟，以及政治投机。

西门庆以经商而暴富，他精于买卖，不仅开生药铺，又陆续开了缎子铺、绸缎铺、当铺，"外边江湖又走标船，扬州兴贩盐引，东平府上纳香蜡"，生意越做越大，由一个破落户，在短短的几年内迅速成为一个拥有万贯家私的巨商。西门庆能致富，主要有以下几个方面的原因。

一是他的商业经营术。他用的是长途贩运和设店经营，即行商和坐贾兼而有之的方法，直接从产地采购，中间不经过客贩，获利就更可观。

二是西门庆的商铺具有皇店性质。他开设生药铺，独家经营，也不容他人染指，砸蒋竹山药铺就是一例。西门庆对李瓶儿下嫁蒋竹山本无多大怨气，女人再嫁在《金瓶梅》所处的时代比比皆是，贞操观

---

① 侯会：《食货金瓶梅——从吃饭穿衣看晚明人性》，广西师范大学出版社 2007 年版，第 34 页。
② 黄强：《金瓶梅中的置业》，《广厦置业》2007 年第 1 期。

已经淡化。如孟玉楼是寡妇再醮；潘金莲先失身张大户，后嫁武大郎；李瓶儿先为梁中书妾，与花太监关系暧昧，后为花子虚妻。西门庆不能容忍的是李瓶儿出资让蒋竹山开设生药铺，公然打破西门庆一家垄断的局面，"太岁"头上动土。

图5-3-2 《金瓶梅》面塑之临清码头——临清码头是临清物资流通及对外交流的窗口。临清之所以繁华，得益于运河的贯通，没有运河，就没有临清的繁华。随着运河漕运的废止，临清也逐渐衰落。

三是贩盐引，低价进货，高价出售。西门庆买通了新任两淮巡盐御史蔡一良。韩道国、来保到扬州，支出了盐引。仅蔡御史为他提前一个月支盐引一事，就获利3万两。

四是官商勾结，逃避税款。他所购置的货物，一向得到官家的开恩，十税只需交纳一二，逃税漏税，其商品成本大大降低，比一般店家更具竞争力。

五是西门庆具有特殊权势，专横跋扈，与武宗一样，"放吏债"（第7回），谋取暴利。

六是西门庆通过婚姻联盟，从妻妾手中得到了巨额的陪嫁，积攒财富。他娶的孟玉楼、李瓶儿两房娘子，都是有钱的主。孟玉楼"手里有一份好钱，南京拨云床也有两张。四季衣服，妆花袍儿，插不下

第五章　从经济生活研究《金瓶梅》

手去，也有四五只箱子。珠子箍儿，胡珠环子，金宝石头面，金镯银钏不消说。手里现银子，她也有上千两。好三梭布也有三二百筒"（第7回）。为了娶到这样的富婆，西门庆不惜压抑冲动的性欲，冷落潘金莲；吝啬小气的他也不惜出手三十两雪花馆银给孟玉楼前夫姑姑，以促成这桩婚事。

图5-3-3　正德通宝花钱——花钱不是流通的铜钱，而是游戏所用。经济的繁荣，离不开缎子铺、生药铺、小吃铺、铁匠铺、车马店、花店等商业个体的兴旺，烟花香行也是其中的一分子。

李瓶儿本是大名府梁中书小妾，李逵杀了梁中书一家后，李瓶儿随身带着100颗西洋大珠，一对二两重鸦青宝石投奔东京亲戚。花子虚死后，她嫁入西门家，携带六十锭元宝，共计三千两，四口描金箱柜珍宝古玩之物，还有四十斤沉香、二百斤白蜡、两罐子水银、八十斤胡椒，全部转入西门庆手中。（第10回）

为了追求经济利益，在资本的原始积累阶段，西门庆可谓绞尽脑汁，煞费苦心，冷落潘金莲，急娶孟玉楼，勾搭李瓶儿，不仅仅是为了情欲的满足与占有。在金钱面前，"欲"让位于"钱"，女人让位于利益。西门庆是个花花太岁，女人班头，但即使纵情酒色，浪迹行院，他始终保持对金钱的渴望，追利逐利乃是他最大的心愿，最大的快慰。他不会为了女人，放弃对金钱的追求，酒色女人，不过是他获

· 275 ·

得金钱满足时的点缀。他清楚地知道,对于商人阶层来说,想获得经济、政治地位,必须有金钱的力量。女人看中男人的不是因为其英俊的脸庞、魁梧的身材,而是手中的银子。没有金钱做强有力的后盾,商人一文不值。

古代社会对于商人有种种限制,明初的禁令规定,商人不能穿绫罗绸缎的服饰,不能参加科举,不能为官。这种社会环境中的商人,要改变命运,必须借助金钱的力量。在金钱魔力之下,官员才会重视他,掌握一方百姓生死大权的知府、守备,势力正在上升的新科状元、巡抚御史,宫中炙手可热的太监,都要巴结他,与他饮酒作乐。因为有钱,他可以更改生死簿,逃过劫难;因为有钱,他也可以买来官职,乱判官司,庇护罪犯,鱼肉百姓,为害一方。西门庆是商人,他懂得投资与回报的关系,他花出去的每一两银子要获得成倍的回报。

西门庆在商铺经营中,注重了股权与分红,以股权来分散经营风险,刺激股东的积极性。通过分送股权来拴住经营者的心,增加忠诚度。缎子铺就实行了五三二的拆账方法,西门庆五分,合股的乔亲家三分,伙计韩道国、甘出身、崔本分均分其余的二分。

西门庆以分红来调动经理人的主动性、积极性。"他注意调动伙计经营的积极性和责任心,把盈利和伙计切身利益挂上了钩。"[①] 人为财死,鸟为食亡,在商业大潮冲击下,获得丰厚经济回报是大家的愿望。商业帝国需要人员来管理,什么都要靠投资者(老板)来打理不现实也不可能。善于经营的老板对外抓客户,开辟渠道;对内调动员工积极性,杜绝漏洞,减少成本支出。把企业效益与员工利益挂钩,一下子就解决了经营中的两个核心问题。

---

① 卢兴基:《十六世纪一个新兴商人的悲剧故事》,载杜维沫、刘辉编《金瓶梅研究集》,齐鲁书社1988年版,第26—54页。

西门庆还注意资本的不断增值。第56回他就说："（钱）兀那东西，是好动不喜静的，曾肯埋没在一处？也是天生应人用的，一个人堆积，就有一个人缺少了。因此积下财宝，极有罪的。"在"三言""二拍"中也有此类观点。对于能够把握生钱法则的商人来说，埋在地下的砖头，会变成银子，以让他积累财富，用于商业经营；反之，如果不懂生财之道，埋在地下的金子，也会变成一堆废纸。正是因为着眼于钱的增值，西门庆把大量的资金用于流通，不断地买进卖出，实现鸡下蛋、蛋生鸡、鸡再生蛋的钱生钱循环，每一次循环都使资产增值，这不是 $1+1=2$, $2+1=3$ 的递进式增加，而是 $1+1=2$, $2+2=4$, $4+4=8$ 的裂变式增加。金钱在运动中增值，这符合扩大再生产，降低成品成本，做强做大的商业运营法则。

图 5-3-4 明代万历年间毛笔——毛笔与纸、墨、砚，统称为文房四宝，是文人、士子的必需品。但是《金瓶梅》所表现的却是文人落魄，斯文扫地的时代，水秀才也为商人西门庆打工，最得势、最嚣张的是文化水平不高，没有参加过科举，没有功名的商人西门庆。

在《金瓶梅》中，人们扯去了温文尔雅的面纱，变得赤裸、寡情，丝毫不顾颜面，一切向金钱看齐。人的地位，官的威严，关系的亲疏，都由金钱来决定。因为有钱，应伯爵等帮闲人物都投靠西门庆；因为有钱，新科状元蔡蕴、巡按御史宋乔年、管砖厂的太监都要来拜访西门庆；因为有钱，不仅操皮肉生意的王六儿要投怀送抱，连官宦家眷林太太也要委身西门庆。金钱的魅力和诱惑，使社会价值观发生扭曲，再醮的孟玉楼，不爱功名，不要官宦人家读书的尚举人，而偏偏选择了"在县门前开着个大生药铺""又放官吏债，家中钱过北斗，米烂陈仓""清河县数一数二的财主""积年把持官府，刁徒泼皮"的浮浪子弟西门庆大官人。(第7回)

在商品大潮冲击下，在金钱的诱惑下，以读书博取功名的传统思想，渐渐变得不合时宜。曾经地位低下，排在四民之末的商人开始了逆袭，获得了他们以前没有的地位与尊重。

图5-3-5 明正德绿龙盘——正德朝虽然只有短短的16年，但是文化、经济的发展并非一无是处。正德皇帝是个荒唐、荒淫的皇帝，然而他对商业的倡导，客观上促进了经济的发展。娱乐的兴旺，其实是依赖于商业的繁荣。

三 西门庆的人才观

以传统的道德观念来评价西门庆，其人自然一无是处。但从经济角度出发，西门庆在商业领域的精明，让我们不得不重新审视和评论他。摘下有色眼镜，审视商战中的西门庆，我们不得不承认他在经营方向、策略的把握，知人善用，对外公关，危机处理等方面确有一套。

西门庆之所以获利良多，与他善于经营、善于用人有关。在选人方面，西门庆有独特的见解，"一是要有真才实学，不能唯学历论；二要敬业度高，品德高尚"[①]。他网罗各个领域的人才，并能人尽其才。

西门庆的女婿陈经济掌钥匙，出入寻讨。贲地传只是写账目，秤发货物。傅伙计督理生药、解当两个铺子，看银色，做买卖。陈经济每日起早睡迟，带着钥匙，同伙计查点出入银钱，收放写算皆精。"西门庆见到，欢喜得要不的。"（第 20 回）陈经济原本也是个贪玩好色的公子哥，浪荡公子竟然在西门商铺干得很欢，"起早睡迟"。贲四、傅伙计都能各尽其责，甚至韩道国这样的混混也能在西门商铺找到合适的职位。每一个伙计都是西门企业机器上的螺丝钉，人人有岗位，人人负责任。所以不能不承认西门商铺在培养人、造就人方面确有一套方法。

西门庆用人是多多益善，不论是读书出身的温秀才，还是帮闲人物应伯爵，甚至是地痞流氓，只要符合他的利益要求，他就用，他都敢用。或聘用，或雇用，或给点小费等，不择手段，不惜花费。去妓院嫖娼，喝花酒，需要应伯爵这样的帮闲人物；打击情敌蒋竹山，就用下三烂的社会混混（捣子）；接受贿赂，就找那些杀主人染上血案，需要花钱消灾的人，如苗青之流。商人西门庆有精明的头脑，要用人就要充分发挥作用，创造价值。在他眼中，只要有能力，他就放心任用，至于出身和身份都不太重要。

---

① 冯成略：《管理向西门庆学习》，经济管理出版社 2006 年版，第 14 页。

四　孔雀虽有毒　不能废其言

对于西门庆这样的用人方法，有人或许持反对意见，认为其不择手段。这样的观点也有道理，但是从人才学的角度而言，则不能不说他的用人方法更符合知人善用的法则。中国古语有云：举贤不避亲仇，只要有真才实学，就可以任用。英雄不问出处，以文凭、资历、年龄、出身来衡量人才的能力，不是选拔人才的好方法。其实看一看我们周围的情况，许多单位招聘人才，往往以学历高低作为进人的门槛，以资历、年龄作为入选的砝码，以关系亲疏决定职务的安排，以后台的软硬给予不同的薪金待遇，这样的做法无法达到发现人才、选拔人才、使用人才的目的。如此选出来的所谓人才，最终会让招聘单位失望。他们在用人方面真的应该向西门庆学一学，选人、用人是看他的优点，而不是缺点，要发挥人的长处，而不是用其短处。

恶人、坏人也并非一无是处，历史上的奸臣严嵩、阮大铖，都是声名狼藉的奸佞小人，但是阮大铖诗写得好，戏曲更佳；严嵩也是写青词的高手，他揣摩皇帝心思的本领无人能比。过去因为他们是奸臣，大家羞于谈论，阮氏家谱也不收录阮大铖，族人以其为耻，但是孔雀虽有毒，不能掩文章。我们可以对奸佞之人的道德品行进行批判，但对他们在相关领域取得的成就还是要予以肯定，这才是对历史人物的真实还原。同样对西门庆的道德、行为的批判，并不影响我们肯定他的商业才能。

附录一

明武宗未必最荒淫

　　明武宗朱厚照，一向被史家列为历代皇帝中最荒淫的一个。正德皇帝之荒淫史不绝书，确是事实，但却未必是历代之最。细细究来，其中自有值得玩味之处。

　　中国的皇帝亘古以来，就是荒淫的始祖。翻开历史瞧一瞧，以荒淫昏庸著称的皇帝，比比皆是。商纣王帝辛、周代幽王姬宫湦、隋炀帝杨广、陈后主陈叔宝等，举不胜举。即使英伟睿智的开明君王，如唐太宗、宋太祖之类，也未必不荒淫。唐太宗具有好色无度的本性，玄武门之变奸占了亲弟李元吉之妻杨氏，封其为嫔妃，日加宠眷，一代女杰武则天也曾是李世民后宫侍女之一。女皇武则天先为太宗才人，后为太宗之子唐高宗皇后，又在宫中豢养薛怀义、张昌宗、张易之等面首，其荒淫有目共睹。按照中国的传统观念，皇帝三宫六院七十二妃，乃是天经地义，帝王与所有女性发生关系都是合法的，他可以"离散天下之子女，以奉我一人淫乐"。因为绝色女子就是供皇帝享乐的，祖宗有制，算不得淫。倘有政绩，更是不会被后人列入荒淫之列。伟大的君王功盖日月，让女子沾点英明灵气，乃是她们的福分。总之，明主之明，虽淫而不荒，后人可以视而不见，避而不谈。

想想看，纣王之淫，炀帝之淫，以及金代海陵王之淫，都是赫赫有名的，正德皇帝与他们估计也就在伯仲之间，何以被冠上"最荒淫"的皇帝之名，一言难尽。

其实，明武宗朱厚照很聪明，早年他是个优秀的学生，专心勤奋，对老师彬彬有礼，精于诗歌、音乐和技击。《明史》认为他的尚武精神，对制止明代军事力量下降是有作用的。他的功劳在于在政府高级机构中任用能干的文官。客观地讲，明武宗在位16年，并非一无所成。笔者以为他对明代商业的发展起了很大的作用。官店自明初已设立，而皇店则始于正德朝。武宗好商，在宫中设立廛肆，《明通鉴》记载："身衣估人衣与贸易，持薄握筹，喧询不相下。"武宗时的皇店规模很大，遍布全国。由于他的大力提倡，身体力行，明中叶以来商业迅速发展。笔者认为资本主义萌芽产生，即始于明武宗之正德朝。

武宗之荒淫事实，是建豹房，内藏美女，日夜作乐；又喜欢四处巡幸，在民间寻花问柳，见到中意的女人，就巧取豪夺，占为己有，以致百姓惶惶。我们再看看其他贪淫的帝王：商汤桀，宠爱妹喜，为她造琼室、象廊、瑶台和玉床，整日享乐。纣王肉林酒池挥霍无度，炮烙大臣，剖挖胎儿。北齐世祖高湛宫内美女如云，却连亲嫂嫂也不放过，逼其就范。南朝宋前废帝刘子业百般凌辱嫔妃、宫人，即使是堂姐、表妹也不放过。隋炀帝做太子时就调戏其父隋文帝之妃，当了皇帝后有御女车、乌铜屏，大肆淫乐。如此种种，武宗相形见绌。

不可否认，武宗确实荒淫，但却未必是最荒淫的一个，他之所以被推为荒淫之最，是因为他的荒唐。1514年农历正月，乾清宫玩灯失火,他正去豹房,回顾火光烛天,竟然笑说"好一棚大煌火"。

武宗荒唐,在于他藐视礼制,视传统宗法如儿戏,肆意践踏,无所顾忌。

1517年鞑靼小王子侵边,武宗化名总督军务威武大将军总兵官朱寿,亲领兵马,披甲上阵。得胜回朝,取特赐飞鱼、蟒袍等显贵之服,遍赏群臣,不分品秩高低,任意穿戴。1518年秋天,武宗命令大学士草拟敕旨,敕"威武大将军朱寿"到北方边区巡视。面对这样的命令,四位大学士都不肯接受,其中一位匍匐在地,泪流满面,表示宁可任凭皇上赐死,也不能做这种不忠不义的事情。武宗对大学士的抗议置之不理。在征途中,他自降敕旨,封自己为镇国公,岁支俸米五千石。五个月后,又再次加封自己为太师。

当1519年武宗令吏部派朱寿前往京师和山东巡查时,群臣见他如此胡闹,太失体统,一百多人联名上奏劝谏,武宗老羞成怒,下令逮捕,或罚长跪,或降职,或罢官,或廷仗。对跪劝不去的146名官员每人杖责30,其中11人当场被打死或事后伤发而死。

武宗还喜欢与臣下混在一起饮酒作乐,视"君君臣臣"的伦常如儿戏。其外出巡幸,与臣子往往共用一个女人。江彬、钱宁都是武宗之宠臣,也与他有断袖之恋。1518年10月,武宗在偏头关遇见一个歌伎,魂牵梦萦,一年后他将此歌伎接到身边,成了他心爱的伴侣。她被称为"刘娘娘"。娘娘之称专用于皇后,皇后一向注重德行,被称为国母。如今一个人尽可夫的歌伎被尊为"娘娘",这岂是社会能够容忍的?不仅道德家、文人学士不认同,连温顺的臣民也难以容忍。他们认为,国母是歌伎,如此称谓,岂不等于说臣民是婊子养的吗?

武宗后期完全不顾朝廷的礼仪,想怎么干就怎么干,一意孤行。

新年献祭太庙以及祭天，一向是朝廷大典，按礼仪均在黎明进行。常制，皇帝、群臣早早来到太庙或天坛，等时辰一到，立即进行，从不误时。1515年1月，这两项大典却在临近薄暮，以及更晚的时间进行。每日的早朝，武宗常常缺席，或者在下午视朝。1516年1月，朝见时在傍晚举行的。朝见时纪律混乱，以致散朝时，一个将军竟然在混乱的人群中被践踏而死。1517年1月，武宗表示不按时回京祭天，大学士们竭力反对，并试图去朝见他，结果在居庸关就被赶了回来。1519年2月，武宗又将祭天延迟。4月，官员们反对他巡幸，持续数日，武宗对这些官员回敬杖责，有12人被杖死。

武宗违制忤礼的行为遭到大臣们的强烈反对，即使被杖责而死，他们也毫不屈服，只有如此，才见忠心，才是忠臣。名声与气节对中国文人尤为重要，故而他们敢于冒死直谏，一个人倒下去，后面的人会继续直言，毫不畏惧。

由于武宗的荒唐，背叛礼教，悖于传统，君主与藩王的矛盾也被激化，藩王蠢蠢欲动，不安心于偏守一方，拟取而代之。正德年间出现了两次藩王造反，1510年安化王朱寘鐇以讨刘瑾为名，据宁夏造反；1519年宁王朱宸濠在江西起兵造反。虽然两次造反均被镇压下去，但这显然是对武宗不满的结果，客观上对武宗政权造成打击。

武宗执政时期，还爆发了多次农民起义，有广西柳州僮人、江西乐平民汪澄二、四川民刘烈、湖广民杨清等起事。民变纷起，波及两广、江西、湖南、四川、陕西等地，其中影响最大的是1510年10月的刘六、刘七起事，其足迹遍及山东、河南、江苏等地，攻破城池百余座，一直持续至1512年刘六、刘七战败身亡。

在传统观念中，盗寇与叛乱之区别类似于中国传统动物分类学中的家鼠与老鼠之区别，它们属于同一类别，但后者大于前者，名称的内容是部分重合，其差别是盗寇行为对地方秩序和安全构成威胁，而叛乱则对国家政权提出挑战，可能危及国家安全。那么对帝王的荒淫与荒唐作一比较，后者的危害大于前者，前者充其量是一朝的荒政，其政体不变。后者则冲击到整个社会的秩序与纲常，是对封建制度的否定。

　　回头我们再看看武宗的荒政与其他帝王的荒政，不难看出武宗的逾礼违制超越了他个人行为的极限，其不为正统社会所容纳是一种必然，对武宗的否定，乃是出于维护封建社会体制的需要，给武宗戴上历代最荒淫的皇帝的帽子也就在意料之中了。

附录二

《金瓶梅》研究中的新思维

一 《金瓶梅》研究仍有空白的原因

《金瓶梅》是一部反映明代社会生活的百科全书，有相当大的研究价值。现在虽然研究的范围已经非常广泛，但是还有许多地方研究得不够，不深入，有空白，其原因是多方面的。

一是研究目的的误差。研究此书的目的到底是什么？版本研究、作者研究的终极目的是研究这本书的内涵，对社会的影响，在社会中的地位，也即此书反映了明中叶社会经济生活，它对社会现实中人思想、行为的影响是显而易见的，因此，《金瓶梅》也有其意识形态。

二是研究方法思维的局限。对作品思想和书中人物的研究居多，这实际上仍然是高校功利式的方法，浅易研究，重复研究。好比出教材，外面有了，本校还得编一本，内容无非重复别人的观点，人云亦云，因为这关系到职称评定等现实问题。

三是信息交流不畅。由于信息检索及资料收集等方面的不充分，导致很多研究者不了解他人研究成果，对学科研究究竟进行到什么地步，完全不清楚，如盲人摸象，摸到哪里说哪里。比如说《金瓶梅》研究书籍的收集。在1997年第三届国际会议时，我才收集了三十多种，韩国的李无尽有一百多种，其中大部分是海外的《金瓶梅》研究书籍，我们就无法及时了解海外《金瓶梅》研究的信息，更不要说汲取其研究精华了。又比如说国内信息交流的不畅，购买《金瓶梅》书籍也十分困难。《金瓶梅研究》第5辑，1994年就出版了，可是当时想买买不到，到了1997年学术研讨会上才拿到。

四是作者知识面的局限。《金瓶梅》是一部百科全书，知识博大，包罗万象，仅仅进行文学研究是远远不够的。目前《金瓶梅》研究者大部分是学文学的，涉及其他领域就有困难。例如《金瓶梅》中的医学问题，尤其是性科学、饮食保健等方面的问题就没有人涉及。此外，《金瓶梅》中的服饰、经济、建筑等问题，都还研究得不够或是完全空白。

二 《金瓶梅》研究面仍须扩大

搞学术研究，最重要的是观点的创新，这是学术研究的生命力和价值所在。

由于受到社会意识形态的影响，在很长时间内，我们做社科课题研究，首先考虑的是迎合领导欢心，以及能否评上职称，而不是什么创新的观点。在这种指导思想下做出的科研，又有多大的价值呢？这就是思维定式。

写论文必须有鲜明的观点，言之有物，持之有故，富有创见，观点新颖，才能得到社会的认可。不回避性话题，把性当成生活中必不可少，甚至可以公开讨论的问题，正是在这样的环境下，国外的《金瓶梅》研究不受教条限制，研究者大胆假设，小心求证，往往有创新的研究成果。例如，例如美国的柯丽德（K. N. Carlitz）用艺术分析法，在芝加哥大学完成了博士学位论文《戏剧在〈金瓶梅〉里的作用：从小说与戏剧的关系看一部中国16世纪小说》以及《金瓶梅中的双关语和隐语——第二十七回》。V. B. Cass 的博士论文《死亡门前的庆典：金瓶梅的象征和结构》和史梅蕊的《金瓶梅和红楼梦里的花园意象》也都是很有创见的论文。他们提出的观点，是国内研究者考虑不到的。又例如，国外有的研究以生殖器象征来解释《金瓶梅》的书名，观点非常新颖，其分析丝丝入扣，很有见地，很见功夫，给我们耳目一新的感觉，同时拓展了研究者的视野。

经过几十年的研究，对《金瓶梅》的常规研究已经到位，再想从常规角度实现观点、观念的突破已经非常困难。这也就是我们现在看《金瓶梅》研究，不再激动的原因所在。大家都墨守成规，不敢突破，不能超越自我。当然，也由于研究者想象力的不够，视野不够扩大，没有突破传统的束缚。概言之，国内的《金瓶梅》研究还不深入，不细致，甚至不具体，研究面过大，往往不能深入、细致，讲透某个问题。

《金瓶梅》研究面的扩大，还依赖研究者知识面的丰富。其他非文学领域专业人员的加盟，无疑会给《金瓶梅》研究注入新的血液和活力。很简单的道理，不懂戏曲就无法研究《金瓶梅》中的戏剧、戏曲、唱词。不懂饮食也不能深入探究《金瓶梅》的饮食精髓。对《金瓶梅》的研究尤其应有理科、医科方面专业人才的介入，如此，《金瓶梅》中性保健、饮食保健等问题就可能迎刃而解。上海《大众医学》杂志请医学专家开设过"《红楼梦》中的医学"栏目，上海学林出版社也出版过《红楼医话》这样的书籍，但总的来说，相关领域专家的介入力度还不够。

中国的性科学，秦汉以前非常发达，宋元以降，"存天理，去人欲"的思想占据了主导地位。我们现在研究古代性医学、养生学往往要从荷兰学者高罗佩的《中国古代房内考》《秘戏图考》等著作中寻觅线索和资料。《金瓶梅》保留了明代或者说宋元以降的性科学。提到《金瓶梅》，许多人会问书中的性描写是否是糟粕，性描写有没有价值？是否是糟粕，笔者认为要具体情况具体分析。对《金瓶梅》来说，性描写是有价值的。一是大家公认的对人物刻画的帮助，二是有助于了解明代社会的全貌，诸如社会心理、市井生活、都市民俗及海外贸易。《金瓶梅》中的淫具是性产品，它是通过海外贸易进来的舶来品，如果仅仅从产品的功能上来说，它只是淫具，在一般人的眼里，属于淫秽的物品，不登大雅之堂。但是把它放到明代社会的价值取向中，就可以管窥明代的社会趣味。在淫秽的背后还有知识的一面，因为它有价值，就不能因为淫秽而回避。淫具的出现有其社会需要，这不简单是市民的倾向，它同样在上层社会中流行，它不仅仅是市民情趣的体现，也反映出人性的压抑。这就涉及中外文化交流，似乎这方面的研究还没有人来做。此外，从民俗、经济等方面入手进行的《金瓶梅》研究也还都远远不够。

对《金瓶梅》的研究应多角度进行，目的在于对《金瓶梅》有更加全面的了解。目前来看，《金瓶梅》研究还是比较繁荣和活跃的，正如已故的中国金瓶梅学会会长刘辉先生所说，12年来开了9次会议（3次国际会议，6次国内会议），是国内古典文学研究最具活力的领域。但是诸多研究，想有新的突破，比过去难度更大，但学术研究贵在创新。因此，如果现在能找到一个好的突破口，那么《金瓶梅》研究仍然会有新的进展。这个突破可以扩大《金瓶梅》研究的内涵，再一次证明《金瓶梅》的伟大。

在中国金瓶梅学会的工作报告中也提到,《金瓶梅》研究进入了一个注重新材料、注重理性思维、注重文化蕴含的新阶段。不同学科的学者加入金学研究队伍,为金学研究开辟了新气象。而作家、艺术家的热心借鉴、改编、再创造,又使《金瓶梅》化生出奇异的当代文化色彩。

三 《金瓶梅》研究是座富矿

上文说明了《金瓶梅》的学术研究领域存在的不足,从文化资源传播的角度来看,对《金瓶梅》的开发就更加不够。《金瓶梅》是座富矿,蕴藏着无数宝藏,但是对于它的认识和勘探都远远不够。

现在互联网的作用越来越大,但是国内尚未建立一个《金瓶梅》的网站,以致我们现在难以对《金瓶梅》的资料进行快捷的检索。据笔者所知,韩国学者李无尽1997年就以个人之力办了有关《金瓶梅》的网站。如果我们有网站,就可以在网上了解研究信息,避免重复研究。现代研究已经开始借助现代科技手段,以前听说过国外同行利用计算机统计《红楼梦》的词汇,其统计数据比人工的要准确和节省时间。《金瓶梅》研究同样可以采取这种方法。同行经常争论某个词汇出现频率较多,因此是某个地方的方言。如果我们将书中的词汇输入电脑,进行出现频率、词汇搭配、使用情境等方面的数据分析,得出的结论就会更准确些。

有关《金瓶梅》的旅游资源开发也是空白。山东多个县计划打出《金瓶梅》旅游招牌,他们也做过许多努力,但是一直没有成功。过去对《水浒传》《红楼梦》等的旅游资源都进行过开发,所以,临清完全可以打一下《金瓶梅》这张牌,营造旅游氛围,开辟《金瓶梅》

之旅的旅游线路，也可以扩展为《金瓶梅》与明代运河文化之旅，等等。

对《金瓶梅》的应用研究和开发也是非常缺乏的。再谈谈《金瓶梅》的服饰研究，诸如西门庆穿了什么样式的衣服，这个衣服对人物性格刻画的作用。如果仅仅是这样探究，这还停留在作品内部的研究。我们现在研究服饰要扩展到它的应用上，一是把它放到明代社会大背景中，进行比较研究，看服饰对社会意识形态、市民生活的影响；再就是其具有的再利用价值。这也包含两个方面，现在许多影视剧对《金瓶梅》的表现都注意了明代这个时间段，也还有许多导演拍摄或计划拍摄《金瓶梅》的电影、电视，需要服装方面的指导、借鉴。《金瓶梅》的服饰研究就要提供给他们这方面的信息。

《金瓶梅》不是一部普通的言情小说，而是明代社会生活的百科全书。对这样一部伟大的作品，仅仅停留在作品的思想、语言、人物刻画等纯文学层面的研究是远远不够的。必须把它放在历史长河中，对它进行由内到外，全景式、全方位的研究，利用它的一切可以利用的价值，不断开拓、挖掘新的资源。

《金瓶梅》研究的薄弱，还有一个大家一直回避的现实性问题。过去对《金瓶梅》的研究集中于文学、艺术研究，即使是思想研究，也就时代说时代，承认它明托宋代，实指明代，对皇帝有隐射，但是书中反腐问题和它的现实批判性，却是大家竭力回避的。因为现实性和反腐败，是个禁区。其实《金瓶梅》的现实性是非常明显的，《金瓶梅》中吏治的腐败是尖锐，不可忽视的问题，有很深刻的警示性。

《金瓶梅》诞生的四百年，是风云变幻的四百年。如今人们对《金瓶梅》的认识还有太多的偏见，从这个方面讲，《金瓶梅》研究中的新思维，就是既要继承传统的精髓，又要打破传统的束缚，排除偏见，清除污秽，还《金瓶梅》一个清白。《金瓶梅》不是情色小说，更不是淫秽小说，它是批判现实主义的杰作，是明代社会生活的真实写照。它的成就不仅仅表现在作品本身，还影响着此后的明代言情小说以及包括《红楼梦》在内的一批批判现实主义巨著。还《金瓶梅》的本来面目，就是让人们对它有正确的认识，让人们能以平常的心态审视它展示给我们的丰富社会图卷，了解它不可替代的艺术价值和感人魅力，让这部历史巨著重现辉煌。

对《金瓶梅》的认识需要新的思想，对《金瓶梅》的研究更需要新的思维。

主要参考文献

（明）谈迁：《国榷》，中华书局1958年版。

（明）顾起元：《客座赘语》，中华书局1987年版。

（明）顾炎武著，黄汝成集释：《日知录集释》，中州古籍出版社1990年版。

（明）田艺蘅撰：《留青日札》，上海古籍出版社1992年版。

（明）王圻、王思义编集：《三才图会》，上海古籍出版社1992年版。

（明）李时珍：《本草纲目》，上海古籍出版社1984年版。

（明）焦竑编：《国朝献征录》，上海书店出版社1987年版。

（明）张瀚撰：《松窗梦语》，中华书局1997年版。

（明）沈德符撰：《万历野获编》，中华书局1987年版。

（明）陈子龙等选辑：《明经世文编》，中华书局1987年版。

（明）张岱：《陶庵梦忆》，作家出版社1995年版。

（明）陆深等：《明太祖平湖录》（外七种），北京古籍出版社2002年版。

（明）海瑞著，陈义钟编校：《海瑞集》，中华书局1962年版。

（清）张廷玉等撰：《明史》，中华书局标点本1974年版。

（清）夏燮撰：《明通鉴》，上海古籍出版社1990年版。

（明）兰陵笑笑生：《新刻绣像批评金瓶梅》，齐烟、汝梅点校，齐鲁书社1989年版。

（明）兰陵笑笑生：《张竹坡批评金瓶梅》，王汝梅等点校，齐鲁书社1989年版。

（明）兰陵笑笑生：《金瓶梅词话》，戴鸿森点校，人民文学出版社1992年版。

徐子尚修，张树梅等撰：《临清县志》，成文出版社印行，1967年根据1934年铅本影印。

上海古籍出版社、上海书店出版社编：《二十五史》，上海古籍出版社、上海书店出版社1992年版。

吴晗、郑振铎等著，胡文彬、张庆善选编：《论金瓶梅》，文化艺术出版社1984年版。

侯忠义、王汝梅编：《金瓶梅资料汇编》，北京大学出版社1985年版。

高越峰：《金瓶梅人物艺术论》，齐鲁书社1988年版。

徐朔方：《论金瓶梅的成书及其他》，齐鲁书社1988年版。

徐朔方编选校阅：《金瓶梅西方论文集》，上海古籍出版社1987年版。

周钧韬：《金瓶梅新探》，百花文艺出版社1987年版。

杜维沫、刘辉编：《金瓶梅研究集》，齐鲁书社1988年版。

魏子云：《金瓶梅词话注释》（增订本），中州古籍出版社1988年版。

鲁歌、马征：《〈金瓶梅〉及其作者探秘》，华岳文艺出版社1989年版。

上海市红楼梦学会、上海师范大学文学研究所编：《金瓶梅鉴赏辞典》，上海古籍出版社1990年版。

周钧韬编：《金瓶梅资料续编（1919—1949）》，北京大学出版社1991年版。

周钧韬：《金瓶梅素材来源》，中州古籍出版社1990年版。

东郭先生：《闲话金瓶梅》，北岳文艺出版社1990年版。

王启忠：《金瓶梅价值论》，上海文艺出版社1991年版。

吉林大学中国文化研究所编：《金瓶梅的艺术世界》，吉林大学出版社1991年版。

邵万宽、章国超：《金瓶梅饮食大观》，江苏人民出版社1992年版。

临清金瓶梅学会编：《临清与金瓶梅》，山东省聊城地区出版局1992年版。

陈昭：《金瓶梅小考》，上海书店出版社1999年版。

蔡国梁：《金瓶梅社会风俗》，百花文艺出版社2002年版。

黄强：《另一只眼看金瓶梅》，中国文学出版社2006年版。

中国金瓶梅学会编：《金瓶梅研究》第7辑，知识出版社2002年版。

王平、程冠军主编：《金瓶梅文化研究》第5辑，群言出版社2007年版。

中国金瓶梅学会编：《金瓶梅研究》第1辑，江苏古籍出版社1990年版。

黄霖：《金瓶梅漫话》，学林出版社1986年版。

胡文彬编：《金瓶梅的世界》，北方文艺出版社1987年版。

徐朔方：《徐朔方集》第1卷，浙江古籍出版社1993年版。

马征：《金瓶梅悬案解读》，四川人民出版社2004年版。

赵建民、李志刚主编：《金瓶梅酒食文化研究》，山东文化音像出版社1998年版。

王平、李志刚主编：《金瓶梅文化研究》第2辑，中国文联出版社1999年版。

黄霖、杜明德主编：《金瓶梅与临清——第六届国际金瓶梅学术讨论会文集》，齐鲁书社2008年版。

中国金瓶梅学会编：《金瓶梅研究》第8辑，中国文史出版社2005年版。

侯会：《食货金瓶梅——从吃饭穿衣看晚明人性》，广西师范大学出版社2007年版。

徐仲杰：《南京云锦史》，江苏科技出版社1985年版。

周锡保：《中国古代服饰史》增订本，中国戏剧出版社1986年版。

周讯、高春明撰：《中国历代服饰》，学林出版社1994年版。

赵超、熊存瑞：《衣冠灿烂》，四川教育出版社1996年版。

沈从文编著：《中国古代服饰研究》，上海书店出版社1997年版。

徐仲杰：《南京云锦》，南京出版社2002年版。

陈娟娟：《中国织绣服饰论集》，紫禁城出版社2005年版。

黄强：《中国服饰画史》，百花文艺出版社2007年版。

黄强：《中国内衣史》，中国纺织出版社2008年版。

中国历史研究社编：《明武宗外纪》，上海书店出版社1982年版。

北京市历史学会主编：《吴晗史学论著选集》第1卷，人民出版社 1984 年版。

江淮论坛编辑部编：《徽商研究论文集》，安徽人民出版社 1985 年版。

李国祥、杨昶主编：《明实录类纂·宫廷史料卷》，武汉出版社 1992 年版。

卫建林：《明代宦官政治》，山西人民出版社 1991 年版。

李洵：《正德皇帝大传》，辽宁教育出版社 1993 年版。

李锦全：《海瑞评传》，南京大学出版社 1994 年版。

隋淑芬：《张居正评传》，广西教育出版社 1995 年版。

马敏：《官商之间：社会剧变中的近代绅商》，天津人民出版社 1995 年版。

刘秉果、张生平编著：《捶丸：中国古代的高尔夫球》，上海古籍出版社 2005 年版。

张振钧、毛德富：《禁锢与超越：从"三言""二拍"看中国市民心态》，国际文化出版公司 1998 年版。

谈大正、刘绍春编著：《杀尽贪官》，上海文化出版社 1991 年版。

刘达临：《中国古代性文化》，宁夏人民出版社 1993 年版。

刘敦桢主编：《中国古代建筑史》（第二版），中国建筑工业出版社 1993 年版。

朱东润：《张居正传》，海南出版社 1993 年版。

杨剑宇：《中国历代帝王录》，上海文化出版社 1989 年版。

汪菊渊：《中国古代园林史》，中国建筑工业出版社 2006 年版。

中国大百科全书出版社编辑部编：《中国大百科全书·中国历史》，中国大百科全书出版社 1992 年版。

［美］黄仁宇：《万历十五年》，中华书局 1982 年版。

［荷］高罗佩：《中国古代房内考》，李零、郭晓惠等译，上海人民出版社1990年版。

［俄］李福清著，陈周昌选编：《汉文古小说论衡》，江苏古籍出版社1992年版。

［日］内田道夫编：《中国小说世界》，李庆译，上海古籍出版社1992年版。

［美］牟复礼、［英］崔瑞德编：《剑桥中国明代史》，张书生等译，中国社会科学出版社1992年版。

［美］黄仁宇：《中国大历史》，生活·读书·新知三联书店1997年版。

［美］黄仁宇：《大历史不会萎缩》，生活·读书·新知三联书店2004年版。

后　记

一

鲁迅曾评论《红楼梦》："谁是作者和读者姑且勿论，单是命意，就因读者的眼光而有种种，经学家看见《易》，道学家看见色情，才子看见缠绵，革命家看见排满，流言家看见宫闱秘事……"这段话对于《金瓶梅》同样适用，尽管经历了四百多年的风雨，对《金瓶梅》的评价可以说是毁誉交加，但是对《金瓶梅》的看法、认识始终是存在的，并不因思想禁锢而灰飞烟灭。

经过几代学人的努力，《金瓶梅》研究可以说是领域广阔，成果丰富。但是由于《金瓶梅》是一部伟大的著作，有很深的文化内涵，对《金瓶梅》的研究并没有穷尽，仍然有许多可继续开发的空间。如今，对《金瓶梅》的文本研究，已经有很多，但是对它的文化研究显然还相当薄弱，这正是《金瓶梅》研究需要进一步开拓的地方。学术研究贵在创新，能从平常的资料中看出不平常的问题，对《金瓶梅》的研究也不例外，只有拥有新的思维，新的方法，才能慧眼独具。我不做《金瓶梅》的版本、文本研究，换言之，我不从正统的或者说主流的观点、角度评论《金瓶梅》，而侧重服饰等文化、经济、艺术方面的研究，即非主流或者说是以一种近似另类的角度审视《金瓶梅》，因此读者可能会感到本书对《金瓶梅》思想、艺术性论及较少，而对文化、饮食、服饰、经济等问题探讨较多。

　　研究《金瓶梅》对我来说并非偶然。早年我师从江苏教育学院徐仲涛教授从事中国古代文化史的研读，对明朝的文化史尤其关注，并试图从明代言情、艳情小说入手进行探究。1989年齐鲁书社出版了《新刻绣像批评金瓶梅》足本，当时规定只有高校中文系正教授才有资格购买，导师因此分到了一个名额。我由起初对《金瓶梅》的好奇，到精读，细细推敲。在阅读的过程中，我发现了书中对服饰的记录非常详细，对时代的把握非常准确，结合我对文化史的研究体会，可以看出服饰隐含时代背景、成书年代等信息。1992年我写出了《从服饰看金瓶梅反映的时代背景》一文，提出了《金瓶梅》反映的时代背景既不是吴晗说的万历朝，也不是周钧韬说的嘉靖朝，而是明武宗的正德朝的观点，成一家之说。论文刊登在《江苏教育学院学报》1993年第11期，不仅《周末》《金箔报》等报刊上进行了学术介绍，而且中国人民大学的《复印报刊资料》也予以全文转载。当时写此文时，并无顾忌，只是不想人云亦云，也可以说是初生牛犊不怕虎，竟然与学术权威唱起了反调。1994年所写的《论金瓶梅对明武宗的影射》，沿袭和发展了我的正德朝观点，此文发表后又被《复印报刊资料》全文转载。

后 记

在《金瓶梅》时代背景方面，以前主要有嘉靖朝、隆庆朝、万历朝等说法，而通过研究，我提出了正德朝的观点，以及《金瓶梅》是对明武宗朱厚照的影射，西门庆在书中像个皇帝，其原型是明武宗等学术观点。这些观点刚提出时，还比较孤立，属于一家之说，但是我却坚信不疑。现在这个观点得到了一些学者的呼应，他们通过对典籍的考证，史料的分析，从不同的角度证明《金瓶梅》反映的是正德朝的史实。临清市博物馆叶桂生从出土文物王东洲墓志铭碑文，以及明代文人谢榛诗文等方面进行考证；河北师范大学霍现俊教授出版了《金瓶梅新解》《金瓶梅发微》《金瓶梅人名解诂》专著，通过史料的对比，以及从时代精神、地理位置、人名寓意等多方面、多角度探究，得出《金瓶梅》反映的时代背景是正德朝，明武宗是西门庆的原型等结论；绍兴市水利局盛鸿郎高工出版了《萧鸣凤与金瓶梅》一书，认为《金瓶梅》是一部直指正德、嘉靖王朝的政治小说，小说主角西门庆是居于豹房内的正德帝。当然，有学者在对盛鸿郎观点进行批评时，也对此观点进行了揶揄，"众所周知，把《金瓶梅》主人公西门庆的原型看作明武宗，学术界早有其人。坦率地说，由于其离学界共识太远，个别主张者似乎一直在唱独角戏外，并未得到其他学者的回应。"（潘承玉《匪夷所思的想象探戈——评盛鸿郎〈萧鸣凤与《金瓶梅》〉》，刊《文艺研究》2006年第8期）学术允许争鸣、批评，但是随意贬低他人观点，并不是严肃的学术态度。西门庆对明武宗影射的观点由我率先提出，多位学者呼应，并且从不同角度论证，正德朝的观点岂是独角戏？

但是我没有进行论争，我只是埋头做自己喜欢做的事，以论据支持观点，而不必考虑他人怎么说。多发一篇论文，是否在核心期刊发表，对大学的老师们来说，可能影响他们职称评定，但是对我毫无意义，我写的文章多次被《新华文摘》《复印报刊资料》《文摘周报》《读者》转载，我出版十多本专著，而且不要补贴经费支持，我懒得批驳，不屑一辩，更不会打笔墨战帮助他们炒作。

二

这本书稿的部分内容，曾在网络上发布，又经网络红人倪方六的介绍，网络点击量在500万次以上，有的网友甚至建议作者上电视媒体开讲《金瓶梅》。网络转载较多，开始还知道其中涉及的《金瓶梅》服饰、花灯民俗、性文化等新奇观点的内容出自我的论述，几经转载后，已经没有了作者署名。我曾见到海外的星岛网，说及明代及《金瓶梅》中潘金莲的服饰，竟然全部是笔者写的内容。

作品或观点得以流传，被广泛引用，这是好事，说明研究观点得到大家的认可，至少也说明是一家之言，有可取之处。但是观点的原创、来源被遮蔽，甚至可能被某些心术不正者"拿去"变成他的研究成果，则不是我愿意见到的，客观上等于助长了学术腐败之风。网络转载缺乏对知识产权的尊重，抄袭、剽窃、掐头去尾等不规范的行为普遍存在。武汉大学出版社2007年10月出版的梅朝荣所著《读金瓶梅品明朝社会》，书中《十五元宵闹花灯》一节竟然大段抄袭拙文《花灯与金瓶梅》（刊《保定师专学报》2001年第1期）。上网一查，这位号称历史与生活评论家、畅销书作家的梅朝荣已经出版了二十多本跨学科著作，被多人投诉抄袭，名声欠佳，在他的身后有一个创作团队，抄袭他人作品，署他的名字出版。

网络上的热评，使我都有了一点知名度，2009年主持人江文邀请我在江苏文艺电台《文艺非常道》节目开设"另类角度审读《金瓶梅》"系列讲座，颇受听众欢迎。

《金瓶梅风物志》的内容远比我的第一本金学专著《另一只眼看金瓶梅》要丰富，编排上按专题归类，更方便阅读。本书也是我金学研究的精华所在。不过在出版方面远不如我的服饰史、民国生活题材书稿顺当。书稿选题甚至通过了几次，均因故未能出版。几年来，陶玮、李鑫、厚艳芬、李智初、常绍民、张爱彪等师友，为本书出版都付出过努力，在此表示感谢。

出版本书是需要有胆识与眼光的，承蒙中国社会科学出版社与责编郭晓鸿编审的厚爱，本书得以在该社出版，相信他们的眼光，信任他们的能力，欣赏他们的魄力，经过他们的用心编辑、精心包装一定会呈现给读者一本观点新颖、雅俗共赏、图文并茂的金学著作。

三

有关《金瓶梅》的研究，思想、艺术、作者、成书等传统研究方向仍然占据主流，文化乃至更广阔的方面相对薄弱。我赞同吴敢先生在"序"中说的观点："因为长达百年的开掘，该说的话行将道尽，给人难乎为继的感觉。譬如《金瓶梅》作者研究，如果没有新的文献发现，如果不用新的方法将全部已经用过的史料重新排列组合，确实再说也是白说。但《金瓶梅》文化研究，或者再分出一支《金瓶梅》传播研究，不仅是金学的延续，更是金学的新生。"

《金瓶梅》研究在新时期出现过繁荣，中国金瓶梅学会也曾是开展学术活动最为繁荣的国家一级学会。在进入新千年之后，中国学术研究进入了一个浮躁期，《金瓶梅》研究及《金瓶梅》学会，也曾一度出现内忧外困的状况，好在金学同人依然团结，《金瓶梅》的研究活动仍然在曲折中前行。

因为工作与兴趣的关系，我很少参加其他学会的学术活动，而从1997年开始至今的十多次《金瓶梅》国际、国内研讨会几乎是每次参加，共提交了26篇论文。不为评职称，不为炒名气，只是耕耘不问收获。因为喜欢《金瓶梅》这本书，以及由这本书折射的明中叶至晚明时期广阔的时代风貌，文化背景，市井风情。热爱是最好的老师，热情是寂寞的朋友。少了功利性，少了浮躁心，甘于寂寞，不甘平庸，才能把学术做新、做深、做好。

最后要感谢王汝梅、吴敢两位金学前辈的赐序，给拙著增色；感谢王平、董国炎、赵兴勤、孙秋克、许建平、张进德、霍现俊、史小军、曾庆雨、李桂奎、王昊、胡衍南、杨彬等金学同人，以及中国社会科学院赵超老师的推荐，因为有他们指导和帮助，我才能有所进步。

三月的南京，时令已过立春，乍暖还寒。夜深人静时，正是我伏案工作的最佳时间。凌晨，暂停敲击键盘，稍作休息，开窗更换一下室内的空气，夜间很凉，月光暗淡，小区住户的灯光几乎都关掉了，人们进入了梦乡，可是我却无倦意。这十多年，著作一本本出版，几乎都是利用夜晚的时间，有人问我不辛苦吗？我回答冷暖自知。等到书稿变成铅字，翻阅新书的感觉真好。抚摸新书让我陶醉，那是汗水

后　记

凝聚的成果,那是辛劳换来的喜悦。一本书稿完成了,又开始构思下一本,始终走在研究之路上,意气风发,斗志昂扬,我喜欢做这样的事,习惯忙碌的节奏,这对我来说,不是苦,而是享受。

二〇一七年三月二十一日凌晨
南京文津桥畔

《金瓶梅风物志》推荐语

　　黄强独辟蹊径，专心在古代服饰的色彩与妇女内衣等前人注意不足的课题中探索，提出了颇有说服力的崭新学术观点，在古代服饰的研究中开拓出一片新天地。他的研究不局限于古代服饰，从具体的服饰细节，延伸到历史研究与文学考据，从而反映出他深厚的学术功底与活跃的学术思想，他对明代奇书《金瓶梅》的时代考证就是一种十分新颖的思路，对于综合性地、有机地运用古代文化资料去认识古代社会具有重要的启发意义。

——中国社会科学院考古研究所研究员　赵超

　　《金瓶梅》是一幅明代中国市民生活的长篇风俗画卷，《金瓶梅风物志》则将这一画卷作了历史的解说与当代的演绎。上至朝廷官府，下至三教九流，服饰饮食，婚丧嫁娶，庄田府第，游艺经营，均有涉猎。读此一书，便仿佛步入了四百余年前的生活百态之中，种种风物触手可及，历历在目。

——山东大学文学院教授　王平

《金瓶梅风物志》推荐语

黄强治《金瓶梅》，别具一格。民俗是文化积淀的"活化石"，服饰则记载着礼制演进，而礼制又是中国文化的骨骼。黄强的金学与服饰文化研究，铺就并形成了一条色彩独特的风景线。作为这一领域辛勤耕耘的知名学者，其学术足迹及成果将可能成为历史的记忆。

——上海交通大学人文学院教授　许建平

一部稗史中的"另类"经典，一位善以"另类"眼光审视经典的学人。《金瓶梅》善说俗话，叙俗事，写俗人，曲终奏雅；黄强君以俗文化视角解读《金瓶梅》，不失雅致。《金瓶梅风物志》解读中国明代社会百科全书式巨帙，导引读者穿越时空隧道，领略那个特殊时代的人生百态。

——河南大学文学院教授　张进德

独特新思维，另类新视角，考证人物、论述服饰、探究饮食、挖掘民俗，揭示历史，引发思考，击节赞叹。发前人所未发，言他人所未言，耳目一新。

——河北师范大学文学院教授　霍现俊

借服饰主线，全面展示金瓶风物；以另类视角，深刻洞察晚明文化。

——暨南大学图书馆馆长、文学院教授　史小军

《金瓶梅风物志》从社会风习、人物服饰、日常饮食、民间竞技、家庭置业、女子婚嫁、商品经营等多种视角，对《金瓶梅》这部"世情书"进行全方位解读，时有新见，给人启迪。在《金瓶梅》研究著

述中，呈现出另类格局，且语言通俗活泼，饶有情趣，反映出作者较为开阔的学术视野与善于思考的钻研精神。

——江苏师范大学文学院教授　赵兴勤

风物研究，眼中是物，心中起伏的则是人事沧桑，其范围几乎包罗万象，风光物产、风俗世态、食物服饰、器物珍玩、山河城镇，尽纳其中。《金瓶梅》这种百科全书式作品亟须风物志之研究，黄强潜心这一研究领域多年，由服饰专题入手，并逐步扩大深入，蔚为大观。

——扬州大学文学院教授　董国炎

西门武宗，形神恍如兄弟；瓶内瓶外，笔走市井皇宫。并非空穴来风，谁云说古无由？堂堂大明、暴富家族、饮食男女、民情风俗，纵谈天上与人间一样风流；政治文化、时尚服饰、嫁娶财富、商业经济，考察现实和艺术曲径通幽。别具只眼，自能见他人之所未见；挥洒自如，偏能得第一奇书精髓。覃思博识，语多风趣，鸿文在手，开卷有益——《金瓶梅风物志》解读说不尽的《金瓶梅》！

——昆明学院人文学院教授　孙秋克

最是世情论《金瓶梅》，不讲风物哪有世情？穿衣戴帽，饮食男女，灯红酒绿，婚丧嫁娶……无一不风物，无一不世情。黄强先生慧眼识宝，详尽梳理《金瓶梅》中社会风物，无疑为这部"封建社会的大百科全书"提供了最实在、最可感的材料支持，拓宽了古典小说研究的视野。

——云南民族大学文学与传播学院教授　曾庆雨

《金瓶梅风物志》推荐语

衣食住行，关乎民生。小说的风俗民情叙写，最能折射作者生活时代的社会风貌。黄强先生从风物视角审视《金瓶梅》，烛幽索隐，将我们引入明代社会上上下下的胜景。我们从中可看到明武宗的身影、临清的遗踪。此番基于文本放眼文化的细读，让你豁然意解，积困顿消。

——上海财经大学人文学院教授　李桂奎

《金瓶梅风物志》打通了《金瓶梅》"瓶内"与"瓶外"之学，探究历史之源，考辨服饰之变，研讨民俗之流，品味饮食之味，构建房产之筑，精准、精细、精研、精到，有趣、有味、有情、有致，可谓视野开阔，角度新颖，别开生面，不同凡响。这一成果对于《金瓶梅》研究具有填补、丰富与延伸意义。

——吉林大学文学院教授　王昊

黄强从物质文化、社会风俗史角度研究《金瓶梅》，部分课题继踵前贤开出新颖成就，更多课题则系独辟蹊径发前人之所未见——堪称当今《金瓶梅》研究最受瞩目的"另一只眼"！

——台湾师范大学国文学系教授　胡衍南

明代大名士袁小修论《金瓶梅》，许以"天地间自有一种奇花异草"。黄强《金瓶梅风物志》观世情、察经济、体民俗、品美食、说住房，立论于文本，研读于兴趣，惠及于大众，不也是《金瓶梅》研究中一种奇花异草吗？读之有味，各取所需。读书之乐，不在是乎？

——东华大学人文学院教授　杨彬